Ilkka Remes
Der dunkle Code

Auf einer Reise nach Rom wird Aaro Zeuge eines spektakulären Kunstdiebstahls. Doch seine Aussage bei der italienischen Polizei wird kaum ernst genommen. Auf eigene Faust kommt Aaro dem gestohlenen Gemälde auf die Spur und entdeckt, dass die Diebe gar nicht hinter dem Meisterwerk her waren, sondern hinter einem Code auf der Leinwand. Während er noch im Haus der Diebe herumschnüffelt, kehren die Gangster zurück …

Ilkka Remes ist der meistgelesene Autor in Finnland. Sein Name ist Garant für hochkarätige Spannungsliteratur von internationalem Format. Seine Bücher stehen regelmäßig sofort nach Erscheinen an der Spitze der Bestsellerlisten. »Der dunkle Code« ist sein vierter Thriller für junge Leser. Weitere Informationen unter www.ilkka-remes.de

Stefan Moster, geboren 1964 in Mainz, lebt in Espoo, Finnland. Er hat zahlreiche Werke der finnischen Literatur ins Deutsche übersetzt und wurde 2001 mit dem Finnischen Staatspreis für Übersetzungen ausgezeichnet.

ILKKA
REMES

Der dunkle Code

Thriller

Aus dem Finnischen
von Stefan Moster

Deutscher Taschenbuch Verlag

Von Ilkka Remes sind bei dtv junior außerdem lieferbar:
Operation Ocean Emerald
Schwarze Kobra
Heiße Ware über dem Eismeer

... und bei dtv:
Ewige Nacht
Das Hiroshima-Tor
Hochzeitsflug
Höllensturz
Das Erbe des Bösen
Blutglocke
Die Geiseln
Tödlicher Sog

Das gesamte lieferbare Programm von dtv junior
und viele andere Informationen finden sich unter
www.dtvjunior.de

FSC www.fsc.org
MIX
Papier aus verantwortungsvollen Quellen
FSC® C019821

Deutsche Erstausgabe
2011 Deutscher Taschenbuch Verlag GmbH & Co. KG, München

Titel der finnischen Originalausgabe: ›Kirottu Koodi‹,
2006 erschienen bei Werner Söderström Corporation (WSOY),
Helsinki, Finnland

Umschlagkonzept: Balk & Brumshagen
Umschlaggestaltung: Lisa Helm
Umschlagfotos: vario images/sodapix und
Trevillion Images/Yolande de Kort
Gesetzt aus der Aldus 11/14˙
Gesamtherstellung: Druckerei C. H. Beck, Nördlingen
Gedruckt auf säurefreiem, chlorfrei gebleichtem Papier
Printed in Germany · ISBN 978-3-423-71432-7

ERSTER TEIL

1

Ein Blitzlicht zuckte durch den Raum. Aaro fuhr zusammen. Sofort drehte er sich zu dem Fotografen um, denn er wusste, dass fotografieren hier absolut verboten war – die Schilder wiesen streng darauf hin.

Es hätte ihn nicht überrascht, wenn der Fotograf genau der komische Typ gewesen wäre, den er verfolgt hatte. Aber die Aufseher boxten sich in der Menschenmenge schimpfend zu einem amerikanischen Touristen durch, der sich mit der Kamera in der Hand dumm stellte, oder es wirklich war.

Aaro grinste. Wie konnte man nur glauben, ein anständiges Foto von Michelangelos Deckengemälde machen zu können? Es lag weit oberhalb der Reichweite jedes Blitzes. Er schaute noch eine Weile zu dem Fresko hinauf, wo Gott mit ausgestrecktem Finger dem nackten Adam Leben einflößte. Mit der berühmten Berührung. Um Aaro herum pochten die Schritte der Besucher der Vatikanischen Museen. Hier, in der Sixtinischen Kapelle, war der neue Papst gewählt worden, aber jetzt ersetzten Touristenscharen die Versammlung der Kardinäle.

Aaro runzelte die Stirn, als der Amerikaner, der beim Fotografieren erwischt worden war, lautstark sein Tun rechtfertigte. Die Aufseher wechselten kurze Blicke, packten den Wichtigtuer an beiden Armen und führten ihn eiskalt aus dem Saal.

Plötzlich kehrte Aaros Aufmerksamkeit zu dem Mann in den schäbigen Kleidern zurück, dem er in den Museumsbereich gefolgt war. Die anderen aus Aaros Klasse waren draußen geblieben, um an den Ständen hinter dem Säulengang des Petersplatzes und in den Läden auf der Piazza Pio XII letzte Souvenirs zu kaufen.

Der Blick des Mannes mit der Halbglatze löste sich von dem abgeführten Touristen und traf zufällig Aaro, dem sogleich die dunklen Augenringe des Mannes auffielen. Aaro wandte sich sofort ab und sein Herz fing heftig an zu schlagen. Hatte der Typ bemerkt, dass er verfolgt wurde?

Aaro sah auf die Uhr. Die Freizeit, die ihnen von den Lehrerinnen zugestanden worden war, ging dem Ende zu, er hätte zu den anderen zurückkehren müssen. Sollte der Typ eben weiter durch die Gegend schleichen, vielleicht war er ja bloß so etwas wie ein armer Irrer. Aber was hatte so einer im Museum verloren? Der Mann trug einen fadenscheinigen Trenchcoat, der ihm mehrere Nummern zu groß war. Man konnte sich den Kerl beim besten Willen nicht als gewöhnlichen Touristen vorstellen. Sein Profil war wie geschaffen für einen Sonderling: Die stark hervorspringende Nase hatte zum Ausgleich ein außergewöhnlich schwach ausgeprägtes Kinn erhalten. Der Hals war dünn und seltsam nach hinten gebogen. Auf der hohen Stirn glitzerten Schweißperlen. Mit einer Hand fuhr sich der Mann über die gewellten Haare, die seine Glatze einrahmten. Aaros Verdacht, dass mit dem Mann etwas nicht stimmte, wurde bestätigt, als der Typ in ein Ärmelmikrofon sprach. Jedenfalls sah es so aus. Es konnte allerdings auch sein, dass er lediglich seinem Mantelstoff gut zuredete.

Aaro ging zu dem Ausgang, durch den die Aufseher gerade den Amerikaner geführt hatten. Er warf noch einen letzten Blick über die Schulter, aber der Mann, den er beobachtet hatte, war bereits in der Menschenmenge verschwunden.

An der Stelle, wo er gerade noch gestanden hatte, waren allerdings seltsame Flecken auf dem Boden aufgetaucht. Kleine Tropfen, die verrieten, in welche Richtung der Mann gegangen war: zu dem Altargemälde mit der Darstellung des Jüngsten Gerichts.

Auf einmal ging Aaros Fantasie mit ihm durch und er lief dem Mann hinterher. Wegen der Menschenmenge konnte er ihn nicht sehen, aber dann schrie plötzlich eine Frau auf. Sofort drehten sich alle Köpfe in die Richtung, aus der der Schrei gekommen war.

Aaro beschleunigte die Schritte. Er schob eine kleine Japanerin zur Seite, um besser sehen zu können, und im selben Moment erstarrte er. Der Typ sprang gerade auf den Altar und zog einen flachen Kanister unter seinem Trenchcoat hervor. Ohne zu zögern, spritzte er eine Flüssigkeit auf die untersten Figuren von Michelangelos Meisterwerk.

»Das ist Säure!«, brüllte Aaro und stürzte auf den

Saboteur zu. Das unersetzliche Kunstwerk musste gerettet werden. Er hatte im Fernsehen gesehen, wie die fanatischen Taliban mit der zerstörerischen Kraft von Artilleriefeuer uralte Buddha-Statuen zum Einsturz gebracht hatten. So eine barbarische Tat durfte sich in Europa nicht wiederholen.

Wo die Flüssigkeit das Wandgemälde getroffen hatte, rannen nun farbige Streifen bis zum Boden der Kapelle, und der Mann setzte seine Schandtat fort, ohne sich um die aufsteigende Panik im Saal zu scheren. Immer mehr Flüssigkeit spritzte er auf das einzigartige, kostbare Werk.

Auch die Kleider und die Haut der Menschen, die in unmittelbarer Nähe standen, bekamen Spritzer ab, was für chaotische Fluchtbewegungen und Entsetzensschreie sorgte. Die Menschen rempelten einander an, fielen zu Boden, krochen auf allen vieren und schrien. Jemand versuchte den Mann vom Altar wegzustoßen, aber dieser versetzte dem Angreifer einen Tritt ins Gesicht.

Aaro stand wie angewachsen da. Für einen kurzen Moment begegnete sein Blick wieder den Augen des Mannes. Sie glänzten vor gefühlloser Kälte.

Dann warf der Mann den leeren Kanister in die Menschenmenge und rannte aus dem Saal. Aaro sah sich um. Die Aufseher, die den amerikanischen Touristen hinausgeführt hatten, waren zurückgekommen, steckten aber am anderen Ende fest – sie hatten Mühe, durch die in Panik geratene Menge zu gelangen.

Inzwischen erfüllte das grauenhaft laute Tuten der

Alarmsirene den Saal. Auf dem Gemälde *Das Jüngste Gericht* bildeten sich Blasen und Risse, Farbe löste sich und rann in Streifen zu Boden. Die Säure verrichtete ihr Zerstörungswerk an dem vierhundertfünfzig Jahre alten Fresko und niemand anders als ein zweiter Michelangelo würde es je wieder retten können.

Stumm starrte Aaro auf das zerstörte Wandgemälde und die Tür, durch die der Täter verschwunden war. Wer hatte einen Nutzen von so einem Sabotageakt? Was wollte der Attentäter mit seiner Tat zum Ausdruck bringen? Würde man ihn fassen und verurteilen?

Für kurze Zeit schien sich die ganze Welt in Zeitlupe zu bewegen. Aaro gab sich einen Ruck und versuchte, dem Mann hinterherzurennen, aber er kam nicht durch die Touristenmasse.

Dann war der Spuk plötzlich vorbei.

»*Calmatevi, calmatevi*«, riefen die Aufseher und befahlen den Leuten, sich zu beruhigen, obwohl sie selbst von verzweifelter Wut erfasst zu sein schienen.

Weiteres Personal kam in den Saal, leitete die Menschen durch beide Ausgänge hinaus und versuchte, einigermaßen für Ordnung zu sorgen. Aaro hörte, wie die Leute aufgefordert wurden, die Ankunft der Polizei abzuwarten und als Zeugen auszusagen. Diese Touristen würden sich länger im Vatikan aufhalten als geplant, einige fingen bereits an zu murren, weil nicht alles nach ihren Vorstellungen lief.

Aaro half einer alten Frau vom Boden auf. In ihren Mantel hatte sich etwas Säure hineingefressen, zum

Glück hatte aber die Haut nichts abbekommen. Die Frau bedankte sich ein ums andere Mal mit noch vom Schock zitternder Stimme.

Eine Frau in grauer Jacke, die zum Personal gehörte, nahm die alte Frau in ihre Obhut und gab Aaro mit einer Geste zu verstehen, dass auch er sich zum Ausgang begeben solle. Dort hatte sich allerdings ein Stau gebildet. Die Touristen, die draußen auf Einlass warteten, wischten sich den Schweiß von der Stirn. Sie begafften neugierig diejenigen, die in unmittelbarer Nähe des Attentäters gestanden hatten und nun an ihnen vorbei hinausgeleitet wurden. Das von allen Seiten widerhallende Stimmengewirr aus allen möglichen Sprachen wurde immer lauter und aufgeregter.

Aaro warf noch einen Blick auf das Altargemälde und stellte fest, dass die Schäden auf dem *Jüngsten Gericht* geringer waren, als er zunächst vermutet hatte. Die Säurespritzer waren relativ klein und vereinzelt, aus der Entfernung betrachtet fielen die Folgen des Zerstörungswerks gar nicht sonderlich auf. Die Restaurateure hatten es mit einer großen Herausforderung zu tun, jedoch nicht mit einer unmöglichen Aufgabe.

Die geringe Auswirkung des Attentats ließ Aaros Verwunderung nur noch wachsen. Was war der Sinn des Sabotageakts? Wollte hier jemand dem Rom-Tourismus schaden oder war das Motiv einfach der Hass auf die Kunst? Wie ein Moslem hatte der Mann nicht ausgesehen, weshalb kaum religiöse Motive hinter der Tat stecken konnten – Aaro wusste nämlich, dass Moslems in der Kunst keine Darstellung lebendiger Geschöpfe duldeten. Er erinnerte sich auch, im Reiseführer gelesen zu haben, dass jemand einmal mit dem Hammer auf Michelangelos *Pietá*-Statue losgegangen war, weil er sich angesichts des Meisterwerks selbst klein und mittelmäßig vorgekommen war. Darum stand die Skulptur heute hinter kugelsicherem Glas.

Auf einmal kam neue Bewegung in die Aufseher. Einer ging mit einem Funkgerät am Ohr zu den anderen, aufgeregte Worte wurden gewechselt und es wurde heftig gestikuliert.

Ein Uniformierter mit Mondgesicht und Schnurrbart deutete mit dem Finger auf Aaro und veranlasste den schmächtigen Kerl mit dem Funkgerät dazu, in dieselbe Richtung zu schauen.

Aaro war unbehaglich zumute. Er fühlte sich schuldig, obwohl er nichts getan hatte. Am allerwenigsten wollte er jetzt Aufmerksamkeit erregen.

Aber da kam der Schmächtige bereits zielstrebig auf ihn zumarschiert und packte ihn fest an der Schulter. Aaro verstand nichts von dem, was der Mann auf Italienisch sagte, weshalb er probehalber auf Englisch antwortete: »Was ist? Ich habe nichts getan. Ich bin auf Klassenfahrt …«

Der Aufseher führte ihn zu einem Polizisten. »Du kommst mit«, sagte der Uniformierte in kaum verständlichem Englisch und nahm Aaro mit zu seinen Kollegen. »Wir haben Grund zu der Annahme, dass du etwas über den Fall hier weißt.«

Aaro lief ein kalter Schauder über den Rücken. Er stand unter Verdacht, aber nicht wegen eines dummen Streichs, sondern wegen eines Anschlags auf eines der bedeutendsten Werke der abendländischen Zivilisation. Er spürte eine sonderbare, fast von einer Art Stolz durchsetzte Angst.

Offenbar war er dem rundköpfigen Aufseher aufgefallen, als er den Attentäter vor dem überraschenden Säureanschlag beobachtet hatte. War der kurze Blickwechsel falsch interpretiert worden? Als eine Art stumme Absprache? Oder war man schon vorher durch die Bilder der Überwachungskameras auf ihn aufmerksam geworden, als er dem Typen gefolgt war? Und der amerikanische Tourist, der mit Blitz geknipst hatte, war der womöglich ein Komplize des Täters? Schließlich hatte er genau im entscheidenden Moment die Aufmerksamkeit zweier Aufseher auf sich gezogen. Zu dieser Gesellschaft wollte Aaro ganz bestimmt nicht gerechnet werden.

»Ich will mit meiner Lehrerin reden.« Aaro bemühte sich, die Stimme zu senken, um überzeugender zu klingen, aber stattdessen kam ein grelles Kreischen heraus, was die Aufseher veranlasste, verächtlich auf ihn herabzusehen.

»Wir entscheiden, mit wem du redest«, fuhr ihn der Schmächtige an.

»Beh, lascia stare, Federico«, sagte der Mondgesichtige mit dem Schnurrbart etwas ruhiger. *»Non lo sospetto di niente. Pero ha visto tutto da vicino. Dobbiamo interrogarlo.«*

Aaro spürte, wie sein Kopf feuerrot glühte, als er an den Touristen vorbei hinausgeführt wurde, durch dieselbe Tür, durch die der Attentäter geflohen war. Bald darauf verlor er die Orientierung. In den Sälen der Vatikanischen Museen, die allesamt mit unermesslich kostbaren Gemälden ausgestattet waren, hallten die Schritte wider.

Plötzlich kam ihnen im Sturmschritt ein schockierter Aufseher entgegen und brüllte etwas auf Italienisch. Im selben Moment ertönte erneut das Heulen der Alarmanlage. Die Polizisten rannten los und niemand achtete mehr auf Aaro.

Er begriff, dass er fliehen könnte, aber das würde man ihm dann als Schuldeingeständnis auslegen. Außerdem war seine Neugier stärker und er rannte mit den Polizisten und den aus allen Richtungen herbeieilenden Aufsehern in einen anderen Saal.

Dort waren die Vertreter der Amtsgewalt vor einem großen, vergoldeten Rahmen stehen geblieben – bestürzt, vollkommen still. Aaro starrte auf den Bilderrahmen und schluckte.

Der Rahmen war leer.

2

Der Fiat-Lieferwagen bog so abrupt von der breiten Via Pandolfina in die einspurige Via della Condottale ein, dass er fast einen alten Mann mit Stock überfahren hätte. Auf dem Fahrzeug stand VITTORIO DONATELLO – IHR FACHMANN FÜR INSTALLATIONEN.

Der alte Mann drohte dem Auto mit erhobenem Stock und rief wütend mit zittriger Stimme: *»Pazzi! Maledetti bastardi!«*

Das Auto beschleunigte in der engen Straße weiter. Es näherte sich einem unachtsam geparkten kleinen Lancia. Ohne das Tempo zu drosseln, fuhr der Fiat weiter und riss an dem geparkten Wagen den Spiegel ab. Eine grell surrende Vespa kam dem Lieferwagen in der Einbahnstraße entgegen. Der junge Mann, der ohne Helm fuhr, zeigte dem heranrasenden Auto den Stinkefinger.

Erst am Ende der Straße bremste der Lieferwagen und bog in die Via dei Banchi ein, nun gemächlich, sogar mit Blinker. Selbst ein aufmerksamer Augenzeuge hätte Schwierigkeiten gehabt zu erkennen, dass sich kurz vor der Kreuzung der Rand der Aufschrift auf dem Fiat ein klein wenig hob, weil die Nylonschnur, die daran befestigt war, angezogen wurde. Innerhalb von zwei Sekunden hatte die Schnur, die durch ein Loch im Blech ins Innere des Fahrzeugs verlief, die Firmenaufschrift komplett gelöst. Zusammengerollt fiel sie herab und blieb im Straßenstaub liegen. Auf dem Fahrzeug kam ein gelber Aufkleber mit dem Logo des internationalen Logistikunternehmens DHL zum Vorschein.

Nach einem knappen Kilometer auf der von hohen, alten Häusern gesäumten Straße fuhr das Fahrzeug in einen Hof und verschwand dort in einer Garage, deren Torflügel offen gestanden hatten.

Eine halbe Minute später gingen die Torflügel der Nachbargarage auf und ein kolossaler amerikanischer Leichenwagen aus den Sechzigerjahren, dessen Lack picobello poliert war, glitt heraus. Durch die Seitenfenster und das Heckfenster sah man einen Sarg aus Edelholz mit einem Blumengebinde darauf.

Das Auto fuhr auf die Straße und hielt nach wenigen Hundert Metern an der nächsten Ampel an. Die rundliche alte Frau, die am Übergang wartete, machte das Kreuzzeichen, bevor sie vor dem Wagen die Straße überquerte.

Fahrer und Beifahrer des Leichenwagens nickten der Frau würdevoll zu.

Aaro hatte fast das Gefühl abzuheben, so energisch beförderten ihn die Aufseher nach draußen. Die hohen Gewölbe waren von widerhallenden Schritten, Ausrufen, Stimmengewirr erfüllt. Der leere Bilderrahmen hatte das Chaos perfekt gemacht.

Aaro sah die Touristen in der Eingangshalles des Museums vor kleinen Tischen Schlange stehen, wo die Personenangaben und Aussagen der Augenzeugen notiert wurden. Aaro erntete neugierige Blicke und hielt sich die Hände vors feuerrote Gesicht.

Dann ging die Tür auf und die Hitze schlug ihm entgegen. Der flimmernde, schwindelerregende Luftstrom löste in ihm sofort den Wunsch aus, wieder ins klimatisierte Museum zurückzugehen. In der Mittagshitze sah er seinen Schatten ganz schmal und scharfkantig unter sich. Die Aufseher diskutierten immer lebhafter, einige Männer deuteten in die bergab führende Straße.

Ein Polizeiauto mit eingeschaltetem Blaulicht kam um die Ecke. Lautstark bremsend hielt es vor der Gruppe an. In einer anderen Situation hätte das Ganze einen Hauch von Abenteuer gehabt, aber jetzt sorgten die sengende Sonne, die groben Aufseher, der Durst und ein unbestimmtes Schuldgefühl dafür, dass Aaro nur schlucken konnte.

Die Türen des Polizeiautos gingen auf und zwei Uniformierte stiegen aus. Nach einem kurzen Wortwechsel mit den Aufsehern wurde Aaro auf den Rücksitz des Streifenwagens befördert, wo es zum Ersticken heiß war. Er war nahe daran, um etwas zu trinken zu bitten, ließ es dann aber bleiben. Eventuell war die Polizei in dieser Situation nicht besonders dienstleistungsbereit. Er bemerkte, dass die hinteren Türen innen keine Griffe zum Öffnen hatten und dass die Vordersitze mit einer verkratzten Plexiglasscheibe abgetrennt waren.

Aaro schloss die Augen und stellte sich die beiden plätschernden Springbrunnen vor, die er vor dem Petersdom gesehen hatte. Sie waren nicht weit weg. Er spürte seine Zunge am Gaumen kleben. Die Polizisten saßen vorne, als hätten sie Aaros Anwesenheit völlig vergessen. Der rechte schrieb etwas in sein schwarz eingebundenes Notizbuch und der linke sprach ins Funkgerät. Aaro kniff die Augen zusammen, denn durch die Sonne waren die Profile der Polizisten nur als schwarze Scherenschnitte zu erkennen. Ein Blick auf die Uhr sagte ihm, dass die Frist, die ihnen die Lehrerin eingeräumt hatte, abgelaufen war.

Plötzlich wurde er aufmerksam. Der eine Polizist hatte sein Notizbuch aus der Hand gelegt und klopfte gebieterisch an die Plexiglasscheibe. Aaros Hemd war schweißnass und er fühlte sich klebrig. Er nahm sich aber zusammen und versuchte, seine ganze Konzentrationsfähigkeit zu sammeln, um zu erklären, was wirklich geschehen war, damit man ihn bald freiließ.

»Du antwortest ehrlich und direkt auf unsere Fragen, sonst gibt's Ärger«, sagte der griesgrämige Polizist in schlechtem Englisch durch die dünne Scheibe. »*Capito?*«

»*Capito, capito ...*«, stöhnte Aaro und konnte sich ein leichtes Grinsen nicht verkneifen, denn ihm war klar, dass er auf jeden Fall Schwierigkeiten bekommen würde, ganz egal, was er antwortete.

»*Scusi?*«, fuhr der Polizist noch mürrischer als zuvor fort. »*Come ti chiami? What is your name?* Bist du Deutscher?«

Aaro setzte sich gerade hin. »*My name is Nortamo. Aaro Nortamo. I'm from Finland ...*«

»*Arrow Nordamo?*«, wiederholte der Polizist und tastete nach seinem Notizbuch. »*Documenti!*«

Aaro zog seinen Pass aus der Schenkeltasche und suchte hektisch nach einem Schlitz im Plexiglas, durch den er ihn hätte schieben können. Er sah, wie der Polizist das Gesicht in die offene Hand sinken ließ, als hätte er die Absicht, in dieser Sekunde seine Karriere aufzugeben. Dann bedeutete ihm der Mann, den geöffneten Pass an die Scheibe zu halten. Durch die zahlreichen Kratzer hindurch las der Polizist Aaros Angaben ab und schrieb sie auf, aber Aaro war ganz und gar nicht sicher, ob auch wirklich alles korrekt aufs Papier kam.

»Die Aufseher behaupten, du hättest dem Säureattentäter Zeichen gegeben«, sagte der Polizist.

»Nein! Ich hab bloß beobachtet, was der Typ …«

»Kennst du den Saboteur?«, fragte der Polizist, ohne Aaro ausreden zu lassen.

»Nein«, rief Aaro. »Ich habe mit dem Ganzen nichts zu tun …«

Aus dem Funkgerät meldete sich eine Stimme und der Polizist nahm das Gerät ans Ohr. Aaro sah aus dem Fenster des Streifenwagens. Eine Kette von mindestens fünf Einsatzfahrzeugen fuhr mit heulenden Sirenen in Richtung Petersplatz. Männer in Signalwesten stellten Absperrgitter auf der Straße auf. Auch die einmündende Seitenstraße wurde blockiert. Aaro stellte fest, dass er sich in einer abgeriegelten Zone befand.

Was mochte seine Lehrerin denken, wenn er nicht am vereinbarten Treffpunkt erschien?

Marita Weckman, die Lehrerin der finnischen Abteilung an der Europaschule in Brüssel, blickte nervös über ihre Schülerschar. Aaro war noch immer nicht da. In der Ferne hörte man Sirenen heulen und ständig sausten Polizeiautos vorbei. Aaro würde doch nichts zugestoßen sein?

Die Schüler waren ebenfalls unruhig, aber aus einem anderen Grund. Alle wollten zurück in die Jugendherberge, um für die Abreise am nächsten Tag zu packen.

»Jaakko, hat dir Aaro irgendwas gesagt? Wo er hinwollte?«, fragte die Lehrerin einen Jungen mit Eichhörnchenzähnen.

Jaakko schob die Hände noch tiefer in die Taschen seiner Kakishorts und schüttelte den Kopf. »Keine Ahnung. Wir waren auf dem Platz und haben Postkarten gekauft. Da ist ihm so ein komischer Typ im Trenchcoat aufgefallen und er hat angefangen zu fantasieren …«

»Was für ein Typ? Könnte er etwas mit Aaros Verschwinden zu tun haben?«, fragte die Lehrerin erschrocken.

»Glaub ich nicht. Vielleicht geht Aaros Uhr ein bisschen nach«, sagte Jaakko und lachte trocken. Dabei wusste er genau, dass sogar die Tagesschau die Zeit nach Aaros Uhr stellen konnte.

3

Breit und würdevoll glitt der Leichenwagen die Viale Tiziano entlang. Über einer Piaggio-Reklametafel ballten sich dunkle Wolken. Die Blaulichter der entgegenkommenden Polizeiautos spiegelten sich im Lack des schwarzen Straßenkreuzers.

Im Innern des Wagens war es friedlich und still. Der Fahrer warf einen kurzen Blick auf die Polizeifahrzeuge und rückte die dunkle Krawatte unter dem weißen Hemdkragen gerade. Das schwarze Sakko war für die breiten Schultern eine Spur zu klein.

»*Calmati*, Giuliano«, sagte Lorenzo mit weicher Stimme vom Beifahrersitz. »Wir brauchen überhaupt nicht nervös zu werden.«

»Du hast leicht reden«, schnaubte Giuliano und warf sich eine Halspastille in den Mund. »Ich bin schließlich derjenige, der in die Schusslinie gerät, wenn es eng wird.«

»Du sagst einfach, was wir vereinbart haben«, beschwichtigte ihn Lorenzo. »Der Rest liegt in Gottes Hand.«

»Du elender Mönch«, knurrte Giuliano, ohne das unangenehm süßliche Lächeln ganz verbergen zu können, das sich auf seinem Gesicht breitmachen wollte. Sein Bruder wusste, wie man ihn bändigte.

»Versuch dir endlich zu merken, dass ich diesmal kein Mönch, sondern ein Kardinal bin«, fuhr Lorenzo in betont lehrerhaftem Ton fort. »Trage ich etwa die graue Kutte der Franziskaner oder die braune der Dominikaner? Nein. Der modebewusste Kardinal trägt Rot, das solltest du eigentlich wissen.«

»Ich hatte hier nicht mit der Spanischen Inquisition gerechnet«, zitierte Giuliano auf Englisch einen Satz, den alle Freunde von Monty Python kannten.

»Niemand rechnet mit der spanischen Inquisition«, stimmte Lorenzo mit perlendem Lachen ein. »Uns kann nichts passieren.«

Am Himmel zuckte ein heller Blitz, dem ein dumpfes Grollen folgte. Die brütende Hitze entlud sich in Form von Regen. In Rom konnte sich das Wetter im Nu ändern. Giuliano schaltete die Scheibenwischer ein. Der Regenguss kam ihm sehr gelegen, denn er würde den Diensteifer der Polizei lahmlegen.

»Achim sagt, im Polizeifunk herrscht lebhafter Verkehr«, berichtete Lorenzo und korrigierte den Sitz des hautfarbenen Ohrhörers im linken Ohr.

»Vergiss nicht, den Stöpsel aus dem Ohr zu nehmen, wenn wir angehalten werden«, sagte Giuliano. »Ein Kardinal mit iPod wirkt nicht besonders glaubwürdig.«

»Ich würde auch Musik hören, wenn ich Kardinal wäre. Zumindest Madonna.«

Giuliano blickte kurz auf die Hand am Ohr seines Nebenmanns und griff nach dem Handgelenk.

»Was ist das?«

»Was? Der Ehering? Ach ja, stimmt …«

Es wurde wieder still im Leichenwagen, als Lorenzo seine Maskerade komplettierte, indem er den Ehering vom Finger zog und in die Hosentasche unter seinem Gewand steckte. Notgedrungen musste er sich für eine Weile von seiner Frau trennen.

Gleich darauf legte er erneut die Hand ans Ohr.

»Straßensperre in der Santa Trinita«, sagte er zu Giuliano, dessen Miene sogleich ernst wurde.

Nun schwiegen beide. Sie hatten alles mehrfach durchgesprochen und waren darauf vorbereitet, dass auf den großen Ausfallstraßen kontrolliert wurde. Das orange aufflammende Licht vor ihnen war kein Blitz. Giuliano kniff die Augen zusammen und sah vor der Straßensperre einen durchnässten Polizisten, der ihnen das Zeichen zum Halten gab.

»Jetzt heißt es Konzentration und Ruhe bewahren. Kann sein, dass er uns durchwinkt.«

Giuliano bremste würdevoll. Der Polizist eilte auf die Fahrerseite und Giuliano öffnete mit ernstem Gesichtsausdruck das Fenster. »Worum handelt es sich?«

»Verzeihung. Wir haben die Anweisung, alle Fahrzeuge zu kontrollieren. Alle«, sagte der Polizist und wischte sich den Regen aus den Augen. Als er den Kardinal sah, zuckte er zusammen und machte eine zackige Verbeugung. »Ich bitte um Verzeihung. Es dauert nicht lange. Nur eine Formalität.«

Giuliano stieg unwillig aus, ging hinter dem Polizisten um das Fahrzeug herum und öffnete die Heckklappe. Er sah zu, wie der Beamte ein schnelles Kreuzzeichen machte und pro forma in den leeren Raum rechts und links des Sargs blickte.

»*Grazie*«, bedankte sich der Polizist und ging zum nächsten Fahrzeug, das sein Kollege inzwischen angehalten hatte.

Aaro erschrak. Wieder zwitscherte sein Telefon jenseits der Plexiglasscheibe. Die Polizisten hatten es konfisziert. Es lag auf der Mittelkonsole, und sie schenkten ihm nicht die geringste Beachtung. Auf dem Display stand erneut: WECKMAN.

Es war mindestens der zehnte Anruf. Aaro seufzte. Der Regen prasselte aufs Wagendach und in der Ferne grollte ein Gewitter.

»Wie bist du an den Tatort gekommen?«, fragte der Polizist, obwohl Aaro es gerade ausführlich erklärt hatte.

»Ich habe nichts Kriminelles getan. Ich bin bloß einem Kriminellen gefolgt.«

»Erzähl uns was über deinen Komplizen!«

Aaro spürte, wie er rot wurde, wusste aber nicht, ob es aus Peinlichkeit war oder vor Wut. »Er *ist nicht* mein Komplize! Ich bin ihm nicht gefolgt, weil ich zu ihm gehöre. Ich bin dem Mann gefolgt, weil er sich verdächtig benahm und weil ich sehen wollte, ob er etwas im Schilde führt. Ich interessiere mich halt für Verbrechen und so«, erklärte er etwas kleinlaut.

»Cosimo, wir haben einen kleinen Geheimpolizisten im Auto«, sagte der Italiener spöttisch zu seinem Kollegen.

»Vielleicht klärt er den Fall für uns auf. Was meinst du?«

»Ob er eine Lupe dabeihat?«, meinte der andere mit tiefem Lachen.

»Also gut«, wurde der Polizist wieder ernst und nahm erneut sein Notizbuch zur Hand. »Du bist dem Verdächtigen gefolgt. Warum?«

»Er hat sich auf dem Petersplatz so seltsam verhalten«, antwortete Aaro noch einmal und überlegte, was er als Nächstes sagen sollte.

»Inwiefern seltsam?«

»Er hat in seinen Ärmel gesprochen«, erwiderte Aaro vorsichtig, auch wenn er wusste, wie idiotisch das klang. »Vielleicht hatte er da ein Mikrofon.«

»Ach, ein Mikrofon«, schrieb der Polizist, der von seinem Kollegen Francesco genannt wurde, auf und nickte breit grinsend. »Und weiter?«

»Ich bin ihm ins Museum gefolgt«, sagte Aaro frustriert.

»Warum warst du auf dem Petersplatz?«

»Weil meine ganze Klasse da war«, erwiderte Aaro und bemühte sich, jeden frechen Tonfall zu vermeiden. »Und meine Lehrerin auch …«

»Wo sind sie jetzt?«

»Das weiß ich nicht. Die werden wohl im Regen auf mich warten. Meine Lehrerin hat schon mehrmals versucht, mich anzurufen.«

Allmählich fing der Polizist an, ihm zu glauben, das sah man.

»Wo kann man dich erreichen?«

Aaro nannte den Namen der Jugendherberge und hoffte, das Verhör wäre damit beendet. »Kann ich jetzt gehen? Die anderen machen sich bestimmt schon Sorgen.«

»Na gut«, seufzte der Polizist und klappte sein Notizbuch zu. »Wir melden uns. Mal sehen, was wir aus den anderen Augenzeugen herauskriegen.«

»Wir fliegen aber morgen nach Brüssel zurück«, fügte Aaro noch hinzu und bereute es auf der Stelle. Womöglich würden sie ihn jetzt doch nicht gehen lassen. Im schlimmsten Fall müsste er seinen Flug stornieren und länger in Rom bleiben.

»Ach so. Wir melden uns. Nun sieh zu, dass du wegkommst.«

Aaro drehte sich erfreut zur Tür, aber wegen des fehlenden Griffs kam er nicht hinaus. Der Polizist stieg aus und öffnete ihm von außen.

»Mein Telefon«, sagte Aaro höflich, aber mit Nachdruck.

»Was für ein Telefon?«, fragte der Mann.

Aaro wollte gerade erschrocken den Mund aufmachen, als ihm der Polizist zuzwinkerte und das Handy reichte.

»*Grazie*«, bedankte sich Aaro. Wenn er in ein anderes Land reiste, lernte er immer ein paar wichtige Wörter, denn er fand es höflich, sich wenigstens ein bisschen Mühe zu geben.

Durch den Regen lief er in Richtung Petersplatz, begleitet vom donnernden Gewitter. Die anderen waren bestimmt nicht mehr dort, wahrscheinlich waren sie schon in die Jugendherberge gegangen und fragten sich, wohin Aaro verschwunden war.

Das Regenwasser bildete bereits große Pfützen, es lief in Bächen über die Straßen und die Tropfen schlugen Aaro ins Gesicht. Nach all der Anspannung wirkte das richtig erfrischend.

Allerdings lag jetzt eine neue Herausforderung vor ihm: die Begegnung mit der Lehrerin, einschließlich weiterer Erklärungen. Aaro verlangsamte seine Schritte und achtete nicht mehr auf den Regen.

4

Die Jugendherberge befand sich in einem uralten Haus in Trastevere, in der Nähe des Tiber. Der halb verwilderte Innenhof erinnerte an einen Klostergarten. Der Regen hatte aufgehört, nachdem er zuvor die Beete reichlich gegossen hatte.

Von den grauen Hofmauern hallte der Seufzer wider, den die Lehrerin Marita Weckman ausstieß, als sie ihr Handy zuklappte. In dem Seufzer vereinigten sich Erleichterung und Verärgerung. Zuerst hatte Aaro angerufen und danach die Polizei.

Gott sei Dank, der Junge war in Sicherheit. Aber der Anruf der Polizei brachte ihre Pläne durcheinander. Aaro sollte am Nachmittag des nächsten Tages offiziell als Zeuge vernommen werden. Sie hatte dem Polizisten zu sagen versucht, dass ihr Flug schon am Morgen ging, aber das hatte den Mann nicht interessiert.

Die zweite Lehrerin, Nina Halonen, trat zu ihrer Kollegin und ließ sich in kurzen Sätzen die Lage schildern.

»Als Zeuge in welcher Angelegenheit?«, fragte Halonen.

»Das habe ich nicht verstanden. Es hatte irgendwie mit den Vatikanischen Museen zu tun. Wo hat der Bengel da wieder seine Nase reingesteckt?«, murmelte Weckman. Sie nahm eine Packung Zigaretten aus ihrer Handtasche. »Jetzt muss ich eine rauchen. Sind alle im Speisesaal?«

»Ja«, antwortete die Kollegin und richtete den Blick auf die massive Tür. »Essi passt auf sie auf.«

»Das ist auch nötig«, schnaubte Weckman. »Hol sie trotzdem her, damit wir besprechen können, was wir mit Aaro machen.«

»Ich bin schon da«, sagte in dem Moment eine heitere Stimme hinter ihnen. »Wollte mal gucken, wo ihr hin seid.«

Die große, blonde Studentin, die Essi hieß, trat zu den beiden Lehrerinnen. Sie machte gerade ein Praktikum an der Europaschule.

Weckman schilderte die Lage und sagte abschließend: »Wir können ihn nicht allein in Rom lassen, aber wir können auch nicht für die ganze Klasse umbuchen. Jemand muss mit Aaro hierbleiben und dann nachkommen.«

»Ich bleibe«, sagte Essi, ohne einen Moment zu zögern. Gleichzeitig hörte man, wie die Schüler hinter den hohen Fenstern des Speisesaals laut wurden.

»Wir lassen es uns durch den Kopf gehen. Schau erst mal nach, was der Lärm da soll«, sagte Weckman und Essi lief mit wippendem Pferdeschwanz ins Haus.

»Ich glaube, die hat einen italienischen Gigolo, wenn sie so scharf darauf ist, einen Tag länger zu bleiben. Können wir uns überhaupt auf sie verlassen?«

»Doch, Essi ist zuverlässig«, sagte Halonen leicht unsicher.

Aaro steckte den Stadtplan ein und betrat zögernd die Jugendherberge. Der Innenhof war leer. Rasch ging er zu der hohen Eingangstür und huschte in die Empfangshalle. Wie die anderen Räume des Hauses war sie hoch, kühl und ein bisschen dämmrig. Bei einigen der schmalen Fenster waren die Läden geschlossen. Die dekorativen, abgetretenen Steinfußböden und die nackten Wände gaben allen Geräuschen ein leichtes Echo.

Aus dem Speisesaal hörte man das Klimpern von Besteck und Geschirr. Aaro trat zögernd an die geöffnete Tür. An den langen Tischen im Saal saßen bekannte Gesichter. Als sie ihn sahen, wurde es vollkommen still.

»Aha, unser verlorenes Schaf«, sagte Frau Weckman.

Sofort wurde in einer Ecke geblökt. Arttu »Könö« Könönen, der Plagegeist der Klasse, war in seinem Element. »Stehen ein Schaf und ein Rasenmäher auf der Wiese. Sagt das Schaf ›Mäh!‹. Sagt der Rasenmäher: ›Du hast mir gar nichts zu befehlen.‹«

Aaro machte eine Grimasse in die entsprechende Richtung, als Könö in sein widerliches, abgehacktes Lachen ausbrach.

»Sei still, Könönen«, befahl Frau Weckman genervt. »Komm mit, Aaro.«

Die Lehrerin stand auf und ging in Richtung Fernsehraum. Aaro folgte ihr und spürte dabei die Blicke der anderen in seinem Rücken.

»So, ich glaube, du bist mir eine Erklärung schuldig«, sagte Frau Weckman.

Aaro berichtete möglichst sachlich, was passiert war.

Zum Glück tobte die Lehrerin nicht, sondern sagte geradezu gefügig: »Die Polizei hat mich angerufen. Du sollst morgen Nachmittag zur Zeugenvernehmung zu dieser Adresse gehen.« Sie gab Aaro einen Zettel.

»Aber wir fliegen doch schon morgen früh …«

»Essi wird mit dir hierbleiben. Für euch ist ein Flug am Abend gebucht, um acht. Geh jetzt essen.«

Aaro nickte gehorsam und kehrte in den Speisesaal zurück. Der dickliche Könö, der seine eigene Stimme über alles liebte, versuchte mit seinen Späßen weiterzumachen, aber Jaakko, Aaros bester Freund, brachte ihn zum Schweigen und Aaro durfte erzählen, was er erlebt hatte. Er übertrieb ein wenig, um seine Zuhörer zufriedenzustellen.

Nach dem Essen ging Aaro mit Jaakko und ein paar anderen Jungen aufs Zimmer. Vom Gang aus warf er einen Blick in einen der Mädchenschlafsäle.

Eine Gruppe hatte sich um die lockenköpfige Laura geschart und quasselte und gickelte. Sofort rumpelte Könö mitten hinein, nahm Laura die Digitalkamera, auf die alle geschaut hatten, aus der Hand und hielt sie hoch über den Kopf. Das löste großes Geschrei aus, was Könö zu genießen schien. Die Mädchen verlangten die Kamera zurück, aber Könö sah sich auf dem kleinen Display die Aufnahmen des Tages an und lachte herablassend.

Aaro schaute aus der Ferne zu, aber dann wurde sein Interesse geweckt und er ging näher heran. Neugierig starrte er auf die Aufnahme vom Petersplatz. Zwischen vielen anderen Leuten war da auch ein schmächtiger Typ zu sehen, den Aaro gut kannte: er selbst. Dann aber spazierte eine Riesenüberraschung ins Bild: Aaro erkannte plötzlich den Attentäter aus der Sixtinischen Kapelle.

In dem Moment gelang es Laura, Könö die Kamera mit Gewalt aus der Hand zu reißen.

»He, warte mal«, rief Aaro. »Gib her, auf dem Film ist der Typ, der Säure auf das Wandgemälde in der Sixtinischen Kapelle geschüttet hat!«

»Was laberst du da?«, fuhr Laura ihn an, gab ihm aber doch zögernd die Kamera.

Aaro schaute konzentriert auf das kleine Display, konnte jedoch keine Einzelheiten erkennen. Könnte das Material eventuell der Polizei behilflich sein? Schwer zu sagen, man bräuchte einen größeren Bildschirm, einen Fernseher oder einen Computer.

Laura nahm die Kamera wieder an sich und Aaro ging zu den anderen Jungen auf dem Flur.

»Was ist los?«, fragte Jaakko.

Aaro marschierte in den Fernsehraum und überprüfte die Anschlüsse. Es waren die falschen. Anschauen allein würde sowieso nichts nützen, man müsste die Aufnahme auch bearbeiten können: verlangsamen, vergrößern, das Farbrauschen bereinigen.

Mit den anderen Jungen im Gefolge marschierte er in den Speisesaal, wo Frau Weckman mit einer Tasse Kaffee saß.

»Ich muss mit Ihnen sprechen«, sagte Aaro. »Ich brauche einen Computer. Meinen Sie, ich könnte den Rechner von der Jugendherberge ausleihen?«

»Was redest du da? Hast du nicht gesehen, wie die Rezeption hier ausgerüstet ist?«, höhnte Könö. »Reservierungsbuch und Bleistift. Wahrscheinlich haben die nicht mal einen Taschenrechner.«

Die Lehrerin sah die beiden überdrüssig an. »Jetzt reicht's, Jungs. Benehmt euch. Wofür braucht ihr einen Computer? Zum Spielen?«

Aaro ärgerte sich, mit Könö auf eine Stufe gestellt zu werden. »Laura hat heute Aufnahmen mit der Digitalkamera gemacht und es könnte etwas dabei sein, das für die Polizei interessant ist. Aber man müsste es erst überprüfen und dafür braucht man einen Computer.«

»Nein!«, protestierte Laura im Hintergrund und die anderen Mädchen sprangen ihr sofort bei.

»Sieh an«, freute sich Könö. »Aaro will Big Brother spielen. Gebt die Kamera her …«

»Nie im Leben«, sagte Laura deutlich. »Das ist meine Kamera, die rührt sonst keiner an!«

»Siehst du?«, meinte Könö und stieß Aaro mit dem Ellenbogen an. »Spanner wie du sind bei Mädchen nicht besonders beliebt.«

»Jetzt aber still«, befahl Frau Weckman.

Aaro gab nicht nach. »Die Aufnahme ist wichtig. Sie kann Beweismaterial enthalten.«

»Dann sehen wir sie uns morgen Abend in Brüssel an und schicken sie der Polizei, falls nötig. Jetzt alle ins Bad und dann ins Bett. Auf geht's!«

Aaro biss sich auf die Lippe.

5

In dem schallisolierten Raum im Kellergeschoss des Palazzo Quirinale mitten in Rom war es drückend still und stickig. Marcello Bari, ein *tenente,* also Leutnant, der Sonderabteilung der Polizia di Stato drehte einen Brieföffner in den Händen hin und her. Außer ihm saßen Vertreter des Innenministeriums, des Kultusministeriums und der Carabinieri am Tisch, außerdem Kardinal Guido Falcone, der Leiter der Päpstlichen Kunstsammlungen. Schließlich legte der Leutnant den silbernen Brieföffner auf die lederne Schreibunterlage und klappte seinen Laptop auf.

Auf dem Monitor erschien eine wogende Menschenmenge, über der man die Wandgemälde der Sixtinischen Kapelle erkannte. Eine ganz normale Szene aus den Vatikanischen Museen. Dann änderte sich auf einen Schlag alles: Schreie, Kreischen, hinter der nach allen Seiten davonstürzenden Menge ein flüchtiger Blick auf einen Mann im langen Mantel, der aus einem Kanister Flüssigkeit auf eines der Wandgemälde spritzte.

Für einen kurzen Moment richtete sich die Kamera ungehindert auf das Fresko. Am rechten Rand schmorten die armen Seelen in der Hölle; die dort dargestellten Figuren veränderten sich langsam unter dem Einfluss der Säure, sie wurden schmutzig grau, ein Teil der Farben rann zu Boden. Weiterhin ertönten Schreie, die Aufseher brüllten, von dem Mann im Trenchcoat war nichts mehr zu sehen.

»*Attenzione!*«, hörte man die Aufseher über die Schreie der aufgebrachten Touristen hinweg rufen. Etwas später führte ein uniformierter Wachmann einen blonden Jungen zum Ausgang.

Der Bildschirm wurde dunkel, Leutnant Bari tippte auf ein paar Tasten und zeigte den anderen das schwarze Bild, an dessen unterem Rand »CAMERA 12« zu lesen war.

»Was hat das zu bedeuten?«, fragte der Carabinieri-Hauptmann. »Das Bild ist schwarz.«

»Das Bild ist schwarz, weil Kamera 12 funktionsuntüchtig gemacht wurde, offenbar unmittelbar vor dem Attentat«, erklärte der Leutnant geduldig.

»Also vor dem Verschwinden des Caravaggio«, präzisierte Kardinal Falcone. »Der ganze Aufruhr samt Verspritzen der Säure war lediglich ein Ablenkungsmanöver. Zur selben Zeit wurde in Saal 73 das Meisterwerk von Caravaggio gestohlen, die *Grablegung Christi* ...«

»Meine Herren Offiziere«, unterbrach Kanzleichef Romano Simonis den Kardinal. »Die Regierung Italiens nimmt die vom Heiligen Stuhl ausgesprochene Bitte um Amtshilfe sehr ernst. Haben Sie sich inzwischen ein Gesamtbild der Ereignisse gemacht? Wer ist der blonde Junge, den man verhaftet hat? Warum hat die zentrale Aufsicht den Ausfall einer Kamera nicht bemerkt?«

Leutnant Bari seufzte und wechselte wieder zu den

Aufnahmen von der Festnahme des Jungen. Er war darauf vorbereitet, dass Bürokraten der Polizei bei jeder Gelegenheit Vorwürfe machten.

»Das Werk von Caravaggio wurde mit einem scharfen Messer aus dem Rahmen geschnitten, vermutlich mit einem Teppichbodenmesser. Die Leinwand wurde zusammengerollt und über die Personalgänge aus dem Gebäude gebracht. Zwei Diebe waren am Werk, eine Putzfrau sah sie durch den Seiteneingang auf die Via Leone IV hinausrennen. Eine Personenbeschreibung haben wir nicht. Sie verschwanden im Verkehr, vermutlich mit einem Wagen oder einem Motorroller, der auf der Piazza Risorgimento auf sie gewartet hatte. Die Männer kannten also die Personalgänge. Mit anderen Worten, wir müssen das gesamte Personal des Museums vernehmen. Von der Zentralaufsicht haben wir noch keine Erklärung, warum der Ausfall von Kamera 12 nicht bemerkt worden ist. Natürlich muss das Aufsichtspersonal mit besonderer Sorgfalt verhört werden.«

»Warum sprechen Sie von Männern?«, fragte Anna Buretti, eine Oberinspektorin aus dem Kultusministerium. »Gerade haben Sie noch gesagt, es gebe keine Personenbeschreibung.«

»Ich bitte um Verzeihung«, sagte der Leutnant. »Wir kennen das Geschlecht der Diebe nicht. Was den ausländischen Jungen betrifft, der vorläufig vernommen worden ist …« Der Leutnant öffnete eine Datei seines Computers. »Sein Name lautet Aron Nottamo, er stammt aus Finnland, derzeit mit einer Klasse seiner Brüsseler

Schule auf Studienfahrt. Kontaktdaten vorhanden, Vernehmung auf morgen früh festgesetzt. Kein eindeutiger Verdacht auf Mittäterschaft, aber möglicherweise wichtiger Augenzeuge.«

Kanzleichef Simonis stand auf und schob dabei scheppernd den Stahlrohrstuhl auf dem antiken Buchenparkett nach hinten. Er blickte auf die Uhr, um den Eindruck zu verstärken, dass er viel zu tun und wenig Zeit hatte, und sagte, bevor er den Raum verließ, über die Schulter hinweg: »Leutnant Bari wird uns alle auf dem Laufenden halten, Tag und Nacht. Ich werde den Ministerpräsidenten informieren.«

Das scharfe Licht des Halbmonds färbte die Wolken über dem Valle de Treja lila. Unten im Tal floss ein Bach, dessen Plätschern nur hin und wieder von vorbeifahrenden Autos übertönt wurde. Ansonsten war es still, man hätte nicht geahnt, dass es von hier aus nur fünfzig Kilometer bis ins Zentrum von Rom waren.

Die Villa war mehrere Hundert Jahre alt und ziemlich heruntergekommen. Einige der grün gestrichenen Fensterläden hingen lose in den Angeln, viele Ziegel waren zerbrochen. Der ockerfarbene Putz bröckelte von den Wänden und gab die Natursteinmauer frei. Jenseits des Baches, auf der anderen Seite des Tals, war auf der Anhöhe die uralte Burg von Faleria zu erkennen, die mit schwarzen Augenhöhlen auf den Wald des Nationalparks hinabstarrte. Südlich der Burg leuchteten die Lichter der Kleinstadt Faleria.

Das große Wohnzimmer der Villa Mariluce war asketisch eingerichtet: ein altersschwaches Sofa, ein paar kaputte Korbstühle und ein grober Eichentisch. In der Ecke stand ein tragbarer Fernseher auf einer Apfelsinenkiste, das unscharfe Bild zeigte die Nachrichten des fünften Programms. Der Ton war fast voll aufgedreht, damit die Männer, die unten im Keller saßen, die Stimme des Nachrichtensprechers hören konnten:

»*... legten die Diebe, die am Vormittag die Pinakothek im Vatikan aufsuchten, eine außergewöhnliche Skrupellosigkeit an den Tag. Zur selben Zeit, als das Fresko* Der Jüngste Tag *durch ein Säureattentat teilweise zerstört wurde, schnitten sie in Saal 73 ein Meisterwerk von Caravaggio aus dem Rahmen ...*«

Im Bild erschien Marcello Bari, Leutnant der Polizia di Stato, und teilte mit, die Polizei könne aus ermittlungstechnischen Gründen im Moment nicht mehr sagen. Dem Leutnant zufolge war davon auszugehen, dass das gestohlene Bild irgendwo in der Gegend von Rom versteckt wurde. Die ernste Stimme des Polizeioffiziers brach ab, als der Sender, der dem italienischen Ministerpräsidenten Berlusconi gehörte, eine Blondine brachte, die für Hundefutter warb.

Im Weinkeller der Villa, wo man den Ton aus dem Fernseher über die kurze Treppe gut hörte, zog sich ein Mann mit Bürstenhaarschnitt eine Sturmhaube aus dem Überschussbestand der Armee über den Kopf. Einem Papprohr entnahm er eine zusammengerollte Leinwand und breitete sie auf dem großen Arbeitstisch aus.

Ein zweiter Mann, ein gedrungener, dunkler Typ, der eine Digitalkamera um den Hals hängen hatte, legte Bleigewichte auf die Ecken des Caravaggio-Gemäldes, damit es gut zu sehen war. Dann hielt der mit der Sturmhaube die Klinge eines Leatherman-Klappmessers mitten auf das Bild, auf die Personen, die den Leichnam Christi hielten.

»Pass auf, dass du das Gemälde nicht berührst, Achim«, sagte der Fotograf und machte drei Aufnahmen hintereinander.

Auf den Fotos sah man nur einen Teil des Gemäldes und den Handschuh mit dem Messer. Anschließend klappte der Mann, der Achim genannt wurde, sein Leatherman zusammen und knurrte: »Mir rutscht die Klinge nicht aus, es sei denn mit Absicht. Hör auf, mich zu belehren, wie man mit einem Messer umgeht!«

Achim nahm die Sturmhaube ab und bleckte die Zähne. Giuliano hielt es für besser, den Wortwechsel nicht fortzusetzen. Achim wirkte behäbig, aber wenn er in eine Gefahrensituation geriet, konnte er sich in eine Killermaschine verwandeln.

Giuliano schob die Speicherkarte der Kamera in den Computer und druckte das Bild aus, auf dem der Gemäldeausschnitt am deutlichsten zu erkennen war.

In einer Ecke des staubigen Kellers saß neben einem uralten Weinfass ein grauhaariger Mann im dunklen Anzug. Ohne sich zu rühren, hatte er das Fotografieren des Gemäldes und den anschließenden Wortwechsel verfolgt. Der Mann war Mitte sechzig, durchtrainiert und sehr gepflegt. Er nahm das ausgedruckte Bild mit seinen langen, schmalen Fingern entgegen und hielt es eine Weile vor sich in die Luft. Dann richtete er den Lichtkegel der Mini-Maglite in seiner linken Hand auf den Ausdruck.

»Das wird genügen«, sagte er mit sanfter Stimme.

6

Aaro rechnete erst gar nicht damit, im Schlafsaal der Jugendherberge einschlafen zu können. Der Mond war aufgegangen und beleuchtete die Ruinen der alten Badeanlage, die Aaro von seinem Etagenbett aus durchs Fenster sehen konnte. In Finnland waren die Leute noch in Saunas aus Torf gegangen, als die Römer schon große Badehäuser aus Stein gebaut hatten, mit flachen Becken und einem exakt geplanten System aus kühlen und warmen Räumen.

Auch um Mitternacht fand Aaro noch keinen Schlaf, obwohl alle am nächsten Morgen zeitig aufstehen mussten, weil es um acht Uhr Frühstück gab. Da in Italien kein anständiges Frühstück gemacht wurde, hatten die Lehrer versprochen, es zusammen mit einigen Schülern selbst zuzubereiten, und Aaro war die fragwürdige Ehre zugekommen, einer der Frühstücksköche zu sein.

Seine Gedanken kehrten immer wieder hartnäckig zu dem Kunstraub zurück. Er hatte einmal ein Kunstraubspiel für Kinder gesehen, das vom Munch-Museum in Oslo auf den Markt gebracht worden war. Es war das Museum, aus dem im Sommer 2004 die weltberühmten Gemälde *Der Schrei* und *Madonna* von Edvard Munch gestohlen worden waren. Mit Sicherheit würden solche Diebstähle irgendwann zunehmen, wenn man schon Kinder mithilfe eines Spiels dazu ermunterte.

Aaro schlug die Decke zur Seite. Die Wolkenfetzen vorm Mond hatten sich aufgelöst und der Erdtrabant warf sein geliehenes Licht direkt durchs Fenster. Alle anderen schliefen. Könö schnarchte mit flatterndem Gaumensegel.

Leise kletterte Aaro aus dem Bett, zog sich an und ging zu Jaakkos Bett. Fast lautlos rüttelte er seinen Freund wach.

»Ich will noch nicht aufstehen, Mama …«, sagte Jaakko und versuchte, sich auf die andere Seite zu drehen.

Aaro trat kurz zurück, damit das helle Mondlicht direkt auf Jaakkos Augen fiel.

»Sei leise«, flüsterte Aaro. »Ich bin's, Aaro, und ich bin nicht deine Mutter. Steh auf, wir müssen was erledigen.«

Jaakko setzte sich in seinem gestreiften Pyjama auf und rieb sich die Augen.

»Wir haben eine Aufgabe«, flüsterte Aaro. »Wir müssen Lauras Digicam holen und uns die Aufnahme irgendwo anschauen. Es ist wichtig.«

Jaakko sah ihn an wie einer, der gerade vom Baum gefallen ist: »Was? Mitten in der Nacht? Wo willst du die denn ansehen?«

»Wir sind in Rom. Hier hören die Leute um die Zeit gerade erst mit dem Abendessen auf. Die Ewige Stadt schläft nie.«

Aaro sah, wie sich Jaakkos Augen weiteten. Die Aussicht auf ein nächtliches Abenteuer in der italienischen Hauptstadt spülte ihm den letzten Schlaf aus den Augen. Im Nu hatte er Jeans, T-Shirt und Kapuzenpulli an und folgte Aaro auf den Gang hinaus.

Um zum Schlafsaal der Mädchen zu gelangen, mussten Aaro und Jaakko am Büro vorbei, durch dessen angelehnte Tür ein fahler Lichtkeil in den dunklen Flur fiel. Aaro ging auf alle viere und spähte vorsichtig durch den Türspalt. Er sah den Empfangsschalter, auf dem eine altmodische Tischlampe mit grünem Schirm brannte. Daneben war die Klingel und hinter dem Schalter sah man die Tür zu einer Kammer. Durch den Türspalt war das Fußende eines Klappbetts zu erkennen. Das Personal schien seinen verdienten Nachtschlaf zu genießen.

Aaro kroch auf allen vieren weiter in den nächsten Gang und wartete auf Jaakko. Der stieß im Dunkeln gegen ihn und im selben Augenblick fing es im Büro an zu piepsen. Es war der Nokia-Klingelton. Eine schläfrige Männerstimme meldete sich, hörte zu und antwortete kurz in unbeholfenem Englisch. Aaro verstand so viel, dass die Jugendherberge voll war. Er kroch weiter bis zum Schlafsaal der Mädchen.

»Schlafen Essi und die Lehrerinnen im selben Saal wie die Mädchen?«, fragte er Jaakko flüsternd. Dessen Atem pfiff leise vor Anspannung.

»Ich glaube, Essi schläft bei den Mädchen und die Lehrerinnen haben ein eigenes Zimmer.«

»Gut. Ältere Leute wachen leichter auf als junge. Und

Essi ist ziemlich jung. Jetzt keinen Mucks mehr, ich mache die Tür auf.«

Er hörte, wie Jaakko Atem holte und dann die Luft anhielt. Aaro hoffte inständig, dass sein Freund nicht vor lauter Aufregung anfing zu hyperventilieren. Langsam drückte er die Schlafsaaltür zuerst einen Spaltbreit und dann ganz auf. Die schlecht geölten Scharniere quietschten hörbar. Instinktiv hielt auch er den Atem an. In einem der Betten drehte sich jemand um, man hörte einen schläfrigen Laut, dann aber nichts mehr.

Nach einer Weile, die ihnen wie eine Ewigkeit vorkam, krabbelten Aaro und Jaakko in den Saal hinein. Aaro fand, dass es besser war, auf allen vieren zu bleiben, denn auf Bodenhöhe war es trotz des schräg hereinfallenden Mondlichts dunkel. Allerdings musste er kurz aufstehen, um Lauras Bett zu finden. Es war leicht zu erkennen, denn die Tasche mit der Digitalkamera hing am Pfosten des Kopfendes. Laura schien oben zu schlafen.

»Geh du auf den Gang und pass auf«, flüsterte er Jaakko zu. Der schien nichts dagegen zu haben, schleunigst wieder aus der verbotenen Zone zu verschwinden. Dann ging Aaro wieder auf alle viere und kroch auf Lauras Bett zu.

Die Mädchen schienen lautloser zu schlafen als die Jungen, niemand schnarchte, aber andererseits war es schwerer zu sagen, wer schlief und wer nicht. Man konnte nur hoffen, dass wirklich alle tief träumten. Immerhin war bis jetzt keine hochgefahren und hatte verärgert Fragen gestellt.

Aaro nahm die Kamera aus der Hülle. Das Fehlen der Kamera würde erst auffallen, wenn sie jemand rausnehmen wollte. Allerdings hatte Aaro vor, sie noch in der Nacht wieder zurückzubringen.

Er schlich geduckt, mit der Kamera in der Hand, aus dem Saal. Fast wäre er auf dem dunklen Gang über Jaakko gestolpert, der direkt vor der Schlafsaaltür der Länge nach auf dem Fußboden lag.

»Was liegst du da rum«, flüsterte Aaro und schlich in Richtung Haustür. »Wir gehen jetzt raus.«

Die Haustür war ein typisches italienisches Eisentor, auf das innen eine dicke Plexiglasscheibe geschraubt war. Per Druck auf einen Knopf an der Wand ging das Schloss elektrisch auf. Das war der riskanteste Moment, denn der Knopf gab einen unangenehmen, schnarrenden Ton von sich.

Aaro drückte trotzdem. Sie lauschten. Keine weiteren Geräusche. Also machte Aaro das schwere Tor auf. Nachdem sie im Freien waren, schob Aaro die Zunge des Schlosses nach innen und zog die Tür langsam zu.

»Das haben wir doch super hingekriegt«, sagte er aufmunternd zu Jaakko und zwinkerte ihm zu. In dem Moment gingen drinnen die hellen Neonröhren im Gang an und sie hörten einen Ausruf der Verwunderung.

7

Der elegante, grauhaarige Mann zog sich einen Einwegregenmantel aus dünnem Plastik über. Sorgfältig setzte er die Duschhaube auf, band sich den Atemschutz aus Papier vors Gesicht und streifte zuletzt Latexhandschuhe über. Die beiden anderen Männer im Keller der Villa Mariluce starrten ihn an. Auf Giulianos Gesicht machte sich allmählich ein schiefes Lächeln breit.

»Du überlässt auch nichts dem Zufall, Dietrich«, sagte er amüsiert.

Dietrich Gruber warf ihm einen Blick durch die Brille zu. Für einen Moment blitzte Unmut in seinen Augen auf, dann sagte er mit dem Bemühen, humorvoll zu klingen: »Vorsicht ist die Mutter der Porzellankiste, hat mein Vater immer gesagt. Aber ich möchte daran erinnern, dass man nicht unnötig Namen laut aussprechen sollte. Ich meine damit nicht, dass jemand die Villa hier belauscht, das ist mehrfach überprüft worden. Aber es kann zur unschönen Angewohnheit werden. Und unschöne Angewohnheiten führen zu unschönen Routineabläufen. Und Wild, das auf ausgetrampelten Pfaden wandelt, wird als Erstes erlegt.«

Giuliano und Achim hörten mit ernsten Gesichtern

zu. Dietrich pflegte zu predigen und dabei in Gleichnissen zu sprechen. Giuliano hielt ihn wegen seiner Intelligenz für einen unvergleichlichen Anführer. Achim schätzte ihn dafür, dass er für ihn plante und ihm sagte, was er tun sollte. Achims Stärken hingegen waren Muskelkraft und eine beachtliche Reaktionsschnelligkeit.

»Gib das Bild her!«, bellte Dietrich nun mit vollkommen verändertem Ton. Er nahm den Farbausdruck von Giuliano entgegen und warf noch einen letzten Blick auf das Caravaggio-Gemälde, das von Achims Messer bedroht wurde, dann steckte er den Ausdruck in ein Kuvert aus dicker Pappe. Giuliano reichte ihm den Brief, den Dietrich auf einer mechanischen Schreibmaschine vom Flohmarkt Bracciano getippt hatte.

»Achim, du schreibst die Adresse«, sagte Dietrich auf Deutsch und drückte dem anderen einen dicken Filzstift in die Hand. Dann schrieb er die Buchstaben auf einem kleinen Zettel vor, damit Achim, der fast Analphabet war, sie abmalen konnte. Dietrich war mit dem Resultat zufrieden. Besonders gefiel ihm die Vorstellung, dass Achims Handschrift im Polizeiarchiv nicht zu finden war – weil sie nämlich gar nicht existierte.

Nach langer Malarbeit stand auf dem Pappkuvert in schwankenden Buchstaben: SIGNOR TENENTE MARCELLO BARI, POLIZIA DI STATO, NUCLEO OPERATIVO CENTRALE DI SICUREZZA, VIA DEL QUIRINALE, 00185 ROMA.

Dietrich steckte den Brief in eine Plastiktüte und gab diese an Achim zurück. Drei Mal war er den Plan mit seinen Untergebenen durchgegangen: Achim sollte mit seinem Fiat Punto zum Bahnhof Roma Nord fahren, in die Metro steigen und zum Zentralbahnhof Roma Termini weiterfahren. Dort würde Achim den Brief in ein Schließfach legen, sich die Nummer einprägen und den Schlüssel anschließend in einen Gulli fallen lassen. Danach würde er nach Roma Nord zurückkehren und mit dem Auto wieder aufs Land fahren.

»Und zieh auf keinen Fall die Handschuhe aus«, rief ihm Dietrich hinterher. Bei Giuliano hob sich ein Mundwinkel zu einem Grinsen. Die wissenschaftliche Genauigkeit Dietrichs schien ihn zu amüsieren.

»Und nun an die Arbeit, Giuliano«, sagte Dietrich und kehrte zum Tisch mit dem ausgebreiteten Caravaggio zurück.

Er nahm einen Aluminiumkoffer aus dem Regal, öffnete ihn und entnahm ihm ein Plastikgestell mit einem Feldlabor. Es enthielt zwei Reihen von Ampullen mit Chemikalien. Dietrich schaltete die Infrarotlampe an und befahl Giuliano, das Deckenlicht im Keller zu löschen.

Er richtete den roten Lichtpunkt der Lampe auf den Rand des Gemäldes und seufzte.

Arttu Könönen schlief unruhig. Schwitzend drehte er sich im Bett hin und her und rannte im Traum vor seinem Vater davon, einem Beamten des finnischen Landwirtschaftsministeriums, der in Brüssel stationiert war. Als das fahle Mondlicht durch das staubige Fenster direkt auf seine Augen fiel, wachte Könönen auf.

Er schüttelte sich wie ein nasser Hund, sprang aus dem Bett und ging barfuß über den kühlen Steinboden zur Toilette. Auf der Höhe von Aaros Bett kam ihm ein lustiger Gedanke: Wie wäre es, den dürren Blondschopf ein bisschen zu ärgern? Bei dem Mondlicht würde sich Aaro zu Tode erschrecken. Irgendwie musste er sich den Adrenalinschub, den er durch den Traum bekommen hatte, zunutze machen und Aaro war nun mal sein Lieblingsobjekt.

Könönen entfernte den Bezug von seinem Kissen und zog ihn sich über den Kopf, sodass die Augen durch die Knopflöcher zu sehen waren. Dann trat er auf das untere Bett, hob den maskierten Kopf auf die Höhe von Aaros Bett und machte grauenerregend: »BUUH!«

Aber das Bett war leer, das merkte Könönen sofort. Der Streich ging in die Hose, außer dass Lehrerin Marita Weckman, die einen leichten Schlaf hatte, plötzlich im geringelten Nachthemd in der Tür stand. Könönen stieg vom Bett und kam sich mit dem Kissenbezug über dem Kopf ziemlich lächerlich vor.

»Arttu Könönen. Was hat das zu bedeuten?«, fragte die Lehrerin mit einer Stimme, aus der gerade noch ein spinnwebendünner Geduldsfaden herauszuhören war. »Nimm den Fetzen vom Kopf!«

»Äh, also, ich, äh, Aaro ist verschwunden, er ist nicht in seinem Bett«, stotterte Könönen.

»Wolltest du das kontrollieren? Aaro ist wahrscheinlich auf der Toilette. Außerdem sollte es dich weder tagsüber noch nachts etwas angehen, was Aaro treibt.

Das Thema hatten wir ja wohl schon mehr als einmal.«

Marita Weckman machte auf dem Absatz kehrt und marschierte direkt zur Jungentoilette. Dort war niemand. Wieder im Gang wäre sie fast mit Könönen zusammengeprallt, der aus dem Schlafsaal gelaufen kam.

»Frau Weckman! Jaakko ist auch nicht in seinem Bett! Die beiden sind bestimmt gekidnappt worden!«

Schnell kontrollierte Marita Weckman beide Betten, befahl dem kichernden Könönen, sich wieder hinzulegen, und ging ihre Kollegin wecken.

»Zuerst die Geschichte im Museum und jetzt das«, sagte Nina Halonen mit vor Anspannung schriller Stimme, während sie auf ihrem Handy Aaros Nummer wählte. Essi und Marita saßen auf ihrem Bett und starrten auf den Wecker. Es war zehn vor eins.

»Es läutet, aber der Junge geht nicht ran«, seufzte Nina. »Jaakkos Handy liegt in seiner Reisetasche. Was machen wir jetzt?«

»Wir versuchen es gleich noch einmal. Ich werde den Nachtportier wecken«, sagte Marita nervös und machte sich entschlossen auf den Weg zur Rezeption.

8

Aaro und Jaakko gingen zügig durch die Via Amba Aradami in Richtung Laterankirche. Die Nacht war warm und trotz der späten Stunde riss auf den Straßen Roms der Strom der Autos nicht ab. Signor Sordi hatte gesehen, wie sie das Haus verlassen hatten, was garantiert Folgen haben würde.

Aaro versuchte im Gehen etwas auf dem Kameradisplay zu erkennen, er hatte bereits die Sequenz vom Petersplatz gefunden, aber mehr als Menschengewimmel war auf dem winzigen Monitor nicht zu identifizieren.

»Das wird nichts«, keuchte er. »Wir brauchen ein Firewire-Kabel, damit wir die Kamera an einen Computer anschließen können.«

»Vielleicht schaffen wir es morgen früh in einen Computerladen?«, schlug Jaakko vor. Als Signor Sordi ihnen nachgerufen hatte, wäre er am liebsten direkt vor der Jugendherberge wieder umgekehrt.

»Wieso morgen früh? Das hier ist Rom, hier geht man nicht nach dem Sandmännchen ins Bett«, schnaubte Aaro. Allerdings war auch ihm aufgefallen, dass Rom in praktischen Dingen eine Stadt voller Überraschungen war, so wie sein Vater es ihm vor der Abreise erklärt hatte: Alles ließ sich irgendwie regeln – oder eben nicht.

»He, warum bringen wir die Kamera nicht zur Polizei?«, schlug Jaakko als Nächstes vor, nun noch ein bisschen nervöser. »Das ist ein Kriminalfall und damit was für die Polizei. Dann sind wir das Ganze los und können wieder ins Bett gehen. Die haben bestimmt längst gemerkt, dass wir nicht sind, wo wir sein sollen …«

»Du kannst ja ins Bett gehen, wenn du müde bist. Ich will den Filmausschnitt hier richtig sehen, und zwar jetzt!«, erwiderte Aaro mit vor Müdigkeit heiserer Stimme. »Hast du kein bisschen menschliche Neugier in dir? Wenn alle solche Trantüten wären wie du, würden wir immer noch in Höhlen leben und am Lagerfeuer Büffelschenkel grillen. Das heißt, ohne Neugier wäre noch nicht mal das Feuer erfunden worden.«

Aaro atmete tief durch. Sie hatten den Platz vor der Laterankirche erreicht, der von einem riesigen Obelisken beherrscht wurde. Hier zweigte die Via Merulana ab, an deren Ende die Kirche Santa Maria Maggiore stand. Und ein paar Blocks weiter der große Bahnhof Roma Termini. In einer solchen Gegend dürfte es nicht schwer sein, ein Internetcafé zu finden, das auch nachts geöffnet hatte.

»Und was machen wir nun?«, seufzte Jaakko.

»Wir suchen uns ein Internetcafé und stöpseln das Ding hier ein«, antwortete Aaro kurz und bündig und ging in Richtung Kirche weiter.

Genau zur gleichen Zeit drückte Marita Weckman die Klingel an der Rezeption der Jugendherberge. Ein Mann mit verschlafenen Augen, der Nachtportier Signor Sordi, sprang von seinem Klappbett im Hinterzimmer auf und stand im Nu hinter der Theke. Er hob die Augenbrauen, als er fragte, was die Dame wünsche.

»Uns sind zwei Jungen abhandengekommen«, sagte Marita mit gedämpfter, zitternder Stimme. »Und sie melden sich nicht am Telefon. Haben Sie vielleicht jemanden hier vorbeischleichen sehen?«

»Das habe ich tatsächlich, *Signora,* ungefähr um Mitternacht hörte ich die Haustür zufallen. Ich sah nach, da verschwanden sie gerade um die Ecke, und sie reagierten auch nicht, als ich sie rief. Es tut mir leid.«

Marita Weckmans Augen wurden feucht. Das hätte sie von Aaro und Jaakko nie geglaubt. Dass sie auf eigene Faust in der Großstadt in die Nacht verschwinden. Und sie, Marita Weckman, trug die Verantwortung. Was sollte sie den Eltern der Jungen sagen?

»Bei uns in Italien sind Kinder in dem Alter um diese Zeit nicht mehr allein auf der Straße – außer mit ihren Eltern«, sagte Signor Sordi mit leicht missbilligendem Unterton.

Marita kehrte in ihr Zimmer zurück, wo Nina und Essi auf sie warteten. Marita schilderte ihnen die Lage und fragte verzweifelt, was sie unternehmen sollten.

»Wir schicken eine SMS«, schlug Essi vor. »Wenn keine Antwort kommt, reden wir mit der Polizei.«

Aaro und Jaakko standen im Internetcafé »24/7« in der Via Principe Amedeo. Die meisten dieser Einrichtungen in der Gegend schienen von Indern oder Pakistanis betrieben zu werden.

»*Ciao*, womit kann ich dienen?«, fragte das Mädchen hinter der Theke. Sie sah nicht aus wie eine Inderin, sondern wie eine italienische Studentin, die hier jobbte. Sie hatte dunkle Locken und strahlende braune Augen, die dafür sorgten, dass Aaro bis über beide Ohren rot wurde.

Er bat darum, sich ein Kabel borgen zu dürfen. Das Mädchen holte einen Schuhkarton mit unterschiedlichen Kabeln unter der Theke hervor.

»Schau mal, ob du hier das passende findest. Andere haben wir nicht.«

Aaro wühlte aus den Kabelspaghetti ein Firewire-Kabel heraus, bedankte sich höflich und verzog sich mit Jaakko an einen freien PC. In den Kabinen nebenan telefonierten Ausländer, die hier wohnten, und Touristen aus anderen Zeitzonen lautstark in den unfassbarsten Sprachen mit der Heimat. Ebenso lebhaft hackten junge Backpacker in die Tasten der abgenutzten Computer. Aaro legte sein Handy auf den schmalen Tisch. Alle drei Minuten blinkte das Display und es erschien das Unheil verkündende Wort »WECKMAN«. Unterwegs hatte er schon die SMS gelesen, in der sie streng aufgefordert wurden, so schnell wie möglich in die Jugendherberge zurückzukehren – am liebsten per Taxi auf Frau Weckmans Kosten. Obwohl Jaakko ihn dazu überreden wollte, lehnte Aaro das Taxi ab, aber er hatte das den Lehrerinnen bislang noch nicht mitgeteilt.

»Sollten wir nicht wenigstens Bescheid sagen, dass wir noch leben?«, schlug Jaakko vor. »Sonst hetzt uns die Weckman die Carabinieri auf den Hals.«

»Okay, du kannst ihr ja was Allgemeines simsen«, meinte Aaro, während er das Kabel in den Rechner steckte.

Jaakko führte den Befehl gewissenhaft aus, er schrieb: WIR SIND EIN BISSCHEN AUF ACHSE, KOMMEN SOBALD ES GEHT. JAAKKO UND AARO.

Gianni Calabrese, der diensthabende Beamte bei der nationalen italienischen Kriminalpolizei, lehnte sich auf seinem Stuhl zurück. Über dem alten Schreibtisch brüllte der Fernseher, der immer und immer wieder denselben Werbetrailer für das kommende Derby zwischen AS Rom und Lazio zeigte.

Calabrese sah auf die Uhr: gleich eins. Der Kellner aus der Bar Marco nebenan hatte ihm noch immer nicht seinen Espresso gebracht, obwohl er immer um diese Zeit einen bestellte.

Calabrese streckte die Hand nach dem Telefon aus, um Marco an den Kaffee zu erinnern. In dem Moment klingelte der Apparat und der Beamte erschrak. Die Nummer dieses Anschlusses war nicht öffentlich bekannt, normalerweise riefen hier nur Polizeistellen an, wenn es um Kriminaldelikte ging, die den gesamten Staat betrafen.

»*Pronto*«, sagte Calabrese in den Hörer.

Am anderen Ende der Leitung war es einen Augenblick still. Dann diktierte eine tiefe Männerstimme langsam eine Mitteilung, absolut monoton, als käme der Text von einem digitalen Sprechsimulator: *»Im Schließfach Nummer 218 auf der Westseite der Stazione Termini liegt ein Brief. Darin geht es um die Pinakothek in den Vatikanischen Museen.«*

Sonst nichts. Calabrese warf einen Blick auf das Computerprogramm, das für die Rückverfolgung der Telefonate zuständig war: Anruf aus dem Innenstadtbereich von Rom, Prepaid-Anschluss. Calabrese drückte die Kurzwahltaste, die ihn sofort mit dem Handy von Leutnant Marcello Bari verband.

Mit vor Anspannung zitternden Händen vergrößerte Aaro die Aufnahme von Lauras Kamera auf dem Computerbildschirm. Er skippte eine Weile, dann stoppte er die Aufnahme bei dem Mann mit dem hellen Mantel.

»Das ist er«, hauchte Aaro und zeigte auf den Mann. Jaakko hielt sein Gesicht so dicht an den Bildschirm, dass die Scheibe beschlug. »Sandfarbener Trenchcoat, viel zu groß … weil er darunter den Kanister mit der Säure versteckt. Halbglatze, schwarze Ringe unter den Augen.«

Die Aufnahme wirkte, als hätte Laura die Kamera versehentlich laufen lassen.

»Damit kann man ihn identifizieren«, sagte Jaakko und warf einen ängstlichen Blick zur Theke, als befürchtete er, das Mädchen könnte sie jeden Moment unterbrechen.

»Du hast recht. Wir müssen das Band zur Polizei bringen. Womöglich kommen sie den Tätern damit auf die Spur«, sagte Aaro und ließ die Aufnahme weiterlaufen.

Er schloss den Kopfhörer seines MP3-Players an die Kamera an und hörte eine Weile zu. Das Stimmengewirr der Menschenmenge, im Hintergrund Rufe in amerikanischem Englisch, dann sagt Laura etwas über die Hitze, und dann, als der Mann im Trenchcoat den Ärmel vor den Mund hielt, hörte man ziemlich deutlich einen italienischen Satz.

»Wir haben seine Stimme«, flüsterte Aaro aufgeregt. Er spulte zurück und spitzte die Ohren, um zu verstehen, was der Mann sagte. Er wollte notieren, was er hörte, aber da er kein Italienisch konnte, klappte das nicht. Er nahm den Satz jedoch mit seinem MP3-Player auf, ging zu dem Mädchen mit den Locken und fragte, ob sie verstehe, was da gesagt wurde.

»Ja, ganz gut«, antwortete sie mit ziemlich starkem Akzent in ihrem Englisch. Italienische Jugendliche lernten Englisch nicht mal durchs Fernsehen, weil die Sender in Italien alles synchronisierten, hatte Aaro festgestellt.

»Der Mann sagt: *Verstehe. Ich werde jetzt verschwinden. Treffpunkt Faleria. Der Graue wartet schon nervös im Keller.*«

»Was ist Faleria?«, wollte Aaro wissen und merkte, wie er wieder rot wurde.

»Keine Ahnung. Klingt nach einem Ort, aber es kann

natürlich auch ein Lokal sein«, sagte das Mädchen und wandte sich einem Kunden zu, der gerade hereinkam.

»Die Polizei wird zufrieden sein, wenn sie das morgen sieht«, sagte Aaro.

»Heute«, korrigierte Jaakko ihn und sah vielsagend auf die Uhr.

9

Vor dem Bahnhof an der Piazza del Cinquecento kamen zwei Mannschaftswagen der Carabinieri angebraust. Die Blaulichter zerschnitten die schwarze Nacht und das Heulen der Sirenen hallte gespenstisch von der Fassade des alten Bahnhofsgebäudes wider. Zwanzig schwarz gekleidete Polizisten sprangen aus den Fahrzeugen und besetzten in routiniertem Ablauf die Bahnhofshalle. Ihre phosphoreszierenden Gürtel leuchteten, während sie rasch und entschlossen die Leute aus der Halle wiesen.

Gerade als die Carabinieri die Türen schlossen, fuhr ein grün-brauner, nicht gekennzeichneter Transporter der italienischen Armee vor. Er gehörte dem Bombenentschärfungskommando des *Distaccamento Anti-Terrorista* der italienischen Armee. Auf der Ladefläche stand ein Sprengstoffentschärfungsroboter israelischen Fabrikats.

»Wer hat euch gerufen?«, fragte ein Offizier der Carabinieri, als die Soldaten in ihren Tarnanzügen auf dem Platz Stellung bezogen. Er stellte jedoch keine weiteren Fragen, denn er sah einen Leutnant der Polizia di Stato aus dem Fahrzeug steigen, Marcello Bari, der gerade erst im Fernsehen aufgetreten war, begleitet von einem Mann mit dunklem Anzug und Brille. Es handelte sich um Romano Simonis, den Kanzleichef des Innenministeriums, einer der höchsten Beamten innerhalb des politischen Apparates Italiens. Der Carabiniere schlug die Hacken zusammen, während die beiden Männer an ihm vorbei ins Bahnhofsgebäude gingen. Auf der Piazza hatten sich inzwischen die ersten Gaffer versammelt und die Carabinieri waren damit beschäftigt, die Neugierigen auf Distanz zu halten.

Leutnant Bari und Kanzleichef Simonis blieben vor einem Schließfach stehen. Ein Sprengmeister der Anti-Terror-Einheit zog sich einen feuerfesten Overall und bis zu den Oberarmen reichende, gesteppte Handschuhe an. Die gesamte Bahnhofshalle war mittlerweile abgeriegelt, Scheinwerfer der Polizei erhellten die Wände und überall hörte man Stimmen aus Funkgeräten. Der Leutnant glaubte nicht im Geringsten daran, dass in dem Schließfach Sprengstoff lag, aber neuerdings wurde in solchen Fällen kein Risiko mehr eingegangen. Vor dem Bahnhofseingang wurde der Entschärfungsroboter einsatzbereit gemacht.

Aaro blieb so abrupt stehen, dass Jaakko fast gegen ihn geprallt wäre. Vor dem Bahnhof Termini ließ das Blaulicht von Einsatzfahrzeugen die Gesichter der Schaulustigen blau aufleuchten.

»Was hier wohl los ist?«, fragte sich Aaro aufgeregt. Polizei, Waffen und angespannte Atmosphäre sorgten dafür, dass die Energie, die ihm schon auszugehen drohte, wiederbelebt wurde.

»Das ist nicht unsere Sache, lass uns jetzt pennen gehen«, meinte Jaakko ungeduldig.

»Kein bisschen menschliche Neugier«, schnaubte Aaro und sog mit den Augen das nächtliche Drama auf. Ihm hatte schon immer eine Karriere als Kriminalpolizist oder noch besser als Agent des Geheimdienstes vorgeschwebt. Bei Jaakko dürfte es eher so ein spannender Beruf wie Kantor oder Kammerdiener werden, dachte Aaro, als sie weitergingen.

Er versuchte, zwischen den Menschen hindurch einen Blick auf den Bahnhof zu werfen, vor dem Männer in phosphoreszierenden Westen mit der Aufschrift »P3/E« standen.

»Alles bereit, *signor tenente*«, teilte der Sprengmeister mit und salutierte mit seinem dicken Spezialhandschuh. »Sollen wir das Schließfach mit der Hydraulikzange öffnen?«

Leutnant Bari reichte ihm einen Generalschlüssel für alle Schließfächer, den er vom Bahnhofsvorsteher erhalten hatte. »Nehmen Sie lieber den hier«, sagte er. Zusammen mit Simonis sah er zu, wie der Bombenentschärfer den Schlüssel ins Schloss schob und mit einer Zange langsam drehte. Der Kanzleichef ging hinter der nächsten Schließfachreihe in Deckung, Bari verfolgte das Geschehen aus der Nähe.

Das Schloss ging mühelos auf. Es gab keine Bombe.

Der Sprengmeister nahm eine Plastiktüte des Schokoladengeschäfts Godiva aus dem Fach. Sie enthielt ein gelblich braunes Kuvert.

Leutnant Bari hörte, wie in der Bahnhofshalle der Roboter in Gang gesetzt wurde. Darauf bellte er ein paar Befehle in sein Funkgerät und trat näher an das Schließfach heran.

»Machen Sie das Kuvert bitte sofort auf«, befahl Bari dem Sprengmeister und winkte dabei den Fotografen der Polizia di Stato heran, damit er Bilder machte. Der italienische Polizeiapparat legte sich bei diesem Kunstraub mit einem Aktionismus ins Zeug, dass der erfahrene Leutnant nur staunen konnte. Würden Wirtschaftsverbrechen in Italien ebenso eifrig untersucht, wäre der Staat um einiges wohlhabender, hatte er zu seiner Frau gesagt, als er am Abend kurz zu Hause vorbeischaute.

Der Sprengmeister zog einen Handschuh aus, öffnete vorsichtig das Kuvert und entnahm ihm den Computerausdruck einer Farbfotografie. Bari nahm das Bild in die Hand, schloss kurz die Augen, weil ihn der Blitz des Polizeifotografen blendete, und sah sich die Aufnahme an. Sie zeigte Caravaggios *Grablegung Christi*. Die Personen bei dem Leichnam sahen noch leidender aus als sonst, denn jemand hielt ihnen die Klinge eines Leatherman-Messers an die Kehle. Kanzleichef Simonis tauchte nun wieder neben Bari auf.

»Kein Begleitschreiben?«, wunderte sich Simonis.

Der Bombenexperte schüttelte das offene Kuvert. Ein

DIN-A4-Blatt segelte heraus. Die Botschaft darauf war mit einer mechanischen Schreibmaschine getippt worden.

Marita Weckman war rot vor Zorn. Sie blickte abwechselnd auf Aaro, der in der Eingangshalle der Jugendherberge auf dem Sofa saß, auf Jaakko, der müde am Empfangsschalter lehnte, auf den verschlafenen Nachtportier und auf die Wanduhr, die zwei Uhr zeigte. Ihre Kollegin Nina Halonen und die Praktikantin Essi Mannerla standen todernst hinter Frau Weckman.

»Und das war jetzt die endgültige Erklärung von Herrn Aaro Nortamo?«, fragte die Lehrerin mit frostiger Stimme.

»Jawohl, Frau Weckman. Wir haben ein Verbindungskabel gefunden und fast das Gesicht des Säureattentäters aus dem Museum gesehen. Nur ärgerlich, dass das Bild so undeutlich ist; die Sequenz ist nämlich bloß aus Versehen aufgenommen worden.«

»Ihr habt also mitten in der Nacht, mitten in einer gefährlichen Großstadt Sherlock Holmes und Watson gespielt? Mit der wertvollen Digitalkamera einer Klassenkameradin?«

»Na ja, wenn Sie das unbedingt so formulieren wollen«, sagte Aaro möglichst diplomatisch und kleinlaut. »Wir dachten, wir helfen der Polizei ein bisschen. Und vielleicht ist auch ein Schuss menschlicher Neugier im Spiel gewesen …«

»Menschliche Neugier! Ich sage den beiden Herren

jetzt klipp und klar: Sollte sich eine solche Eigenmächtigkeit noch einmal wiederholen, muss ich dem Rektor vorschlagen, euch aus disziplinarischen Gründen für eine bestimmte Zeit von der Schule zu verweisen!«

»Huhu«, seufzte Jaakko halblaut. Frau Weckman marschierte bereits mit klappernden Absätzen zu ihrem Zimmer, ohne sich darum zu scheren, wie viele Schüler sie dabei aufweckte.

Aaro und Jaakko schlichen unauffällig in ihre Betten, aber Aaro konnte lange nicht einschlafen. Gleich als sie die Jugendherberge betreten hatten, waren sie auf die Lehrerinnenpatrouille gestoßen, womit sie allerdings gerechnet hatten. Die Digitalkamera war umgehend wieder in der Tasche der schlafenden Laura verstaut worden, aber damit war der Fall nicht erledigt.

»Üble Angelegenheit«, murmelte Aaro. »Der Stress, den die Weckman gemacht hat, kommt mir viel krasser vor als der Raub im Museum.«

Aus Jaakkos Bett war nur noch Schnarchen zu hören.

Stattdessen fragte Könö einige Betten weiter: »Wo wart ihr? Die Lehrerinnen wollten schon die Bullen rufen.«

»Wir haben uns einen Boxkampf angesehen. Ich kenn da einen Manager«, sagte Aaro, drehte sich um und ließ einen verdutzten Könö zurück.

Was bedeutete Faleria? War es ein Lokal, in dem geheime Treffen stattfanden? Die Erwähnung des grauhaarigen Mannes im Keller klang allerdings nicht nach einem Restaurant. Sollte er am nächsten Morgen im Telefonbuch von Rom nachsehen? Das würde nicht viel nützen, denn in dieser chaotischen Stadt waren bestimmt nicht alle Lokale fein säuberlich in den Gelben Seiten aufgelistet. Das Beste wäre, gleich ins Internet zu gehen.

Kurz bevor er einschlief, beschloss Aaro, der Polizei tatsächlich die Filmaufnahme zu übergeben.

10

Allmählich setzte die Morgendämmerung im Garten der alten Villa am Rande des Dorfes Faleria ein. Die Zikaden sangen in den Bäumen, hin und wieder hörte man das gereizte Maunzen eines Katers. Achim konnte Katzen nicht leiden, er mochte nur Hunde. Eigentlich waren ihm Hunde sogar sympathischer als Menschen.

Er kniff die Augen zusammen, als er ein besonders hohes Miauen hörte. Das ganze Dorf war voller dürrer Katzen mit ausgebleichtem Fell. Er verstand nicht, wovon sie lebten. Wahrscheinlich gaben die weichherzigen Italiener ihnen etwas zu fressen. Achim spuckte gegen die Platane, die in einer Ecke des Grundstücks stand. Dann ging er zur nächsten Ecke. Damit hatte er wieder eine Runde hinter sich gebracht. Alle halbe Stunde musste er in den Garten der Villa Mariluce gehen, auch wenn es keine akuten Anzeichen von Gefahr gab. Er konnte sich keinen sorgfältigeren und genaueren Boss vorstellen als Dietrich Gruber.

Er sah zum Balkon im ersten Stock hinauf. Lorenzo und Giuliano hatten wieder die Glastür ihres Schlafzimmers offen gelassen, obwohl Gruber es ihnen untersagt hatte. Achim hasste solche Ungenauigkeiten. Er würde dem Chef Bescheid sagen müssen.

Im Keller der Villa saß ein grauhaariger Mann unter einer hellen Neonröhre. Dietrich Gruber starrte auf das Resultat der chemischen Konsistenzanalyse. Vor ihm auf dem Fußboden war grobes Papier ausgebreitet, darauf lag das Meisterwerk von Caravaggio, mit der Bildseite nach unten. Daneben stand ein Mikroskop.

Gruber rieb sich die Augen, er hatte die ganze Nacht gearbeitet. Die Analyse ergab, dass das Barockgenie mehrmals seine Meinung geändert hatte: Auf dem Bild waren ein halbes Dutzend Ölfarbschichten zu identifizieren. Vor allem am Gesicht Christi hatte der Künstler jede Menge Veränderungen vorgenommen. Gruber wusste, dass es normal war, auf alten Gemälden mehrere Farbschichten zu entdecken, oft war ein Bild sogar über ein völlig anderes Motiv gemalt worden. Aber an dieser Arbeit hier stimmte etwas nicht. Und das wiederum sagte ihm, dass er auf der richtigen Spur war.

Er wählte aus seinem Werkzeug das digitale Stärkemessgerät und maß die Dicke der Leinwand. Ganz richtig. Alles wies darauf hin, dass auf dem Bild mehr als nur sechs verschiedene Ölfarbschichten aufgetragen waren: Hier lagen außerdem zwei Leinwände übereinander!

Achim erschien in der Kellertür, das Revolverhalfter hing über seiner linken Schulter. »Boss, die Balkontür im ersten Stock …«, fing er an, aber der grauhaarige Mann unterbrach ihn mit einer Handbewegung.

Dietrich Gruber nahm ein Skalpell, schob die Klinge exakt zwischen die beiden Stoffbahnen und begann, die Leinwände voneinander zu trennen. Sie waren nur an den Rändern miteinander verklebt. Nach einer halben Stunde lagen zwei Leinwandrollen vor ihm: Die eine zeigte das Meisterwerk von Caravaggio, die andere war wesentlich neuer und Gruber achtete beim Zusammenrollen darauf, dass Achim nichts von der Bildseite sah.

»Sie haben nicht geantwortet«, sagte Achim auf Deutsch und schaute auf die Uhr.

»Sie haben Zeit bis um elf«, erwiderte Gruber. »Und wir brauchen auch ein bisschen Schlaf.«

»Das waren also zwei Gemälde?«, fragte Achim.

»So ist es«, gab Gruber zurück und legte beide Rollen in den Tresor. »Aber der Caravaggio ist wertvoller.«

»Glaubst du, sie werden zahlen, Boss?«

»Daran gibt es nicht den geringsten Zweifel«, sagte Gruber und zog sich in seine Schlafnische neben dem Tresor zurück.

Allerdings wusste er, dass er keinen Schlaf finden würde. Das Gemälde von Caravaggio barg ein Geheimnis – so wie er vermutet hatte. Und niemand außer ihm wusste davon. Die Polizei glaubte, das Tatmotiv sei Raub und Erpressung, niemand käme auf die Idee, dass er sich für das eigentliche Gemälde nicht im Geringsten interessierte.

11

Im großen Konferenzraum des Palazzo Quirinale verdeckte eine Leinwand die uralte, verzierte Stofftapete. Leutnant Marcello Bari hätte gern die Jagdmotive bewundert, aber das war jetzt leider unmöglich. Die Untersuchungskommission war in den Räumen des Innenministeriums einberufen worden. Die italienische Regierung wollte zeigen, dass sie den Fall sehr ernst nahm. Niemand wollte, dass sich so etwas wie die Munch-Diebstähle in Oslo oder das Verschwinden der Saliera von Cellini in Wien wiederholte. Der Caravaggio musste so schnell wie möglich gefunden werden.

Kanzleichef Romano Simonis nickte seiner Sekretärin zu, die das Computerbild von der *Grablegung Christi* auf die Leinwand projizierte. Man sah die Klinge eines Leatherman-Klappmessers über dem Gemälde. Das Messer wurde von einem Handschuh mit Noppen gehalten. Zwar war auf dem Bild keine Zeitung zu sehen, die den Zeitpunkt der Aufnahme unter Beweis gestellt hätte, aber es bestand trotzdem kein Zweifel: Der Caravaggio befand sich in den Händen äußerst professioneller Verbrecher. Das wurde auch durch den Drohbrief im Schließfach des Hauptbahnhofs bestätigt.

Leutnant Bari blickte auf den Führungsstab, der sich um den ovalen Nussbaumtisch versammelt hatte: der immer höchst wichtig erscheinende Carabinieri-Offizier Umberto Preti, Kardinal Guido Falcone, seines Zeichens Leiter der Vatikanischen Museen, Anna Buretti vom Kultusministerium und der Vorsitzende der Kommission, Kanzleichef Simonis.

»Lesen wir den Brief, den die Täter uns geschickt haben. Beweisstück 9A«, sagte Simonis und lehnte sich auf seinem Rokokostuhl zurück. Auf der Leinwand erschien ein Bild des Briefes, er war mit einer alten mechanischen Schreibmaschine geschrieben worden. Die Sekretärin las ihn laut vor:

»*Wir haben den Caravaggio. Wenn unsere Forderungen nicht erfüllt werden, vernichten wir das Werk. Wir verlangen Blütenblätter der nur auf Madagaskar wachsenden Aerangis-Orchidee im Wert von drei Millionen Euro. Anweisungen zur Übergabe erhalten Sie bis elf Uhr morgen Vormittag.*«

Leutnant Bari sah intuitiv auf die Uhr. Es war fünf vor zehn. Die Verbrecher schienen davon auszugehen, dass die Lösegeldforderung ohne einen Mucks erfüllt wurde.

»Was ist das denn für ein alberner Scherz?«, fragte Bari. »Blütenblätter von Orchideen?«

Kanzleichef Simonis setzte die Brille auf. »Es ist kein Scherz, sondern eine bedauerlich intelligente Form des Lösegelds. Jeder Finanztransfer kann nachvollzogen werden, Geldscheine sind nummeriert, Blütenblätter nicht.

Wir sind der Sache nachgegangen und hier ist das Resultat.«

Er nahm eine ausgedruckte E-Mail zur Hand und las vor: »*Die Blütenblätter der Aerangis-Orchidee werden vielerorts auf der Welt als Rohstoff bei der Parfüm-Herstellung benutzt. Ein Posten dieser Blätter zum Marktwert von drei Millionen wiegt etwa ein Kilo, aber um das Gewicht zusammenzubringen, benötigt man eine riesige Menge Pflanzen. Die Blütenblätter enthalten reichlich ätherische Öle und sind aufgrund ihrer Seltenheit äußerst gefragt, weshalb lebhafter Schwarzhandel mit ihnen betrieben wird. Aus diesem Grund ist es praktisch unmöglich, den Weg, den eine Handelspartie des Rohstoffs nimmt, nachzuvollziehen.*«

Es wurde still im Saal, bis Anna Buretti das Wort ergriff. »Die Lage ist kompliziert. Wenn wir auf eine solche Forderung eingehen, ermuntern wir damit andere Kriminelle, die ebenfalls einen Kunstdiebstahl ausbrüten. Aber was können wir tun? Der Caravaggio ist ein nationaler Kulturschatz und wir können es uns nicht leisten, ihn vernichten zu lassen. Es geht hier um das Ansehen ganz Italiens und des Heiligen Stuhls!«

»Das ist wahr«, sagte Kardinal Falcone in seinem roten Gewand und stand auf. »Als Leiter der Vatikanischen Museen übernehme ich die volle Verantwortung. Unser Sicherheitssystem muss komplett erneuert werden. Aber zuvor habe ich die Vollmacht von Seiner Heiligkeit erhalten, die erforderliche Lösegeldzahlung zu leisten.

Woher bekommen wir auf die Schnelle die nötige Menge dieser Orchideen?«

»Nach vorläufigen Ermittlungen können wir die Hälfte bei der Parfümindustrie rund um die französische Stadt Grasse kaufen und die andere Hälfte bei einem indischen Rohstoffhändler«, sagte Simonis.

»Und Sie können sich damit trösten, dass der Wert des Werks durch den Raub nur weiter wachsen wird.«

Die Anwesenden sahen Frau Buretti fragend an.

»Genau das wird passieren«, fuhr sie fort. »Die Londoner Tate Gallery hat 3,3 Millionen Pfund bezahlt, damit sie zwei gestohlene Gemälde von Turner zurückbekam. Mittlerweile hat sich der Marktwert der Arbeiten dank des Raubs verdoppelt. Vergessen Sie nicht, dass erst der Raub im Jahr 1911 die Mona Lisa berühmt gemacht und ihren Wert auf ein ganz neues Niveau gehoben hat. Ich würde mich nicht wundern, wenn ein Kunstmuseum mit Zahlungsschwierigkeiten den Raub eines seiner Werke inszenieren würde, um dessen Wert zu steigern.«

Der Kardinal räusperte sich ungehalten. »Soll das eine Anspielung sein, Signora Buretti?«

»Keineswegs. Den Vatikanischen Museen dürfte es ja nicht am nötigen Kleingeld fehlen«, gab Frau Buretti schnippisch zurück. Ihr hatte noch nie gut gefallen, auf welch geheimnisvolle Weise die Vatikanischen Museen ihre Kunstkäufe tätigten.

Kanzleichef Simonis seufzte erleichtert auf; er war äußerst gespannt gewesen, ob das italienische Innenministerium die Summe bezahlen musste oder ob die Kirche einsprang. Würde das Geld dem Staatshaushalt entnommen, käme das den Medien zu Ohren. Die Konten des Vatikans hingegen waren nach wie vor geheim.

»Und um Kleingeld geht es hier ja«, sprach Frau Buretti weiter. »Die geringe Lösegeldforderung ist mir absolut rätselhaft. Für den Caravaggio könnte man leicht die zwei- oder dreifache Summe oder noch mehr verlangen.«

Die anderen stimmten in die Verwunderung nicht ein, sondern wirkten zufrieden.

»Ich danke dem Herrn Kardinal«, sagte der Kanzleichef. »Und ich bitte Sie, Seiner Heiligkeit meinen Dank zu übermitteln. Wir werden den Vorgang vollkommen geheim halten. Die Öffentlichkeit wird nicht den geringsten Hinweis erhalten, dass wir Lösegeld gezahlt haben. Derzeit bemühen sich sämtliche Polizeikräfte des Staates darum, die Täter zu finden. Unsere nächste Chance zur Ergreifung ist die Lösegeldübergabe. Den Einsatz leitet Leutnant Bari.«

»Danke, Herr Kanzleichef«, sagte Bari und merkte, dass der Carabinieri-Offizier ihn wütend ansah. »Alle Anwesenden dürften sich darüber im Klaren sein, dass der Drohbrief geheim gehalten wird. Sollte etwas davon in die Medien gelangen, wissen wir, dass die Information aus diesem Raum stammt. Dann werde ich mich gezwungen sehen, interne Ermittlungen einzuleiten. Jeder von uns weiß, was das bedeutet.«

»Danke, Herr Leutnant«, sagte Simonis schnell und

sah auf die Uhr. »Wir werden den Raum nicht verlassen, bevor wir eine neue Nachricht von den Tätern erhalten haben.«

Dietrich Gruber sah auf die Uhr und fragte sich, was die Polizei derzeit wohl unternahm, um ihn zu finden.

Er spähte in die Küche der Villa Mariluce und stellte fest, dass Achim auf der Matratze auf dem Fußboden schlief. Oder so tat als ob, denn bei dem kräftig gebauten Mann konnte man nie wissen. Dietrich traute Achim trotzdem mehr als den Italienern; er selbst hatte den gebürtigen ukrainischen Jungen vor dem bayerischen Jugendgefängnis gerettet und ausgebildet.

Aus dem Garten drangen die Geräusche der Zikaden herein, irgendwo maunzte eine Katze. Eigentlich mochte Dietrich Katzen, aber ein Haustier vertrug sich nicht mit seinem Leben, zu dem viele Reisen gehörten. Dietrich Gruber hatte nämlich zwei Wohnungen: eine in Bayern und eine in Paraguay.

Als Nächstes warf er einen Blick ins Wohnzimmer. Im fünften TV-Programm lief ein Quiz, aber Lorenzo und Giuliano Megúcci verfolgten es nicht mehr, sondern waren auf dem Sofa eingeschlafen. Dietrich verzog die schmalen, farblosen Lippen zu einem Lächeln und kehrte in den Keller zurück. Es musste die nötige Portion Vertrauen vorhanden sein – und die richtige Menge an Misstrauen. So hatte es sein Vater Heinrich Gruber immer formuliert.

Dietrich bewunderte seinen Vater. Der alte Heinrich

war gestorben, als Dietrich zehn war. Als er noch lebte, hatte er ihn oft auf den Schoß genommen und zuerst das kleine Einmaleins und einige grundlegende Gleichungen abgehört und ihm dann vertrackte mathematische Aufgaben gestellt. Die Mathematik und ihre Rätsel waren dem alten Versicherungsmathematiker das liebste Hobby – nicht umsonst hatte SS-Oberstleutnant Adolf Eichmann ihn seinerzeit engagiert, um unter anderem die Treibstoffkosten für den Transport Hunderttausender Menschen mit der Deutschen Reichsbahn zu berechnen. Die Transporte sollten möglichst billig vonstatten gehen, damit Treibstoff für die Kriegsanstrengungen gespart wurde.

Aber seine eigentliche Heldentat hatte Heinrich in den letzten chaotischen Kriegstagen geleistet, als die SS-Elitetruppen den Auftrag erhielten, die riesigen Gold-, Währungs- und Kunstschätze des Dritten Reiches zu verstecken.

Dietrich Grubers Puls schlug schneller. Sein Vater war bei der historischen Operation dabei gewesen, die noch immer nicht abgeschlossen war. Dietrich würde sie nun zum Abschluss bringen. Er war auf einer Spur, die er nicht mehr aufgeben würde. Oder war es doch ein Holzweg? Hatte er die Fragmente im Tagebuch seines Vaters falsch interpretiert?

Dietrich lauschte noch einen Moment. Oben war nichts zu hören, außer dass Lorenzo zu schnarchen begonnen hatte. Mit einer komplizierten Zahlenkombination öffnete er den Tresor und nahm die neuere Leinwand heraus, die er am Abend vom Caravaggio-Gemälde abgetrennt hatte. Der Caravaggio war durchaus wertvoll, aber er war praktisch unverkäuflich – außer vielleicht an einen stinkreichen amerikanischen Sammler – und ein solches Geschäft würde unnötige Risiken bergen, dachte Dietrich. Er musste die Ruhe bewahren, bei seinem ursprünglichen Plan bleiben und den Caravaggio so schnell wie möglich wieder hergeben. Allerdings nicht ganz umsonst …

Er rollte den brüchigen Stoff auf. Das Ölgemälde darauf zeigte ein bayerisches Hirtenmädchen. Es handelte sich eindeutig um ein romantisches Gemälde aus dem frühen 19. Jahrhundert, von einem völlig unbekannten Maler. Dietrich drehte das Bild um und befestigte es vorsichtig mit Reißnägeln auf dem Arbeitstisch. Das Bild vom Hirtenmädchen mit den roten Wangen hatte so gut wie keinen Wert.

Dietrich nahm die UV-Lampe in die Hand und beleuchtete den grauen Hintergrund des Gemäldes. Zweimal fuhr er mit der Lampe die gesamte Leinwand entlang. Nichts! Anschließend richtete er gewöhnliches Halogenlicht auf die Leinwand, aber es brachte ebenso wenig zum Vorschein.

Plötzlich beschlich Dietrich das unangenehme Gefühl, beobachtet zu werden. Er blickte zum Kellerfenster und löschte das Licht. Die Treppe knarrte. Dietrich trat hinter einen Stützpfeiler aus Backsteinen und versuchte sich zu erinnern, wo er seine Smith & Wesson Police Special hingelegt hatte. Lag sie noch im Tresor?

Blinkend gingen die Neonröhren an der Kellerdecke an. Achim stand im Jogginganzug am unteren Ende der Treppe, wo er unbemerkt aufgetaucht war. Ein kleines Lächeln spielte auf dem pockennarbigen Gesicht des jungen Mannes.

»Guten Morgen, Boss. Ich habe ein Geräusch gehört und mir gedacht, ich seh mal nach. Entschuldigung.«

Dietrich Gruber trat hinter dem Pfeiler hervor und setzte sich wieder an den Arbeitstisch. Sein Gesicht war rot vor Zorn, aber das wollte er seinem Untergebenen nicht zeigen. Der hatte tatsächlich gelernt, sich geschmeidig zu bewegen, nicht umsonst hatte er die Wochenendkurse der Münchner Polizeiakademie besucht. Gruber nahm erneut die UV-Lampe zur Hand und hielt den Lichtkegel auf die linke obere Ecke des Bildes. Achim war hinter ihn getreten, lautlos und schnell.

»Hast du was gefunden, Boss?«, fragte er und schaute neugierig auf den Lichtkegel der UV-Lampe.

»Bis jetzt noch nicht.«

»Und wenn es eine dritte Leinwand gibt?«, schlug Achim vor, wobei er seinen dicken Zeigefinger auf eine Bildecke legte. »Ist da nicht was reingeklebt worden?«

Gruber fluchte innerlich. Achim sah mit seinen jungen Augen besser als er. Auf die Rückseite der Leinwand war tatsächlich ein Stück Baumwollstoff geklebt worden. Dietrich nahm das Skalpell, trennte vorsichtig den Flicken ab, drehte ihn um und legte ihn unter die Halogenlampe.

Das Stück Stoff war ungefähr so groß wie eine Streichholzschachtel. Auf die Rückseite hatte jemand mit Kopierstift einen Code geschrieben, den Dietrich Gruber beinahe gerührt las:

16 186C152 423DHEG.

Er spürte, wie sich Wärme in seinen Adern ausbreitete und sein Puls sich beschleunigte. Der Code war in Fraktur geschrieben, dem alten deutschen Schrifttyp. Trotzdem erkannte Dietrich die Handschrift seines Vaters.

»Das ist eine Geheimsprache«, sagte Achim. »Was das wohl bedeutet?«

Gruber warf seinem Gehilfen einen strengen Blick zu. »Du könntest jetzt eigentlich mal wieder eine Runde im Garten drehen.«

Nachdenklich sah er seinem Untergebenen nach. Achim schien sich sehr für diese Angelegenheit zu interessieren, die ihn überhaupt nichts anging. Dann vertiefte sich Gruber wieder in den Code, er übertrug die Zahlen- und Buchstabenfolge auf ein Stück Papier und wunderte sich, wie geradezu kindlich einfach sie war.

Diesen Code gefunden zu haben, war eine unbeschreiblich große Erleichterung. Und es war Anlass für nahezu religiöse Freude und Stolz.

Der Blick auf die Handschrift seines Vaters bewegte Dietrich zutiefst. Ihm war, als könnte er sehen, wie die ansonsten so robuste Schrift seines Vaters in den letzten Stunden des Dritten Reiches vor lauter Eile hektischer wurde, kurz bevor das aus Hitlers Größenwahn entstandene Kartenhaus einstürzte.

12

Marita Weckmans Gesicht war ernst, als sie auf dem Bahnsteig ihre Schüler zählte. Aaro und die Praktikantin Essi Mannerla blieben draußen, als die anderen nach und nach in den Zug zum Flughafen Fiumicino stiegen. Aus dem Augenwinkel sah Aaro, dass Könö ihm durchs Fenster die Zunge rausstreckte, aber er machte sich gar nicht erst die Mühe, darauf zu reagieren.

»Fünfzehn«, beendete Marita die Zählung. »Alle sind da, außer euch zwei. Also Essi, du trägst jetzt die Verantwortung für Aaro. Ihr fliegt heute Abend nach Brüssel, nach der Zeugenvernehmung. Falls ihr doch über Nacht bleiben müsst, nehmt ihr dieselbe Jugendherberge wie bisher. *Capisce?*«

»Si, capisco«, sagte Essi und stieß Aaro heimlich an. Die Durchsage am Bahnhof ertönte, dann setzte sich der Zug in Bewegung. Während er sich entfernte, spürte Aaro, wie ihn eine seltsame Mischung aus Ruhe und brennender Abenteuerlust überkam.

»Wir haben noch ziemlich viel Zeit bis zur Vernehmung«, sagte er zu Essi. Er mochte die große, blonde Praktikantin, die nach dem Studium Lehrerin werden wollte. Sie war nicht annähernd so förmlich wie die Weckman und die Halonen. Oder würde sie einmal genauso werden, sobald sie ihr Abschlusszeugnis in der Hand hatte? Jetzt hatte sie jedenfalls bereits das Handy am Ohr und sprach mit jemandem italienisch – Aaro vermutete, mit jenem Paolo, der sich während der gesamten Klassenfahrt schon so gern in Essis Nähe aufgehalten hatte.

»... si, perque no ... magari. Ci vediamo lí, tesoro.«

Essi beendete das Gespräch und Aaro sah rote Flecken auf ihren Wangen. Es schien ihr ernst zu sein mit diesem Paolo. Das war nur gut, denn Aaro hatte für die Stunden vor der Vernehmung eigene Pläne. Ihre Koffer befanden sich bereits an der Stazione Termini in der Gepäckaufbewahrung.

»Du, Essi«, sagte Aaro, als sie kurz darauf an der Theke eines Espresso-Kiosks standen. »Ich müsste ein paar Mails beantworten. Ich dachte, ich geh in ein Internetcafé. Du kannst ja inzwischen ein bisschen shoppen, in der Via die Condotti oder wo die Armani-Läden sonst sind. Oder?«

Essi richtete den Blick ihrer himmelblauen Augen auf einen unbestimmten Punkt oberhalb des Espressoautomaten. Der Vorschlag war für sie eindeutig interessant, aber im Nu riss sie sich zusammen, erinnerte sich offenbar an die Verantwortung, die sie trug, und erklärte: »Bis zur Vernehmung sind es sechs Stunden. Das ist ein bisschen viel, so lange kannst du dich nicht allein herumtreiben. Ich bin mit einem guten Freund von mir verabredet, in einer Stunde, für eine Rundfahrt mit dem Auto. Bis dahin hast du Zeit, aber du musst mir sagen, in welches Internetcafé du gehst.«

Aaro gab ihr die Visitenkarte des Internetcafés und machte sich schnell auf den Weg. Er warf einen Blick in die Geldbörse und nahm sich ein Taxi, denn jetzt konnte jede Minute Gold wert sein. Zum Glück gab es in den römischen Taxis genau festgesetzte Preise pro Kilometer, anders als zum Beispiel in Stockholm.

In der kleinen Via Principe Amedeo zwischen Santa Maria Maggiore und der Stazione Termini stieg Aaro aus. Das Mädchen mit den Locken, das in der Nacht Dienst gehabt hatte, war nicht da, stattdessen hing ein asiatischer Standard-Nerd mit fettigen Haaren hinter der Theke und saugte an seiner Cola wie am Babyfläschchen. Aaro sagte *buongiorno,* dann schickte ihn der Angestellte zum Computer Nummer sechs.

Über Wikipedia suchte Aaro nach Informationen zu dem gestohlenen Kunstwerk, Caravaggios *Grablegung Christi,* außerdem etwas zum Maler und dazu einen Grundriss der Sixtinischen Kapelle. Er druckte alles aus, dann gab er das Stichwort FALERIA ein, das er auf dem Videoausschnitt gehört hatte.

Treffpunkt Faleria, hatte der Attentäter in sein Mikrofon gesagt.

Es schien sich dabei um einen Nachnamen und einen Ortsnamen zu handeln, ein Lokal namens Faleria gab es im Internet jedenfalls nicht. Allerdings eine Fußballmannschaft, die so hieß, und eine Bauchtänzerin. Aaro richtete seine Aufmerksamkeit auf die Dörfer und Städte. Auf Korsika gab es ein winziges Dorf namens Falerria, mit zwei r. In der Provinz Kalabrien fand sich eine ebenso winzige Kirchengemeinde, die so hieß. Aber dann: Fünfzig Kilometer nordwestlich von Rom lag eine gleichnamige Ortschaft mit dreitausend Einwohnern, an der Straße, die nach Cività Castellana und Viterbo führte, nicht weit vom Naturschutzgebiet Valle de Treja.

Aaro druckte die Fakten von der Homepage der Kommune Faleria aus. Die meisten Einwohner pendelten zur Arbeit nach Rom. Schöne Landschaft, dazu eine alte Burgruine, die derzeit mit EU-Mitteln restauriert wurde. Außerdem druckte er eine Karte der Region Lazio aus, auf der deutlich der schnellste Weg von Rom nach Faleria zu erkennen war. Außerhalb des Berufsverkehrs würde die Fahrt sicher nicht länger als eine Stunde dauern, dachte Aaro und fragte sich, was Signor Paolo wohl für ein Auto hatte.

Das stellte sich wenig später heraus, als ein schwarzer Alfa Romeo mit quietschenden Bremsen vor dem verabredeten Treffpunkt an der U-Bahn-Station hielt. Ungeachtet des wütenden Hupens anderer Autos, sprang der Fahrer aus dem Wagen, küsste Essi auf beide Wangen und nickte Aaro kurz zu.

Aaro zwängte sich auf die Rückbank des Sportwagens und Essi nahm auf dem Beifahrersitz Platz. Paolo ließ den Motor an, machte das Fenster auf und streckte die linke Hand nach draußen, um sich so eine Lücke im Verkehrsstrom zu verschaffen. Offensichtlich machte man in Italien einscherenden Autos Platz und konnte umgekehrt damit rechnen, dass man reingelassen wurde, dachte Aaro. In Finnland würde bei diesen Regeln jeder Fahrer einen Unfall pro Stunde produzieren.

Essi erklärte Paolo etwas, konnte sich aber nicht ganz verständlich machen, weshalb sie ins Englische wechselte, zu Aaros Glück. Paolo war der Meinung, dass sie durchaus eine längere Tour in die Umgebung von Rom machen konnten. Essi erinnerte jedoch daran, dass sie in gut vier Stunden auf dem Polizeirevier sein mussten. Aaro unterbrach die Debatte: »Ich kenne da eine tolle Gegend im Latium! Da gibt es eine Burg und ein Tal, das unter Naturschutz steht. Alte Eichen und Kletterrosen. Der Ort heißt Faleria. Es sind nur fünfzig Kilometer bis dahin.«

»Fünfzig Kilometer bei diesem Verkehr – das sind zwei Stunden Fahrt«, urteilte Essi und warf einen Blick auf Paolo. Dieser schien beleidigt zu sein, weil sein Auto für so langsam gehalten wurde, darum trat er kräftig aufs Gaspedal. Der Alfa Romeo raste in hohem Tempo in Richtung Lepanto, einem nördlichen Stadtteil von Rom.

»Zwei Stunden, ha«, sagte Paolo. »Die kurze Strecke legen wir in weniger als einer Stunde zurück und dann, Essi, wirst du den schönsten Nationalpark der Welt sehen! Der Junge hat recht.«

»Also gut. Wenn wir nur nicht zu spät zur Polizei kommen«, seufzte Essi mit geröteten Wangen. Sie konnte ihre Begeisterung nicht verbergen.

Paolo gab noch mehr Gas und bald fuhren sie nördlich des Vatikans der Via Cassia entgegen, der antiken Straße, die von Rom aus nach Nordosten führte. Paolo fragte

Aaro nach dem Weg, denn es stellte sich heraus, dass er nie im Nationalpark Valle de Treja, geschweige denn in Faleria gewesen war.

Aaro studierte die Karte, die er ausgedruckt hatte, und sagte Paolo so gut er konnte, wie er fahren musste. Dazwischen versuchte Aaro herauszufinden, was dieser Paolo für ein Kerl war, aber er bekam nur heraus, dass er Handel trieb. Import und Export von Textilien. Das Geschäft schien nicht sonderlich rentabel zu sein, denn der Alfa gab bei jedem Schalten in den vierten Gang scheppernde und knallende Geräusche von sich und das Schaumgummi der Rückbank drängte mit aller Macht unter dem Bezug hervor.

Aber Aaro war auf jeden Fall froh, einen für italienische Verhältnisse ziemlich kräftigen Kerl dabeizuhaben. Für den Fall, dass sich in Faleria tatsächlich der Unterschlupf der Kunsträuber befand ... Ohne dass es die andern merkten, speicherte er die Notrufnummer 113 der italienischen Polizei und die 112 der Carabinieri als Kurzwahl in seinem Handy.

Marcello Bari, der Leutnant der Sondereinheit der Polizia di Stato, glaubte nicht an Gespenster und auch nicht an Ufos. Aber trotz allen Unglaubens schauderte der junge Leutnant, als er zur Kuppel des Petersdoms hinaufschaute. Bari selbst stand auf dem Dach des Kirchenschiffs, zu Füßen der riesigen Statuen über der Barockfassade. Er verrenkte sich fast den Hals, um die Kuppelspitze in 133 Metern Höhe sehen zu können.

Was bildeten sich die Kunsträuber eigentlich ein? Wie wollten sie den Beutel mit den Blütenblättern, die sie als Lösegeld verlangt hatten, von der Spitze der Hauptkuppel pflücken? Allem Anschein nach mit einem Helikopter. Leutnant Bari musste an die Anfangsszene von Fellinis Film *La Dolce Vita* denken, in der ein Hubschrauber eine Christus-Statue auf den Petersplatz bringt, wobei die ausgebreiteten Arme der Figur ganz Rom segnen. Eine Stunde zuvor hatten Leutnant Bari und Kardinal Guido Falcone persönlich überprüft, dass die 900 Gramm kostbarer Blütenblätter sachgerecht in einen Beutel aus besonders strapazierfähiger Kevlar-Faser verpackt wurden, der dann mit einem Tragegriff aus einem etwa fünfzig Zentimeter langen Stück Gartenschlauch versehen worden war.

Man hatte den gerade erst aus Tibet eingetroffenen Spitzenbergsteiger Silvio Knoll vom Italienischen Alpenverein kommen lassen, damit er das Päckchen an Ort und Stelle brachte. Jetzt verfolgte der Leutnant mit dem Fernglas, wie Knoll sich nach erfüllter Mission langsam vom nördlichen Rand der Kuppel abseilte.

Bari schüttelte den Kopf und blickte auf den Petersplatz, wo der Papst alljährlich seinen Weihnachtsgruß an die gesamte Christenheit verkündete. Nun war der Platz gesperrt, der Obelisk in der Mitte stand da wie ein warnender, weißer Finger. Hinter der Sperre aus Carabinieri in schwarzen Uniformen und mit Sturmgewehren drängten sich Touristen und Fernsehkameras. Es war unmöglich gewesen, die Medien fernzuhalten, aber Bari und

Kanzleichef Simonis waren zufrieden damit, dass keiner aus dem Führungsstab Informationen hatte durchsickern lassen, jedenfalls noch nicht.

»Das Ganze muss ein riesiger Bluff sein«, sagte der Kardinal, der hinter Bari aufgetaucht war. Im warmen Wind flatterte das rote Gewand des Kirchenmannes. »Niemand außer Knoll kann dort hochklettern. Und selbst wenn, dann würden wir ihn sofort schnappen. Der Luftraum ist ja sowieso gesperrt.«

Leutnant Bari sah sich zu dem Offizier um, der mit einem Laptop in der Nähe saß. Der Mann nickte: »*Tutto chiuso!*«

Der Leutnant lächelte dem Kardinal kurz zu, aber sein Lächeln verwandelte sich im Nu in eine Miene des Entsetzens, als über den Dächern der Vatikanischen Museen ein kleiner, ferngesteuerter Hubschrauber auftauchte.

»*Questo è imposibile!*«, brüllte Bari und schaute auf den Bildschirm des Überwachungscomputers. »Das ist unmöglich! Was sollen wir tun? Schießen wir das Flugzeug ab?«

13

Auf der Hauptstraße von Faleria, zweiundfünfzig Kilometer nordwestlich der Ewigen Stadt, trat Paolo auf die Bremse seines alten Alfa Romeo. Aaro sprang aus dem Wagen und sog die würzige Bergluft ein, als Ausgleich zu den Abgasen in Rom. Außerdem war ihm durch Paolos sportlichen Fahrstil etwas schlecht geworden.

Er sah sich um. Ein steiler, mit einem steinernen Geländer gesicherter Hang fiel direkt von der Hauptstraße in das Tal namens Valle de Treja ab. Unten schlängelte sich ein Bach durchs Gebüsch. Aaro hatte auf seinem Computerausdruck gelesen, dass sich außer Touristen auch Wildschweine und allerhand Schlangen im hiesigen Nationalpark wohlfühlten. Auf dem Weg zur Hauptstraße hatten sie den alten, pittoresken zentralen Platz passiert, von dem aus man zur Burgruine am anderen Ende der Stadt hinübersehen konnte. Der steile Hang war bis ins Tal hinunter mit alten Villen und Einfamilienhäusern bebaut.

Auf Paolos Vorschlag gingen sie zum Mittagessen in ein Restaurant namens Trattoria Fenizia. Es war proppenvoll, erst nach einer Viertelstunde kam ein schwitzender Kellner an den Tisch und fragte, was sie wollten.

Essi begnügte sich mit Pasta und Trüffel, Paolo nahm das Gleiche und dazu ein Steak, und Aaro wollte unbedingt Spaghetti Bolognese.

Nachdem sie die Bestellung aufgegeben hatten, erklärte Aaro, er würde schnell einen kleinen Spaziergang machen, denn er hatte durch das Küchenfenster gesehen, was der Koch zu schuften hatte. Es würde mehr als eine halbe Stunde dauern, bis das Essen fertig war, zumal in einem ordentlichen italienischen Restaurant die Speisen nicht im Wärmebecken fertig bereitgehalten wurden. Jede Portion wurde individuell zubereitet.

Essi hatte nichts dagegen, kurz mit Paolo alleine zu sein. Ihre Wangen glühten noch mehr als zuvor und ständig strich sie sich ihre blonden Haare hinters Ohr, obwohl es an ihrer Frisur gar nichts zu richten gab.

Die Touristeninformation von Faleria war direkt am Hauptplatz in einem weiß verputzten, mit roten Ziegeln gedeckten Gebäude untergebracht. Aaro eilte hinein und gab sich Mühe, so auszusehen, als käme er aus gutem Hause. Zum Glück konnte die junge Frau am Schalter Englisch.

»Mein Vater möchte in der Gegend hier eine Villa mieten«, sagte er. »Sie sollte etwas abseits liegen, zumindest aber an einer ruhigen Stelle. Der Preis spielt keine so große Rolle. Und einen Keller müsste sie haben.«

Die junge Frau sah ihn kurz an wie einen Außerirdischen, dann sagte sie: »Um diese Jahreszeit kann es schwer sein, etwas zu finden. Aber du kannst dich mal bei Signor Moretti erkundigen. Sein Büro ist im Haus nebenan. Normalerweise ist Moretti allerdings ziemlich beschäftigt.«

Sie schaute ein bisschen von oben auf Aaro herab und gab deutlich zu verstehen, dass ein halbwüchsiger Skandinavier nicht unbedingt Signor Morettis Vorstellungen von einem guten Kunden entsprach. Aaro bedankte sich, ging und öffnete im Haus nebenan die Mahagonitür, neben der auf einem Messingschild stand: MORETTI IMMOBILIARIA.

Das Büro war geschlossen, die innere Glastür zu. An der Tür hing allerdings ein Zettel mit einer Handynummer. Aaro rief sofort an, versuchte seine Stimme tiefer zu stellen und sagte, als sich Moretti meldete: »*Buongiorno,* Signor Moretti. Ich rufe im Namen eines schwedischen Kunden aus Stockholm an. Er sucht eine Unterkunft in Faleria oder Umgebung. Ein Haus mit Keller.«

»Mit Keller? Die meisten Häuser in Faleria sind direkt auf den Felsen gebaut, hier werden keine Keller gesprengt. Warum muss es einen Keller haben?«

Aaro überlegte eine halbe Sekunde. »Für eine Dunkelkammer. Mein Kunde ist Fotograf und zum Entwickeln der Bilder braucht er eine Dunkelkammer.«

»Ich dachte, alle sind längst auf Digitalaufnahmen umgestiegen …«

»Absolut nicht«, sagte Aaro. Sein Vater zum Beispiel nicht, der alles mochte, was mechanisch und antik und »von hoher Qualität« war.

»Um diese Jahreszeit ist das Mietangebot knapp, ich

glaube nicht, dass ich etwas vermitteln kann. Zwei Häuser wären allerdings zu verkaufen«, sagte der Makler. »Das heißt, eines davon ist gerade vermietet, eine attraktive Villa, etwas abseits gelegen. Die Villa Mariluce. Die hat übrigens auch einen Keller. Der Mietvertrag läuft bald aus, und zwar, einen Moment, in drei Tagen.«

»Kann man ...« Aaro vergaß, die Stimme zu senken, weshalb die Frage mit einem seltsamen Kieksen begann, das er sogleich mit einem Husten abbrach, um noch einmal neu anzusetzen: »Kann man sich das Haus ansehen?«

»*Naturalmente*. Aber ich dachte, Sie rufen aus dem Ausland an ...«

Der Einwand brachte Aaro kurz aus dem Konzept, aber dann sagte er: »Ein Freund von mir ist gerade in der Gegend unterwegs.«

»Bitten Sie ihn, dem derzeitigen Mieter, Signor Weymann, Grüße von Moretti zu bestellen. Und falls Sie sich für das Objekt interessieren sollten, wenden Sie sich einfach wieder an mich.«

Aaro notierte sich die Adresse der Villa Mariluce und den Namen Weymann. Besondere Hoffnungen hatte er trotzdem nicht.

Als er in die Trattoria Fenizia zurückkehrte, wartete ein Teller Spaghetti auf ihn, aber vor lauter Aufregung hatte er gar keinen Hunger mehr. Während er sich ohne Appetit das Essen in den Mund schob, erklärte er, es sei schon immer der Traum seiner Familie gewesen, ein Haus in Italien zu mieten, und jetzt habe er eines gefunden. Gerade habe er mit seinem Vater telefoniert, und der habe ihn ermuntert, sich die Villa einmal anzusehen. Sie liege nur zwei Kilometer außerhalb der Stadt, in Richtung Calcata, wo sie auf dem Rückweg ohnehin vorbeikämen.

Essi musterte ihn skeptisch über ihr Tiramisu hinweg und meinte nur: »Wir haben keine Zeit, Häuser zu besichtigen, wir müssen ein ganzes Stück fahren …«

Paolo unterbrach sie und zahlte mit großer Geste die Rechnung, während er sagte: »*Senza dubbio!* Natürlich haben wir Zeit, uns eine Villa anzuschauen. Mein Alfa bringt uns von hier aus in einer halben Stunde nach Rom! *Andiamo, ragazzo!*«

Die Villa lag im Tal zwischen Faleria und Calcata. Aaro registrierte, dass die Nachbarhäuser mehrere Hundert Meter weit weg standen. Das Haus umgab ein zwei Meter hoher Maschendrahtzaun, der mit Efeu zugewachsen war. An manchen Stellen hatten sich Wildschweine unter dem Zaun durchgebuddelt.

Hundert Meter nach der Villa kam am rechten Straßenrand ein kleiner Parkplatz. Dort fing ein Wanderweg an und eine gelbe Informationstafel des Nationalparks Valle de Treja stellte in verblassten Farbbildern die Fauna des Tals vor.

»Wie wäre es, wenn ihr hierbleibt und ich mir das Haus ansehe«, schlug Aaro vor. »Ihr könnt ja ein bisschen spazieren gehen, ich glaube nicht, dass ich lange brauchen werde.«

Schon wollte Widerspruch über Essis Lippen drängen,

aber Paolo nahm einfach ihre Hand und führte sie auf den Wanderweg.

»Aber nicht länger als eine halbe Stunde«, rief Essi vom Weg zurück, der in einen grünen Blättertunnel führte.

Aaro ging im Laufschritt an der Straße entlang zur Einfahrt der Villa. Das verrostete, mit einem schmiedeeisernen Wappen verzierte Tor hatte wohl einmal mit elektrischer Fernbedienung funktioniert, aber jetzt hing es traurig und halb offen in den Angeln. Die Villa selbst war ocker gestrichen, allerdings war der Putz großflächig abgebröckelt. An den Fensterrahmen löste sich die Farbe, trotzdem wirkte das Haus alles in allem bewohnbar. Am Torpfosten stand in verschnörkelten, verblassten Buchstaben: *VILLA MARILUCE.*

Aaro schlüpfte durch das halb offene Tor und versteckte sich rechts davon im dichten Gebüsch. Eichen, Buchen und Platanen verdeckten die Sicht auf die Haustür, vor der ein großer Audi-Kombi geparkt war. Aaro drängte sich im Gebüsch auf den Wagen zu, auch wenn die Dornen der wilden Rosen an seinen Kleidern hängen blieben und unerträglich stachen. Als er näher herangekommen war, stellte er fest, dass es sich bei dem silbernen Audi mit deutschem Kennzeichen um einen neuen A6 handelte.

Plötzlich tauchte ein grauhaariger Mann an der Haustür auf und Aaro schreckte zurück. Konnte das Zufall sein? Faleria, Keller, Mann mit grauen Haaren …

Aaro wischte die schweißnassen Hände an den Hosen ab. Der Mann hielt in jeder Hand einen Aluminiumkoffer. Er war über sechzig, hatte die Haare kurz geschnitten und trug eine Brille, die ihn wie ein Professor oder ein Chirurg aussehen ließ. Dem Aussehen nach hätte man ihn nicht für einen Kriminellen gehalten, aber vielleicht machten Kunsträuber ja so einen respektablen Eindruck, dachte Aaro. Der Mann verschwand wieder im Haus, aus dem nun laute Worte drangen.

Das heimliche Herumschnüffeln auf einem Privatgelände ließ Aaros Herz schneller schlagen. Nun kam der Mann wieder auf die Eingangstreppe heraus, diesmal mit einem Handy am Ohr. Aaro verstand nicht, was der Grauhaarige sagte, es war aber anscheinend Italienisch. Gleichzeitig bemerkte er hinter der Balkontür im ersten Stock einen Mann mit schwarzem Haarschopf. Aaro meinte, in der Hand des Mannes etwas aus Metall aufblitzen zu sehen.

Was sollte er tun? Es waren schon gut zehn Minuten vergangen und Aaro wusste, dass ihm bald Essi im Nacken sitzen würde. Zum Ausspionieren blieb keine Zeit, weshalb er beschloss, den Stier bei den Hörnern zu packen.

Er schüttelte die schlimmsten Dornen und Zweige ab und zwängte sich durch das Gebüsch auf den mit gelben Steinen gepflasterten Hof. Sein Herz schlug von Sekunde zu Sekunde schneller.

Der Grauhaarige erschrak, als er Aaro bemerkte. Er steckte sein Handy ein und nagelte den jugendlichen Ankömmling mit einem strengen Blick fest. Dabei rief er etwas auf Deutsch ins Haus hinein.

Aaro versuchte, so etwas wie ein Lächeln auf sein

Gesicht zu zaubern und das Schlottern seiner Beine zu verbergen. Er ging geradewegs auf den Mann zu, aber der wusste den überraschenden Besuch allem Anschein nach überhaupt nicht zu schätzen.

Im Fadenkreuz des Fernrohrvisiers war der halbwüchsige Junge, der auf das Haus zuging, groß und deutlich zu erkennen.

Achim Woinowitsch stützte das Jagdgewehr auf ein Kissen, das er auf den Tisch gelegt hatte. Bis zur offenen Balkontür waren es zwei Meter.

Achim legte den Finger locker auf den Abzug. Er behielt den Jungen sicherheitshalber im Visier. Ein Befehl zum Handeln würde vom Boss kaum kommen, jedenfalls noch nicht, aber man musste schon aus Prinzip auf alles gefasst sein.

Der Junge blieb stehen.

»*Buongiorno*«, sagte Aaro zu dem grauhaarigen Mann, dann fuhr er auf Englisch fort: »Ich glaube, ich habe mich verlaufen.«

»Ausgerechnet hier?«, fragte der Mann äußerst unfreundlich. Sein Englisch hatte einen unüberhörbaren deutschen Akzent.

»Ja. Ich bin den Wanderweg im Tal gegangen und dann stand ich plötzlich vor einem Zaun. Ein paar Meter weiter kam ein Loch, ich dachte, der Weg führt dort weiter – und jetzt bin ich hier. In welcher Richtung geht es denn nach Calcata?«

Der Grauhaarige musterte ihn forschend. Die Geschichte, die sich Aaro ausgedacht hatte, passte überhaupt nicht zu der Richtung, aus der er gekommen war. Aaro schüttelte noch ein paar Dornen vom Ärmel und versuchte, weiterhin zu lächeln, obwohl ihn allmählich das Entsetzen packte. Der Mann hatte etwas Beängstigendes und Hartes an sich.

»Geh zurück zur Straße. Rechts siehst du den Hügel von Calcata. Du kannst es gar nicht verfehlen.«

»Aha. Entschuldigung. Sie haben eine tolle Villa. Kann man so etwas mieten? Mein Vater ...«

»Das weiß ich nicht. Auf Wiedersehen.«

Der Mann machte auf dem Absatz kehrt und marschierte ins Haus. Die Tür ließ er halb offen stehen. Aaro ging rasch zum Tor und auf die Straße zurück, er hatte überhaupt keine Lust, auch nur eine Sekunde länger im Garten der Villa zu bleiben. Auf der Straße verlangsamte er die Schritte und drehte sich noch einmal nach dem Haus um.

Achim behielt den Jungen nach wie vor im Visier, damit er ihn richtig sehen konnte. Der Junge schien sich etwas zu notieren. Dietrich kam die Treppe herauf und trat neben Achim.

»Der Junge spioniert immer noch herum«, sagte Achim heiser. »Was sollen wir mit ihm machen?«

»Ich habe mit Lorenzo gesprochen. Die Operation ist in Phase C. Wir verlassen das Haus sowieso. Wer sind die da?«

Achim richtete das Zielfernrohr auf die Straße. Ein italienisch aussehender Mann und eine blonde Frau im kurzen Sommerkleid gingen auf den Jungen zu. Die Frau schien etwas zu rufen, der Junge ging in Richtung Calcata weiter. Die beiden anderen folgten ihm und bald verschwand das Trio hinter Bäumen und Sträuchern.

»Und wenn das Kundschafter der Polizei sind?«, ächzte Achim.

»Das sind bloß Touristen. Die Polizei setzt keine Halbwüchsigen bei der Aufklärung ein. Außerdem gibt es bei der italienischen Polizei nicht solche blonden Schönheiten, Achim.«

Achim grinste. Es war selten, dass sein penibler Chef einen Scherz machte. Achim hatte die Angewohnheit, genau auf das zu achten, was Dietrich Gruber sagte, und stets bereit zu sein, auch dessen kleinste Wünsche zu erfüllen. Ohne den Boss säße er im Gefängnis, da war sich Achim sicher.

14

Im Gebäude der für den Osten Roms zuständigen Kriminalpolizei herrschte enormer Lärm. Aaro saß mit Essi auf einer Bank im Warteraum, dessen Mobiliar aus den 1930er-Jahren zu stammen schien.

Essi schrieb ein paar SMS und Aaro sah sich die vorbeikommenden Leute an: Polizisten, Carabinieri in schwarzen Uniformen, stark geschminkte Frauen, Straßenkinder, jünger als Aaro, außerdem ein Bernhardiner, der freundlich und offenbar herrenlos mit jedem Bekanntschaft schloss. Paolo hatte versprochen, als Dolmetscher zu fungieren, war aber nach einer Stunde nach draußen gegangen, um sich die Beine zu vertreten.

Nachdem sie weit über eine Stunde gewartet hatten, trat ein schwarzhaariger Mann in Zivil vor Aaro hin. *»Sei Aron Nottamo? Finlandia?«*

Aaro nickte und der Mann bedeutete ihm mitzukommen. Gespannt betrat er hinter dem Kriminalbeamten ein Büro, wo auf dem Schreibtisch eine ganze Flut von Papieren lag. Essi kam auch mit und wenig später fand sich zum Glück auch Paolo ein. Der Polizist machte einen nervösen und hektischen Eindruck.

Paolo übersetzte Aaro ein Dokument, demzufolge er

am fraglichen Tag in den Vatikanischen Museen gewesen war und sich bereit erklärte, eine Zeugenaussage zu machen. Aaro unterschrieb und stellte sich darauf ein, die ganze Geschichte zu erzählen, wie der Attentäter auf der Digitalaufnahme den Ort Faleria erwähnt hatte, seinen Verdacht über den Deutschen, der sich in Faleria einquartiert hatte. Aber der Beamte bedankte sich nur bei ihm, stand schnell auf und öffnete die Tür seines Büros. »So, das wäre damit erledigt. Wir melden uns«, sagte der Polizist knapp.

Aaro starrte ihn verdutzt an. »Wann?«

»Wir fliegen heute Abend nach Brüssel zurück«, sagte Essi. Der Polizist hob die Augenbrauen.

»Derzeit können wir nicht sagen, wann wir Sie anhören müssen. Das kommt auf die Ermittlungen an.« Während er das sagte, schaute der Polizist vielsagend auf seine Uhr. »Aber wenn Sie in Rom bleiben und hier auf unsere Kontaktaufnahme warten wollen, habe ich nichts dagegen. Hauptsache, der Zeuge hat dieses Dokument hier unterschrieben, in dem er erklärt, Zeugnis abzulegen, sobald es aus ermittlungstechnischen oder anderen Gründen notwendig wird.«

Aaro sah den Beamten schockiert an. Wurden so polizeiliche Ermittlungen durchgeführt?

»Es kann sein, dass ich erstrangige und wichtige Informationen über die Kunsträuber besitze«, sagte Aaro. »Es ist sogar möglich, dass ich ihren Stützpunkt lokalisiert habe ...«

Der Beamte lächelte und geleitete sie höflich auf den

Gang. »Wir alle haben sicherlich unsere Theorie über dieses erstaunlich dreiste Verbrechen. Wir melden uns. Auf Wiedersehen.«

Seine Worte kamen in einem Tonfall, der keinen Widerspruch duldete, aber Aaro sagte trotzdem noch energischer als zuvor: »Ich glaube, Sie haben nicht verstanden, was ich gesagt habe …«

»Mit meiner Fähigkeit zu verstehen ist alles in Ordnung, junger Freund. Stellen Sie meine Geduld nicht auf die Probe, ich habe zu tun.«

Damit ließ der Beamte den irritierten Aaro mitten auf dem Gang stehen. Essi war genauso verwirrt, sie hob die Augenbrauen so weit, dass sie fast den Haaransatz berührten. »Was hast du dem da gerade erzählt? Dass du geheime Informationen über den Kunstraub besitzt? Findest du nicht, du solltest mal ein bisschen genauer überlegen, was du von dir gibst?«, schnaubte sie ungehalten.

»Ich war vielleicht ein bisschen voreilig«, gab Aaro zu. »Vergiss es. Und sag Frau Weckman nichts, sie …«

»Natürlich nicht. Gehen wir, mir gefällt es hier überhaupt nicht.«

Bis zum Abflug ihrer Maschine hatten sie noch gut vier Stunden. In dieser Stadt war das erschreckend wenig, auch wenn Paolo sie mit dem Auto nach Fiumicino bringen würde. Aaro fluchte innerlich. Er hätte hartnäckiger sein müssen und wenigstens von der Videoaufnahme erzählen sollen.

Aber er wollte niemandem etwas aufzwingen. Sollten

sie doch ermitteln, wie sie wollten, wenn ihnen seine Hilfe nicht gut genug war.

Jetzt musste er nach Brüssel zurück. Und so, wie die Ermittlungen bis jetzt liefen, würden sie ihn vielleicht in einem Jahr als Zeuge vorladen, dachte er bitter.

Dietrich Gruber alias Hans-Martin Weymann saß gemeinsam mit Achim Woinowitsch im Audi auf dem Parkplatz des Bahnhofs Césano. Die Pendler, die mit dem Zug aus Rom gekommen waren, starteten ihre Wagen und gaben sich alle Mühe, das Beschleunigungsrennen in Richtung Via Cassia zu gewinnen, über die der Weg in die Vorortsiedlungen führte.

Achim trommelte mit seinen dicken Fingern so kräftig aufs Lenkrad, dass Dietrich ihm befahl aufzuhören.

»Ob die vielleicht noch mal kommen?«, meinte Achim säuerlich, schwieg aber, als er Lorenzo und Giuliano aus dem Bahnhof kommen sah. Die Männer trugen elegante Anzüge und Krawatten, sie unterschieden sich in keiner Weise von den anderen Pendlern. Lorenzo trug in der rechten Hand eine dicke Aktentasche. Ohne etwas zu sagen, öffneten die beiden die hinteren Türen des Audis und stiegen ein.

»*Buongiorno*«, sagte Dietrich und lächelte den Männern durch den Rückspiegel zu. An den Gesichtern der Italiener war nichts abzulesen, was auf ein Gelingen der Operation hindeutete – oder auf ihr Scheitern. Achim war der Einzige, der seine Nerven nicht im Griff hatte. »Wie ist es gelaufen, Jungs?«, wollte er gleich wissen.

Lorenzo schmunzelte und öffnete das Zahlenschloss seiner Aktentasche. Er zog ein in schwarzes Plastik gehülltes Päckchen in der Form eines großen Wörterbuches heraus und gab es Dietrich.

Darin waren zwei Pakete Orchideenblütenblätter von je knapp einem halben Kilo. Dietrich machte sich nicht die Mühe, ihre Echtheit zu überprüfen; die Italiener konnten sich keine Tricks leisten, solange sie den Caravaggio nicht wiederbekommen hatten.

Dietrich Gruber gab Lorenzo und Giuliano das eine Paket zurück. Das war ihr vorab vereinbartes Honorar. Gruber sah nacheinander beiden in die Augen und nickte – ihr Anteil an der Operation war fast vorbei und er war zufrieden mit ihrer Arbeit. Weiterhin schweigend steckten die Männer die Ware in eine gewöhnliche Plastiktüte. Lorenzo griff hinter sich und nahm noch eine große Rolle aus dem Laderaum des Audis: Das in billiges braunes Packpapier gewickelte Gemälde würden sie gleich hochkant in einen Abfallbehälter am Bahnhof stecken. In drei Minuten fuhr auf Gleis zwei der Zug nach Trastevere ein. Innerhalb weniger Minuten wären sie in der Großstadt verschwunden und würden eine Stunde später mitteilen, wo sich das Bild befand, indem sie von einem Prepaid-Anschluss die Polizei anriefen.

Achim startete den Wagen, sobald die Italiener ausgestiegen waren. Nun stand der riskanteste Teil der Umtausch-Aktion bevor, das Treffen mit dem Pfarrer aus der Buchhaltung des Vatikans. Pater Sebastiano hatte ihnen die Informationen über das Sicherheitssystem im Museum gegeben. Sie würden ihn am Bahnhof des Vororts La Storta treffen, unweit von Rom. Als er auf die Via Cassia einbog, konnte Achim seine Neugier nicht zügeln: »Boss, wo haben die beiden eigentlich das Modellflugzeug in Empfang genommen?«

»Das war kein Modellflugzeug, Achim, sondern ein Miniaturhelikopter. Er wurde mit einer Kamera und einer digitalen Fernsteuerung gelenkt, pflückte das Päckchen von der Kuppel des Petersdoms und brachte es Lorenzo und Giuliano, die am Borgo Pio warteten. Sobald sie das Päckchen hatten, sprangen die Jungs auf eine Vespa und tauchten im Verkehr unter. Am Bahnhof Trastevere stiegen sie in den Zug um. Wie du aus ihrem Erscheinen vielleicht geschlossen hast, hat es bei der Operation keine Probleme gegeben. Genügt das, um deine sprudelnde Neugier zu befriedigen?«

Achim schwieg. Er wusste, dass Dietrich Gruber es nicht mochte, wenn man unnötige Fragen stellte. Den Rest des Weges nach La Storta fuhren sie, ohne ein Wort zu wechseln. Dabei fragte sich Achim, was ihm eigentlich bliebe, falls Dietrich dem Verbindungsmann aus dem Vatikan ebenso freigebig das andere *Aerangis*-Paket überließe.

Diesmal täuschte sich der Boss, denn Achims Neugier war absolut nicht befriedigt. Würden die Geheimnisse, die sich hinter dem Gemälde verbargen, wirklich zu einem noch größeren Schatz führen? Am liebsten wäre es Achim gewesen, schon hier in Rom wenigstens ein kleines Honorar zu bekommen. Plötzlich fiel ihm ein, wie sich Lorenzo in Faleria bei ihm nach den weiteren Plänen erkundigt hatte. Er hatte versucht, behutsam vorzugehen, aber Achim hatte einen Hauch von Habgier und Frustration aus den Worten des Italieners herausgehört. Er hatte ihm nichts über die weiteren Pläne erzählt, denn er wusste nichts darüber. Lorenzo hatte ihn daraufhin in Ruhe gelassen, aber am nächsten Tag hatte Giuliano ihm einen Zettel mit einem Namen gegeben, über den Achim jederzeit Kontakt zu den italienischen Brüdern herstellen konnte. Er hatte das mit Gleichgültigkeit hingenommen, jedoch ohne Gruber etwas davon zu sagen.

Sebastiano Lagos, der in der Buchhaltung des Vatikans arbeitete, war ein kleines, dunkelhaariges Männchen mit den Augen einer Maus. Er saß in einem kühlen Café am Bahnhof La Storta und trank einen Cappuccino. Als er Dietrich Gruber und Achim sah, wäre er fast vom Stuhl aufgesprungen, aber dann erinnerte er sich an die Abmachung und blieb sitzen.

Achim blieb am Bahnsteig und passte auf, während Gruber auf die Bahnhofstoilette ging. Er hatte das in Plastik gewickelte Päckchen in die Tasche seines Trenchcoats gesteckt. Wenig später tauchte Lagos in der Toilette auf, drehte den Wasserhahn auf und wusch sich wie wild die Hände. Die Geste erinnerte so deutlich an Pontius Pilatus, dass Gruber nur schwer ein Lächeln unterdrücken konnte.

Dennoch verwünschte er innerlich den nervösen Buchhalter. Ohne dessen Hilfe wären sie niemals an die Hintergrundinformationen über das Sicherheitssystem gekommen, aber Lagos war ein Spieler, durch Pferdewetten bis über die Ohren verschuldet, und alle Spieler waren in Grubers Augen unzuverlässig. Seiner Ansicht nach konnte man sich nur dann jenseits des Gesetzes bewegen, wenn man mit scharfem Verstand und eiserner Logik bewaffnet war.

Sie warteten ab, bis sie alleine im Waschraum waren. Dann legte Gruber umstandslos das Päckchen auf den Rand des Waschbeckens. Lagos schnappte es sich und schob es in die Papiertüte von Gucci, die er am Handgelenk hängen hatte. Innerhalb von fünf Sekunden war die Übergabe geschehen.

Gruber hielt es für das Beste, dem spielsüchtigen Pfarrer eine letzte Warnung mit auf den Weg zu geben: »Vergessen Sie nicht den letzten Teil unserer Abmachung«, flüsterte er mit bedrohlich schnurrender Stimme. »Wenn Sie auch nur ein Wort darüber verlieren, wird Achim Sie umbringen.«

Er beendete den Satz, indem er aus Zeigefinger und Daumen eine Pistole formte. Lagos nickte und verschwand mit seiner Papiertüte im Menschengewimmel. Er war das schwächste Glied in der Kette, aber Gruber wusste aus Erfahrung, dass es bei jeder Operation eines gab. Jetzt galt es, so schnell wie möglich aus Italien zu verschwinden.

Achim und Gruber stiegen schweigend in den Wagen, den Achim sodann durch den lebhaften Verkehr lenkte. Er wartete darauf, dass der Boss als Erster etwas sagte, und erst auf der Autobahn in Richtung Norden, als sie bereits Viterbo hinter sich gelassen hatten, fasste Achim den Mut, die Stille zu brechen. »Wie es aussieht, haben wir kein einziges Orchideenblütenblatt für uns behalten.«

Gruber konnte sich ein Lächeln nicht verkneifen. Für Achim war es schwer, die Genialität der Operation zu erfassen. Der Caravaggio war bloß Nebensache gewesen, ein Werk, das Dietrich Grubers Vater zufällig benutzt hatte, um seinen Code zu verstecken. Aber mithilfe des Caravaggio hatte Gruber dem Vatikan genügend Geld abgepresst, um die Honorare für den Kunstraub bezahlen zu können. Er selbst behielt keinen Cent von dem schmutzigen Geld, sein Gewissen war rein. Darauf achtete er genau.

Er dachte an den Stoffstreifen, den er von der Rückseite des Gemäldes abgetrennt und in seinem Gepäck versteckt hatte. »Von dem Lösegeld ist uns tatsächlich nichts geblieben. Aber wir besitzen etwas wesentlich Wertvolleres. Den Schlüssel zu den Alpen. Und dort wartet etwas, neben dem sogar ein großer Haufen Geld ganz klein aussieht.«

Er wollte Achim nicht mehr verraten, als unbedingt nötig war, um dessen Motivation aufrechtzuerhalten. Außerdem wusste Gruber selbst nicht genau, was sie in dem Versteck, das sein Vater Heinrich in den letzten Kriegstagen angelegt hatte, finden würden. Aufgrund diverser Dokumente tippte er auf Goldbarren – und zwar auf jede Menge.

ZWEITER TEIL

15

Aaros Finger galoppierten über die Tastatur und auf dem Bildschirm sprudelte eine Information nach der anderen zum Thema internationaler Kunstraub aus dem Internet.

Es war für Aaro eine Überraschung, dass der Diebstahl von Kunstwerken laut Interpol der viertgrößte Bereich des internationalen Verbrechens war und überall auf der Welt stark zunahm. Gestohlene Kunst wurde bei verschiedenen Geschäften als Währung eingesetzt, speziell zum Waschen von Drogengeldern. Je schwerer die Gesetze es der Geldwäsche machten, umso attraktiver wurde der Kunsthandel, der von diesen Gesetzen nicht betroffen war. Die Makler von Kunstwerken verlangten nicht unbedingt genauere Informationen über die Herkunft des jeweiligen Werks und über Käufer oder Verkäufer. Ein großer Vorteil bestand auch darin, dass sich riesige Geldflüsse in einem Kunstwerk zu einer leicht transportablen und leicht zu lagernden Form verdichteten. Außerdem hatten die Verbrecher entdeckt, dass Kunstmuseen wesentlich leichtere Ziele für Raubzüge waren als Banken. Gestohlene Kunst wurde auch beim Kauf von Waffen und bei der Finanzierung von Terrorismus eingesetzt. So hatten es schon die alten Griechen gemacht und später die Nazis, und so machten es heute die Taliban und al-Qaida. Einer der größten Kunstdiebstähle des letzten Jahrhunderts war im Auftrag der IRA durchgeführt worden, im Jahr 1990, im Gardner Museum in Boston, USA.

Ob es sich bei dem Vorfall in den Vatikanischen Museen auch um so etwas handelte?, fragte sich Aaro. Der Gedanke an Terroristen machte ihm Angst.

Er ging kurz in die Küche, um sich ein Käsebrot zu machen, nahm die Orangensaft-Packung aus dem Kühlschrank und kehrte in sein Zimmer zurück. Sein Vater war wie üblich bei einer Sitzung und das Au-pair-Mädchen hatte frei. Aaro genoss die Ruhe, denn er brauchte viel Zeit, um sich durch die Fakten zu wühlen. Je tiefer er in die Welt der Kunstdiebstähle eintauchte, umso dringender wollte er herausfinden, was hinter dem Raub im Vatikan steckte.

Er fing noch einmal an, sich genauer über den gestohlenen Caravaggio zu informieren, und fast wäre ihm dabei der Saft in den falschen Hals geraten, denn in einem Artikel wurde behauptet, die Nazis hätten genau dieses Bild aus einer jüdischen Kunstsammlung geraubt. Später wäre es dann durch eine testamentarische Verfügung im Vatikan gelandet.

In der Geschichte des Gemäldes gab es eine seltsame Lücke: Es hieß lediglich, dass eine reiche Kaufmannsfamilie namens Rubinstein das Bild im Jahr 1906 für ihre Sammlung erworben hatte. 1940 wurde das gesamte Eigentum dieser jüdischen Familie beschlagnahmt, nachdem SS-General Hermann Fegelein im Zuge der Plünderung Polens den entsprechenden Befehl dazu erteilt hatte. Damit endeten die Informationen.

Aaro klickte einen Link an, in dem es um die Kunstdiebstähle der Nazis ging. Dort wurden zahlreiche Werke vorgestellt, die bei jüdischen Kunstsammlern in ganz Europa geraubt worden waren. Die SS-Offiziere schienen den Wert der Werke gut gekannt zu haben: Lastwagenweise hatten sie aus Paris, Warschau, Amsterdam, Krakau, Prag, Budapest und zig anderen besetzten Städten Kunstwerke abtransportiert. Die geraubten Kunstschätze wurden nach Linz in Österreich gebracht, wo Hitler ein Großdeutsches Museum gründen wollte.

Heute gab es in fast allen Kunstmuseen der westlichen Welt Werke, die von den Nazis beschlagnahmt worden waren. Kunstexperten hatten kürzlich die Verzeichnisse von zweihundertfünfundzwanzig Museen untersucht und dabei eintausendsiebenhundert Werke entdeckt, die von den Nazis geraubt worden waren!

Immer mehr Museen hatten begonnen, die Werke an ihre ursprünglichen Besitzer oder deren Nachkommen zurückzugeben. Aber nicht alle.

Plötzlich war Aaros besondere Aufmerksamkeit geweckt, denn er las, dass auch von den Nazis geraubte Kunstschätze, die sich heute im Besitz der Vatikanischen Museen befanden, nicht den Weg zurück zu ihren ursprünglichen Besitzern gefunden hatten. Der Vatikan hatte bislang keinerlei Anstalten gemacht, seine Rolle in dieser peinlichen Angelegenheit zu hinterfragen. Er antwortete nicht einmal auf Anfragen, bei denen versucht wurde, Kunstwerken, die in jüdischem Besitz gewesen waren, auf die Spur zu kommen.

Konnte es Zufall sein, dass der grauhaarige Mann, der die Villa Mariluce gemietet hatte, Deutscher war? Aaros Herz schlug schneller. Für einen Nazi aus dem Zweiten Weltkrieg war der Mann zu jung, aber seine Haltung und seine Art, sich zu bewegen, hatten zweifellos etwas Militärisches an sich gehabt.

Die Familie Rubinstein hatte mehrmals die Rückgabe des Caravaggio verlangt, aber der Heilige Stuhl nahm keinerlei Stellung zu den Forderungen. Der letzte legale Besitzer des Bildes war der Lederfabrikant Shmuel Rubinstein aus Bratislava gewesen, dessen Spur sich 1942 im Getto von Theresienstadt verlor. Wahrscheinlich hatte sein Leben im Vernichtungslager Auschwitz geendet.

Aaro rieb sich die Augen. Er blätterte in seinem Notizbuch, bis er das Nummernschild des Wagens fand, der dem grauhaarige Mann gehörte: M-YE 3923.

Er ging an den Computer zurück, loggte sich im Internetservice des ADAC ein und suchte dort nach der Nummer. Als Antwort kam ein nüchternes NICHT IM GEBRAUCH. Das Nummernschild war also offenbar gefälscht, aber das war für Aaro nun keine Überraschung mehr.

Er griff zum Telefonhörer und wählte Essi Mannerlas

Nummer. Sie meldete sich fast sofort und klang erfreut. Seit ihrer Rückkehr aus Italien waren mittlerweile drei Tage vergangen und Aaro war Essi nur einmal kurz auf dem Flur der Europaschule begegnet. Aber auf dem Rückflug von Rom hatten sie sich intensiv unterhalten, unter anderem über Internetspiele. Wie sich herausgestellt hatte, kannte Essi die Welt der Online-Games gut. Sofort war ihr Ansehen in Aaros Augen explosionsartig gewachsen. Essi war für ihr Alter ziemlich cool.

»Du, Essi, ich müsste da was wissen, was mit der Villa in Faleria zu tun hat«, sagte Aaro.

Essi klang ein bisschen amüsiert, anscheinend hatte sie Aaros Ermittlungen bislang überhaupt nicht ernst genommen. Das machte Aaro nichts aus, im Gegenteil, es würde die Sache vereinfachen.

»Ach, mit dem tollen Haus? Hast du übrigens was von der italienischen Polizei gehört? Keine Vorladung?«

»Nichts. Vielleicht haben sie das Ganze vergessen. Aber hör mal, könntest du vielleicht kurz bei Paolo anklingeln und ihn fragen, ob er etwas über die Mieter der Villa herausfinden könnte, den Namen und so. Es gibt da einen Makler namens Moretti, der weiß Bescheid. Villa Mariluce. Es ist wichtig.«

»Ach ja?«, lachte Essi fast schon ein bisschen gelangweilt auf.

»Glaub mir! Paolo wird uns bestimmt gern helfen. Übrigens ein sympathischer Kerl.«

Essi lachte wieder, diesmal wärmer. Aaro hatte den richtigen Ton getroffen.

»Du bist leicht zu durchschauen, Aaro, aber okay«, meinte sie. »Ich kann Paolo fragen, ob er dir den Gefallen tut. Ich wollte ihn sowieso gerade anrufen.«

»Super. Danke. Ruf mich an, wenn du was weißt, ja?«

Aaro legte auf und streckte sich. Solange man nur unklare Informationen hatte, musste man sich auf seine Ahnungen verlassen. Und seine Intuition sagte ihm klipp und klar, dass der Deutsche in der heruntergekommenen Villa in Faleria tatsächlich etwas mit dem Kunstraub zu tun hatte.

Der grauhaarige Mann saß im Arbeitszimmer seines Alpenhauses im bayerischen Bergstein, unweit der österreichischen Grenze. Dietrich Gruber war ungeduldig und schlecht gelaunt.

Er nahm den Stofflappen, den er auf der Rückseite des Caravaggio gefunden hatte, in die Hand und las erneut die Aufschrift: *16186C152423DHEG*. Die Erleichterung und die Freude, die die Entdeckung ausgelöst hatte, war mittlerweile in bittere Enttäuschung umgeschlagen. Der Code ließ sich einfach nicht knacken.

Dietrich Gruber seufzte gequält. Aus dem Erdgeschoss hörte man die aufgeregte Stimme eines Reporters, weil Achim sich im Fernsehen ein Fußballspiel ansah.

Auf Grubers Schreibtisch aus Nussbaumholz standen zwei Fotografien in silbernen Rahmen. Die eine zeigte einen jungen, breitschultrigen Mann, der im dunklen Anzug vorm Brandenburger Tor in Berlin stand und lächelnd Zigarre rauchte. Auf dem anderen

Foto saß derselbe Mann mit grimmigem Gesichtsausdruck hinter einem Schreibtisch. Er trug Uniform und an den Kragenspiegeln die gezackten SS-Symbole. Auf dem Tisch stapelten sich die Unterlagen in peinlicher Ordnung.

Dietrich Gruber wischte einen winzigen Staubfaden von dem Bild und zog die mittlere Schreibtischschublade auf. Kurz legte er die Sig-Sauer-Pistole auf den Tisch, um ein Blatt Papier aus der Schublade zu nehmen. Dietrichs Vater Heinrich Gruber war ein Spitzenmathematiker gewesen, der mit glänzenden Noten sein Studium an der Berliner Friedrich-Wilhelm-Universität absolviert hatte. Nach einer kurzen wissenschaftlichen Karriere hatte er 1934 eine Anstellung im Hauptkontor der Dresdner Bank gefunden. Kurz vor dem Krieg übernahmen die Nazis die Bank, die sich zuvor in jüdischem Besitz befunden hatte.

Dietrich dachte an die Zeit, als er selbst zehn Jahre alt gewesen war. Der Vater war zu einem vorzeitig gealterten, kranken Mann geworden, der das karge Brot für seine Familie als Steuerberater für kleine Firmen verdiente. Aber trotz der Krankheit hatte der Vater eine brennende Verehrung der Intelligenz gepredigt. Stets hatte er gesagt, Dietrich solle seinen mathematischen Verstand entwickeln, denn das würde einmal belohnt werden.

Er wusste, dass er jetzt nahe dran an der Belohnung war. Drei lange Jahre hatte er über den Hinweisen gebrütet, die sich auf den vergilbten Seiten des Tagebuchs seines Vaters befanden. Diese Hinweise hatten ihn auf die Spur des Meisterwerks von Caravaggio gebracht, und dafür hatte er sich gründlich in die Kunstgeschichte vertiefen müssen.

Aber diesmal bestanden die Hinweise nicht aus Worten, sondern aus dem mathematischen Code, der im Gemälde von Caravaggio versteckt gewesen war. Dietrich glaubte nicht, dass sein Vater einen Code gewählt hatte, der eine gesonderte Tabelle oder einen speziellen Apparat erfordert hätte. Der Code konnte durchaus ganz einfach sein.

Am wahrscheinlichsten war, dass jeder fehlenden Zahl ein Buchstabe des Alphabets entsprach, aber der wievielte – das würde der Schlüssel zum Code verraten. Doch welche Zahl oder Zahlenfolge war dieser Schlüssel?

Er suchte sämtliche Papiere seines Vaters heraus. Viele waren es nicht. Zunächst versuchte er es mit der alten Telefonnummer ihrer Wohnung in München in den 1950er-Jahren, dann probierte er die Konfektions- und Schuhgröße seines Vaters. Nichts davon brachte ein vernünftiges Resultat.

Dann versuchte er, zu denken wie ein Kind. Sein Vater hatte ihm beigebracht: Einfach ist schön. Was wäre ein einfacher Schlüssel?

Der einfachste Schlüssel wäre, dass es gar keinen Schlüssel gab. Dietrich erschrak über die geradlinige Effektivität dieses Gedankens. Warum war er nicht früher darauf gekommen?

Er nahm Stift und Papier. Was, wenn jede Zahl direkt

einem Buchstaben entsprach, ohne Schlüssel? Dann war die Eins das A, die Zwei das B und so weiter.

Er sah sich den Code an. 16 186C152 423DHEG. Er schrieb: 1=A, 6=F, 1=A …

Das Ergebnis sah so aus: AFAHF …

Oder waren es am Anfang nicht 1 und 6, sondern die 16? Das würde dem P entsprechen. Dietrich schrieb unterschiedliche Kombinationen auf, bis er auf die Folge PRF stieß, die er durch die Gliederung 16–18-6 erhielt.

Die drei Buchstaben ließen ihn zusammenzucken. PRF war in einem Wörterspiel, das er als Kind oft gespielt hatte, die Abkürzung für PARZIFAL gewesen.

Dietrichs Herz fing an zu pochen. Er versuchte, sich zu beruhigen, indem er sich noch eine Tasse grünen Tee eingoss. Aus dem Fernseher unten tönte es noch lauter als zuvor. Was wäre aus ihm geworden, wenn er seine Zeit damit vergeudet hätte, Sport im Fernsehen anzuschauen?

Dietrich Gruber musste sich von niemandem sagen lassen, wer Parzifal war. Es war eine der Lieblingsfiguren des auch von den Nazis geliebten Opernkomponisten Richard Wagner: ein germanischer Ritter, der auf der Suche nach dem Heiligen Gral gewesen war. Nach dem Gral, von dem es hieß, es sei der Kelch gewesen, mit dem Christus das Abendmahl gespendet habe und der eine wundertätige Wirkung besitze. Schon König Arthur und die Ritter der Tafelrunde hatten nach dem Heiligen Gral gesucht.

Der grauhaarige Mann verzog die schmalen Lippen zu

einem erleichterten Lächeln. Er war auf der richtigen Spur. Jetzt musste er nur noch kombinieren, welches Bild, welches Wort oder welche Idee ihn auf die Spur des Geheimnisses seines Vaters bringen würde. Und da er Heinrich Gruber kannte, wusste er, dass dafür die Kenntnis der germanischen Mythologie nötig war.

16

Aaro legte den Hörer auf und spürte, wie seine Wangen glühten. Essi hatte angerufen; Paolo war nur zu gern bereit gewesen, ihre Bitte zu erfüllen, und hatte innerhalb einer halben Stunde den Namen des Bewohners der Villa Mariluce herausbekommen.

Aber Paolo hatte noch mehr erzählt: Die italienische Polizei hatte gerade eine knappe Pressemitteilung herausgegeben, der zufolge man das Gemälde von Caravaggio unbeschädigt zurückerhalten habe. Von Verhaftungen war nicht die Rede, auch nicht von Lösegeldforderungen, geschweige denn davon, ob Geld geflossen war, aber Aaro hielt es für sicher, dass man eine stattliche Summe für das Bild gezahlt hatte. Nun würde auf den Verschwörungsseiten im Internet wieder die Hölle los sein!

Essi konnte sich eine boshafte Bemerkung über Aaros eingebildete Informationen nicht verkneifen. Tatsächlich plagte ihn eine Zeit lang ein merkwürdiges Gefühl der Niederlage, weil das Bild wieder aufgetaucht war.

Der Täter war aber nicht gefunden worden. Jedenfalls war in den Nachrichten nicht von Verhaftungen die Rede. Die Verbrecher befanden sich auf freiem Fuß, weshalb kein Anlass bestand, die Ermittlungen zu beenden. Ein Kunstraub verjährte ja wohl nicht so schnell?

Aaro hatte nun einen Zettel vor sich, auf dem der Name des Mieters der Villa in Faleria stand: Hans-Martin Weymann, Schildestraße 12, 40 885 Ratingen, Germany. Auch eine Telefonnummer gab es, eine Handynummer mit der Vorwahl 0172.

Er suchte mithilfe eines Kartenprogramms im Internet nach der Adresse. Sofort teilte ihm der Rechner kühl mit, dass es in der besagten Stadt keine Straße gab, die so hieß.

Blieb die Telefonnummer, aber Aaro zögerte. Wenn er mit seinem Handy oder vom Festnetzanschluss aus anrief, hätte der Empfänger Aaros Nummer und ohne größere Probleme auch seine Adresse. Er könnte höchstens zu einem öffentlichen Fernsprecher gehen …

Plötzlich hatte er eine Idee. Die finnische SIM-Karte, die er benutzte, wenn er im Urlaub bei seiner Oma in Porvoo war, lag in einem Kästchen in seinem Schreibtisch. Es war eine Prepaid-Karte, weshalb man sie nicht lokalisieren konnte. Aaro setzte die Karte in sein Handy ein und wählte mit pochendem Herzen die deutsche Nummer.

Es läutete sieben Mal, dann meldete sich eine leise, kultiviert klingende Stimme. Eindeutig eine ältere männliche Person, die Deutsch sprach, stellte Aaro fest, dann brach er die Verbindung ab.

Seine eigene Stimme war viel zu auffällig, klang viel zu jung. Jemand anders musste mit dem Mann reden.

Der Deutsche war vor einigen Tagen im Begriff gewesen, die Villa in Italien zu verlassen, woraus sich schließen ließ, dass er jetzt zu Hause war, wahrscheinlich irgendwo in Deutschland.

Aaro hatte die nächste gute Idee, wie er fand. Jemand könnte den Deutschen anrufen und sich als Nachmieter der Villa vorstellen oder als deren Besitzer. Und er könnte sagen, es sei wichtige Post für Hans-Martin Weymann in der Villa angekommen, zum Beispiel eine Wertsendung. Und dann könnte er fragen, wo Herr Weymann wohnte, damit er die Sendung an ihn weiterschicken konnte.

Aaro bewunderte seine eigene Idee, genauer gesagt seine Genialität. Aber wie konnte man das glaubwürdig hinkriegen? Dann kam ihm Paolos hilfsbereites Gesicht in den Sinn. Paolo würde ihm helfen – jedenfalls, wenn Essi ihn darum bat …

Dietrich Gruber war verdutzt. Der Anrufer hatte einfach aufgelegt. So etwas verhieß nichts Gutes.

Nachdenklich ließ Gruber den Blick über den Schreibtisch schweifen, auf dem vier verschiedene Mobiltelefone lagen. Auf dem Handy, an das der Anruf gegangen war, haftete ein Stück Klebeband mit der Aufschrift VILLA, FALERIA.

Alles sollte so normal und legal wie möglich aussehen. Darum musste Gruber für den Vermieter des Hauses in Italien und für den Makler auch später noch erreichbar sein, falls überraschende Zusatzkosten oder dergleichen anfallen sollten. Er durfte nicht »der geheimnisvolle Deutsche« sein, sondern wollte ganz offiziell als Hans-Martin Weymann auftreten, mit dem Namen aus seinem falschen Pass. Auch das Nummernschild des gemieteten Audis war gefälscht.

Gruber kniete sich im Schein des Kaminfeuers wieder auf den Perserteppich, schaltete die Halogenlampe an und vertiefte sich mit verzweifeltem Eifer in das Entschlüsseln des Codes. Auf dem Teppich hatte er eine große Karte von Österreich ausgebreitet, die er nun noch einmal genau mit der Lupe untersuchte.

Der Name Parzifal musste mit irgendeinem Ort oder Objekt in den österreichischen Alpen in Verbindung stehen, hatte Dietrich Gruber geschlossen. Er klapperte alle möglichen Ortsnamen in den Alpen ab, die einen Hinweis auf den Gral oder auf Parzifal oder auf Wagner beinhalten konnten. Auch andere Begriffe aus der Mythologie waren denkbar: Siegfried, Tannhäuser, die Walküren, Arthur …

Moosbach, Asbach, Munderfing, Gilgenberg, Postalm, Hundstein. Die Namen sagten ihm nichts. Sollte der Name Parzifal auf etwas völlig anderes hinweisen? War der Name etwa gar nicht das Verbindungsglied, das zum Versteck des Goldes führte? Musste er sich doch auf die Gegend um Altaussee konzentrieren, wo die Nazis den bisherigen Informationen nach Kunstschätze, Gold, Wertpapiere und Devisen versteckt hatten? Allerdings war die Gegend nach dem Krieg so genau mit Metalldetektoren durchkämmt worden, dass es unmöglich war, dort noch einen Schatz zu finden. Etwas ließ Dietrich Gruber glauben, dass ihn der Code seines Vaters zu etwas vollkommen anderem führen würde.

Hartnäckig setzte er die Untersuchung der Ortsnamen fort. Er würde den richtigen Hinweis schon finden. Und das wäre ein deutliches Zeichen, die Belohnung des genialen Vaters für seinen Sohn. Kufstein, Kiefberg, Guffertspitze …

Der Code stand vor ihm auf dem Papier. 16 186C152 423DHEG.

Wenn die Ziffern Buchstaben entsprachen, dann entsprachen die Buchstaben wahrscheinlich Ziffern. Dann käme PRF3OYX4857 heraus, wenn man die mittleren Zahlenpaare 15, 24 und 23 als 15., 24. und 23. Buchstaben des Alphabets deutete, also als O, Y und X. Wenn man die mittleren Ziffern einzeln interpretierte, hätte man A, E, B, D, B und C, also PRF3AEBDBC4857.

In dem Moment läutete wieder das Telefon, dasjenige mit der Nummer, die Gruber dem Makler aus Faleria und den italienischen Behörden gegeben hatte, die Nummer von »Hans-Martin Weymann«. Gruber zwang sich, seiner tiefen Stimme einen freundlichen Ton zu geben.

Am anderen Ende war ein Mann, der Deutsch mit starkem italienischem Akzent sprach. »*Signor Weymann?*«

»Ja, der bin ich. Worum geht es?«

»Mein Name ist Paolo Monticelli, ich rufe aus Faleria an, aus der Villa Mariluce. Ich bin der neue Mieter der Villa. Hier ist ein Expressbrief für Sie angekommen. Ein dicker, gepolsterter Umschlag. Was soll ich damit machen? Signor Moretti hat mir Ihre Nummer gegeben …«

Gruber überlegte einen Moment. Er war unsicher und das Gefühl der Unsicherheit hatte er noch nie gemocht. Noch weniger mochte er Überraschungen, aber die konnte man bei keiner Operation und überhaupt im Leben nicht vermeiden. Ein Expressbrief, vielleicht eine Wertsendung … Was konnte das nur sein?

»Steht kein Absender auf dem Kuvert?«, fragte er.

»Nein.«

Gegen Unsicherheit und Überraschungen gab es nur eine wirksame Medizin: die Beschaffung von Informationen und die Entscheidungen, die auf deren Grundlage dann getroffen wurden.

»Ich bin derzeit auf Reisen«, sagte Gruber. »Aber könnten Sie den Brief freundlicherweise unter meinem Namen als Poste restante schicken? Die Adresse ist 80 820 Bergstein, Deutschland. Ich würde Sie bitten, ihn per Express zu schicken, damit ich ihn gleich am Freitagmorgen habe.«

»In Ordnung. Ich gebe ihn sofort in die Post.«

»Danke, das ist sehr freundlich von Ihnen.«

Gruber legte auf. Am liebsten hätte er den Brief sofort gesehen. Er versuchte, alle unangenehmen Vorahnungen abzuschütteln, indem er sich von Neuem in die Landkarte vertiefte. Dennoch kam ihm unweigerlich der Gedanke, dass es sich um eine unangenehme Angelegenheit handelte. Versuchte womöglich einer seiner Mitarbeiter, ihn zu erpressen?

Aaro stand in Essi Mannerlas Küche im Brüsseler Stadtteil Woluwe und diktierte Paolo in Rom telefonisch einen Brief an Herrn Weymann. Paolo hatte versprochen, den Brief noch am selben Abend am Hauptbahnhof aufzugeben, damit er bis Freitag in Deutschland war. Aaro blickte auf die Uhr. Es ging bereits auf acht zu, seinem Vater gefiel es nicht, wenn er so spät noch mit der U-Bahn fuhr. Aaro konnte diese übertriebene Sorge nicht verstehen, denn sie waren ja schließlich nicht in Helsinki, wo sich laut Umfragen sogar die Erwachsenen in den U- und S-Bahnen fürchteten.

Als Aaro fertig war, reichte er Essi das Telefon, worauf honigsüßes Gezwitscher losging. Aaro hatte beschlossen, am Wochenende nach Bayern zu fahren. Da er aber minderjährig war, brauchte er Begleitung.

»Nun frag ihn schon nach dem Wochenendtrip«, flüsterte er.

Essi hob die Augenbrauen. »Was? Ich dachte, du machst Witze.«

Aaro zog eine Grimasse und Essi sagte ins Telefon: »Paolo, Aaro hat vorgeschlagen, am Wochenende in den Alpen Ski fahren zu gehen. Von hier aus gibt es Billigflüge nach München. Ich dachte, du wärst vielleicht auch an einem kleinen Wochenendurlaub interessiert ...«

Aaro verfolgte, wie Essi immer schneller und begeisterter redete. Sein Vater schien nicht ganz falschzuliegen, wenn er sagte, Motivation sei die beste Basis, eine Sprache zu lernen.

»Paolo findet deine Idee gut, er fährt gerne Ski. Aber

er schlägt Innsbruck oder Salzburg vor, von dort aus wäre es nicht so weit …«

»Aber dahin gibt es keine Billigflüge.«

»Guter Punkt, ich bin auch ziemlich knapp bei Kasse.«

Essi redete auf Paolo ein, bis sie schließlich sagte: »Alles klar, ich rufe gleich noch mal an. *Ciao, amore.*«

Essi legte mit glänzenden Augen auf. »Gebongt, wir können fahren. Paolo hat versprochen, sich an meinen Reisekosten zu beteiligen.«

»Gut. Dein Paolo scheint echt ein fairer Typ zu sein«, lobte Aaro, denn Essi schien es zu mögen, wenn man etwas Positives über ihren italienischen Freund sagte. »Ich geh jetzt nach Hause und rufe dich in den nächsten zwei Stunden an«, sagte er und machte sich aus dem Staub, bevor noch jemand seine Meinung änderte.

Zu Hause ging er als Erstes auf die Seiten der Billigfluggesellschaften. Mit dem Glück schien es zu Ende zu sein: Der billigste Flug mit Virgin Express nach München war ausgerechnet am Freitag am teuersten, logischerweise: 69 Euro. Na ja, ungefähr so viel wie das Computerspiel, dessen Kauf er nun in den Wind schreiben konnte. Aber ein Abenteuer im wirklichen Leben war auf jeden Fall besser als sämtliche virtuellen Spiele.

Er rief Essi an, die anschließend mit ihrer Kreditkarte die Flüge für sich und ihn reservierte.

Die Pechsträhne setzte sich in finnischer Richtung fort. Mit Ryanair konnte man von Finnland aus nur von Tampere nach Frankfurt fliegen und die Zugfahrt von dort nach Bayern dauerte und kostete. Dazu kam, dass

Niko nicht gerade der erfahrenste Reisende war. Trotzdem wollte Aaro ihn unbedingt dabeihaben – Niko war nämlich nicht nur sein bester Freund, sondern hatte auch einen Führerschein. Außerdem konnte man sich auf ihn, wenn es eng wurde, mehr verlassen als auf Paolo.

Germanwings flog überhaupt nicht mehr von Finnland nach Deutschland, aber dann fand sich doch noch was Erträgliches: Bei AirBerlin gab es ein Angebot, mit dem man von Helsinki aus über Berlin nach München kam, hin und zurück für 99 Euro.

Aaro rief schnell bei Niko in Porvoo an, um ihm mitzuteilen, dass er demnächst zu einem kleinen Wochenendurlaub aufbrechen würde.

17

Achim Woinowitsch wäre fast in den linken Graben gefahren, als er mit dem eckigen G-Klasse-Mercedes einem Hasen auswich, der über die Gebirgsstraße flitzte. Nach rechts hätte er nicht ausweichen können, denn dort ging es hinter der Leitplanke steil den Abgrund hinunter.

Dietrich Gruber musste sich am Griff festhalten. »Achim, wir fahren hier nicht über einen Kolchosenacker in der Ukraine«, sagte er bissig. »Im Gebirge kann es plötzlich Kurven und Überraschungen geben.«

Grubers Schläfen schmerzten, aber plötzlich merkte er, dass er zu viel gesagt hatte: Achim umklammerte das Lenkrad so fest, dass die Fingerknöchel weiß hervortraten, außerdem färbte sich der Nacken des Mannes bedrohlich rot. Rasch beschloss Gruber, die Situation zu bereinigen. Man konnte dem hartgesottenen Muskelmann alles sagen, aber sein Heimatland war ihm heilig.

»Entschuldige, Achim, ich habe die Fassung verloren. Du hast dich sehr gut an das Fahren hier gewöhnt«, sagte Dietrich Gruber und klopfte seinem Gehilfen kameradschaftlich auf die Schulter.

Achims düstere Miene hellte sich wieder auf. Er wusste die Bitte um Entschuldigung zu schätzen.

»Wir sind bald da«, sagte Gruber, blätterte wieder in seinen Unterlagen und schaute auf die Landkarte.

Er lotste Achim von Bad Goisern aus auf eine schmale, unasphaltierte Straße, die nach Osten führte, zu einem Berg namens Siegfriedspitze. In der Nacht hatte Dietrich Gruber beschlossen, sich aufgrund des Parzifal-Hinweises auf diese Gegend zu konzentrieren. Es handelte sich um einen tausendfünfhundert Meter hohen Berg in den nördlichen österreichischen Alpen.

»Wie bist du gerade auf die Stelle gekommen, Boss?«, fragte Achim, während er nach einer Kurve am steilen Anstieg Gas gab.

Gruber wollte keinen neuen Unmut bei seinem Untergebenen heraufbeschwören, darum antwortete er ausführlich: »Ganz einfach, Siegfried ist ein germanischer Held, so wie Parzifal auch, ihm gehört ein Schatz, das sogenannte Rheingold. Ein Berg mit seinem Namen schien mir eine heiße Spur zu sein.«

Achim parkte den Wagen an einer kleinen Aussichtsplattform. Gruber nahm zwei Rucksäcke mit Werkzeug aus dem Kofferraum. Er wusste, dass dies alles vorläufig nur ein Schuss ins Blaue war. Der Code behielt sein Geheimnis strikt für sich. Aber an Hartnäckigkeit hatte es Dietrich Gruber noch nie gefehlt. Eventuell fanden sich im Gelände weitere Hinweise auf das Versteck des Schatzes.

Sie schulterten die Rucksäcke und machten sich auf den Weg, den Gebirgspfad hinauf.

»Ich habe immer gedacht, das Gold der Nazis wäre bei Kriegsende in die Schweiz gebracht worden«, sagte

Achim, der leichten Schrittes vor dem schwer atmenden Gruber herging.

Gruber wunderte sich etwas über die plötzliche Gesprächigkeit seines Gehilfen, antwortete aber wahrheitsgemäß: »Nicht alles. Ein beträchtlicher Teil des beschlagnahmten Goldes blieb hier in Österreich, bei Kaltenbrunner. Mit zwei Lastwagen wurde das Gold von Altaussee irgendwohin geschafft. Niemand weiß, wohin. Außer natürlich diejenigen, die für Transport und Versteck verantwortlich waren«, fügte Dietrich Gruber hinzu, ohne zu sagen, dass sein Vater Heinrich an der Operation beteiligt gewesen war.

Zu der Fuhre gehörten mindestens hundert Kilo Goldbarren mit der Prägung REICHSBANK 1936«. Aber auch davon wollte Gruber Achim nichts erzählen.

Als sie die Hälfte des Anstiegs hinter sich hatten, sahen sie im Felsen eine graue Eisentür, die direkt ins Innere des Berges zu führen schien und mit einem Stahldrahtzaun gesichert war. Achim und Dietrich gingen schneller. Was sie vor sich hatten, war im Dritten Reich eines der strategisch wichtigen Brennstofflager des RSHA, des Reichssicherheitshauptamtes, gewesen.

»Es scheint noch immer in Betrieb zu sein«, sagte Dietrich Gruber ein wenig enttäuscht und blickte auf das gelbe Schild mit der Aufschrift ÖLLAGER A. KUNTZE KG. KEIN ZUTRITT.

»Trotzdem sollten wir es untersuchen«, fügte er hinzu und nahm einen dicken Bolzenschneider aus dem Rucksack.

Aaro hatte diesmal mehr Reisefieber als sonst, trotzdem war er noch in der Lage, den modernen Münchner Flughafen zu bewundern, wo man sogar aus den Belüftungskanälen noch Kunst gemacht hatte.

Paolo wartete auf Aaro und Essi in der Ankunftshalle, und nach Essis und Paolos ziemlich langer Begrüßungsumarmung gab Aaro dem Italiener kurz die Hand und fragte nach dem Brief.

»Der Brief an Herrn Weymann ist wie vereinbart nach Deutschland abgegangen«, sagte Paolo mit einem Augenzwinkern. »Geheime Mission erfüllt. Jetzt können wir nach Kitzbühel fahren. Ich habe mich heute Morgen versichert, dass dort die oberen Lifte noch in Betrieb sind. Allerdings nur noch diese Woche.«

»Aaro wird mit einem Freund aus Finnland unterwegs sein«, sagte Essi. »Er heißt Niko und ist schon achtzehn.«

»Wie es aussieht, ist er gerade gelandet«, meinte Aaro vor dem Monitor. »Wir werden ein bisschen in der Salzburger Gegend wandern gehen, aber noch auf der deutschen Seite. Ich habe uns im Internet ein Zimmer in einer Ortschaft namens Bergstein reserviert.«

Paolo und Essi wirkten erleichtert, weil sie zu zweit Ski fahren durften.

Aaro wiederum war zufrieden mit der Geschichte, die er als Vorwand aufgetischt hatte. Ihm war eingefallen, dass Niko früher mal Rucksacktouren gemacht hatte, darum war eine Wanderung mit einem alten Freund die perfekte Tarn-Story. Aaros Eltern versuchten mit allen Mitteln, ihren Sohn bei allem, was mit Sport und Bewegung zu tun hatte, zu unterstützen. Normalerweise bewegte sich Aaro null, weshalb es relativ wenig Mühe gekostet hatte, den Eltern die Erlaubnis für den Wochenendtrip aus den Rippen zu leiern. Er sollte bloß abgelegene oder gefährliche Orte meiden. Entscheidend war allerdings gewesen, dass Essi mitflog und Niko aus Finnland dazukam. Aaro hatte versprochen, die Flüge und die Unterkunft von seinem Ersparten zu finanzieren, aber trotzdem hatte ihm sein Vater Reisegeld mitgegeben, worauf Aaro allerdings auch spekuliert hatte.

Niko ließ auf sich warten. Fünfzehn Minuten später waren sämtliche Passagiere seines Flugs bereits am Zoll vorbei, aber der Finne aus Porvoo war nirgendwo zu sehen. Schließlich kam doch noch ein junger Mann in Lederjacke, schwarzen Jeans und Boots und mit schwarzem Bürstenschnitt in die Ankunftshalle.

Nach kurzem Zögern erkannte Aaro seinen alten Freund, der innerhalb weniger Monate kräftiger und so etwas wie ein Mann geworden war.

Essi verabschiedete sich und kündigte an, Aaro in zwei Tagen anzurufen. Am Sonntag würden sie sich wieder am Flughafen treffen.

Aaro und Niko erreichten knapp den Bus in Richtung Salzburg. Als sie auf ihren Plätzen saßen, fragte Aaro seinen alten Kumpel: »Wo hast du dich eigentlich die halbe Stunde nach der Landung rumgetrieben?«

Niko schaute auf die Spitzen seiner neuen Cowboystiefel und murmelte: »Ich hab gedacht, TRANSIT heißt Ausgang, und da habe ich mich ein bisschen verlaufen …«

18

Aaro zog die Vorhänge im Gasthaus Grosch zur Seite und trat auf den Balkon. Der alte Gasthof mit dem Bräustüberl im Erdgeschoss schien direkt aus Grimms Märchen zu stammen, so wie das gesamte Dorf.

An der Landschaft war auch nichts auszusetzen. Aaro hatte ein fantastisches Panorama vor sich, mit Blick auf den Fluss und die dahinter aufragenden Berge. Bleigraue Wolken lagen über dem bedrohlich wirkenden Alpenmassiv. Der Morgen war feucht und mild, ganz oben auf den Bergen leuchtete weiß der Schnee.

Niko trat verschlafen neben Aaro. »Ob wir um die Zeit schon einen fahrbaren Untersatz kriegen?«

Aaro blickte auf die Uhr. Es war sieben. »Die Autovermietungen machen bestimmt um acht auf.«

Die Post öffnete allerdings erst um neun, das hatten sie schon am Vorabend nach der Ankunft überprüft. Und dann beschlossen, gleich am Morgen in der Nähe des Poste-restante-Schalters zu sein, für den Fall, dass Herr Weymann schon früh seinen Brief abholte.

Nach einem schnellen, aber kräftigen Frühstück riefen sie mit freundlicher Hilfe des dicken Gasthofbesitzers bei der Autovermietung an. Das einzige Auto, das sie sich leisten konnten, war ein VW Lupo, eine Handtasche auf vier Rädern. Aber Aaro hatte beschlossen, dass sie an diesem Wochenende auch hin und wieder etwas essen mussten.

Niko setzte sich ans Steuer und schob den Sitz nach hinten. Aaro bemerkte, dass sein Freund wesentlich mehr Muskeln hatte als früher. Auch sonst hatte er sich verändert, er war ruhiger und gelassener geworden. Früher hatte ein prächtiger Schnurrbart sein Gesicht geziert, elf Härchen auf jeder Seite, aber jetzt war davon keine Spur mehr zu sehen, auch nicht von dem Vokuhila-Schnitt. Aaro gab einen positiven Kommentar zu der Verwandlung ab, was Niko sichtlich schmeichelte. Er erzählte, die Veränderung komme vom Aikido, der japanischen Kampfsportart, die er inzwischen ernsthaft betrieb. Bei der Mission, die ihnen bevorstand, konnte eine gute körperliche Verfassung nicht schaden, dachte Aaro bei sich.

»Wenn wir den Grauhaarigen verfolgen müssen, wird das mit der Kiste hier hart«, dachte Niko laut.

»Wir gehen nicht mit Kraft, sondern mit Geschick und Verstand vor«, beruhigte ihn Aaro.

Sie fuhren durch die Ortschaft zur Post. Bergstein lag am Ende einer Bergenge, im grünen Wilhertal. Rechts und links ragten Berghänge auf. In Talnähe waren sie bewaldet, weiter oben felsig und schroff. Der älteste Teil des Ortes stammte aus dem Mittelalter. Die reichlich verzierten Häuser hatten ausladende Dächer und die Fassaden waren kunstvoll bemalt. In der Ortsmitte stand eine

Barockkirche. Der Fluss hatte ziemlich starke Strömung und floss über einige Stromschnellen. Er teilte die Ortschaft in zwei Hälften. Abgesehen von einigen Geschäftsgebäuden waren auch die Häuser des neueren Teils noch ziemlich alt, denn hier im tiefsten Bayern, dicht an der Grenze zu Österreich, waren im Krieg keine Bomben gefallen und darum auch nichts zerstört worden.

Niko fand den Weg auf die andere Seite des Ortes innerhalb von zwei Minuten. Vollkommen verwandelt hatte er sich nicht, denn sein Gasfuß schien noch genauso schwer zu sein wie früher. Obwohl er zum ersten Mal im Ausland am Steuer saß, kommentierte er die Verkehrskultur und den Fahrzeugbestand wie der routinierteste Globetrotter. Aaros Gedanken hingegen kreisten um den Deutschen mit den grauen Haaren, den sie bald zu Gesicht bekommen würden. Die Frage war, wie sie dann weiter vorgehen sollten. Aaros Magen krampfte sich vor lauter Aufregung zusammen.

Sie stellten das Auto auf dem Parkplatz vor Aldi ab und Aaro zog sich die Baseballmütze tief ins Gesicht, damit der Grauhaarige ihn nicht wiedererkannte.

Die Landschaft war wie aus dem Bilderbuch, aber die Leute schienen nicht dazu zu passsen. Sie wirkten verschlossen und schauten die beiden Jungen misstrauisch an. Aaro spürte die Blicke im Rücken. Wie sollten sie in so einer verschworenen Gemeinschaft jemandem nachspionieren? Aaro und Niko überquerten die Straße und gingen auf das relativ neue Gebäude zu, in dem sich die Post befand.

»Wo warten wir auf ihn?«, fragte Niko leise.

Aaro deutete auf ein Café, das im Schaufenster große Schokoladenkuchen anpries und fast genau gegenüber der Post lag. Sie traten ein, blieben vor der drei Meter breiten Vitrine stehen und ließen die Blicke über die Plunderstücke im DIN-A4-Format, die mit Nusssplittern bestreuten Schnecken und all das bunte Gebäck schweifen: Marzipan, Sahne, Mandeln, Schokolade … Hinter der Theke stand eine Frau von kolossalen Ausmaßen. Sie trug einen weißen Kittel und hatte toupierte Haare, in deren Mitte ein weißes Schiffchen saß.

Aaro bestellte zwei Berliner, die jeweils so groß waren wie eine Xbox. Sie zu essen würde gut und gern zwei bis drei Stunden in Anspruch nehmen. Zum Runterspülen nahmen sie Kakao, der mit Sahnehaube garniert in blumenvasengroßen Porzellantassen gereicht wurde. Das Ganze kostete trotzdem nicht mehr als sechs Euro. Kein Wunder, dass die Deutschen so raumgreifende Bäuche hatten.

Aaro setzte sich mit dem Rücken zur Wand, damit er den Eingang zur Post gut im Blick hatte. »Weißt du, was John F. Kennedy in seiner Rede 1963 in Berlin sagte?«, fragte er, während er in seinem Kakao rührte.

»Du meinst den Präsidenten, den sie erschossen haben?«

»Genau den. Er sagte feierlich: ›*Ich bin ein Berliner.*‹ Er wollte wohl sagen: ›Ich bin Berliner.‹ Im Deutschen muss man mit den Artikeln genau sein. Darum mag ich

Englisch lieber, da gibt es keine abartigen Regeln, man hängt einfach die Wörter aneinander.«

Niko nahm eine Zeitung aus dem Ständer. Sie hatte irrsinnig viel Text und nur wenige Bilder. Ziemlich nüchtern drauf, diese Deutschen, stellte Aaro zufrieden fest, den Blick wieder auf die Post gerichtet.

Das Warten kam ihnen lang vor. Zum Glück hatten sie mit den Berlinern genug zu tun. Niko pflügte sich allerdings deutlich schneller durch das Teil als Aaro.

Hinter der Theke war neben der älteren Frau ein freundlicher jüngerer Mann aufgetaucht, der aussah, als könnte er vielleicht Englisch. Aaro gab sich schließlich einen Ruck und ging zu dem Mann, um ihn nach Möglichkeiten zum Skifahren zu fragen. Sie brauchten nun mal einen Vorwand, warum sie in dieser Ortschaft rumhingen. Der Mann meinte, die befahrbaren Pisten seien sehr weit weg und ziemlich weit oben, jenseits der Grenze, in Österreich.

Dann hörte Aaro, dass Niko etwas zu ihm sagte. Er kehrte zum Tisch zurück, wo Niko unauffällig auf die Straße deutete.

Gerade stieg ein grauhaariger Mann in Wanderkleidung aus einem eckigen Mercedes-Geländewagen. Auf der Fahrerseite stieg ein muskulöser, dunkelhaariger Typ aus, zündete sich eine Zigarette an und lehnte sich an den Wagen.

Bei dem Anblick glühten Aaros Wangen im Nu. Intuitiv wich er ein Stück vom Fenster zurück, auch wenn man von draußen wahrscheinlich nicht hineinsehen konnte.

Der Grauhaarige betrat die Post und kam zwei Minuten später wieder heraus. In der Hand hielt er ein gepolstertes Kuvert. Aaros Herz hämmerte. Er konnte sich vorstellen, dass die Sendung, die Paolo abgeschickt hatte, genau so aussah, denn er hatte den Italiener gebeten, ein bisschen Gewicht hinzuzutun.

Zu seiner Verwunderung riss der Mann das Kuvert nicht sofort auf, sondern drehte es auf der Straße misstrauisch hin und her und betastete es. Dann warf er es auf den Beifahrersitz, sagte etwas zu seinem Fahrer und ging direkt auf das Café zu.

»Oh nein«, stöhnte Aaro. Er blickte sich schnell um. Nach draußen schaffte er es nicht mehr, da würde er dem Mann direkt in die Arme laufen.

»Ich gehe aufs Klo, sag mir Bescheid, wenn er wieder verschwunden ist«, flüsterte Aaro.

Er stand auf und stieß dabei die Rückenlehne gegen den Ellenbogen der Frau, die hinter ihm saß, worauf diese Kaffee verschüttete.

»*Sorry* ... Entschuldigung«, sagte Aaro hastig, zog sich die Mütze tiefer ins Gesicht und verdrückte sich zu der Tür am anderen Ende des Raums. Auf der Toilette schloss er sich sofort in der Kabine ein. Falls der Grauhaarige mal musste, war das Spiel aus.

Aaro lauschte. Die Türglocke erklang, der Mann aus Faleria kam tatsächlich in das Café.

Dann hörte man eine Weile nichts mehr, dann ein

bisschen Stimmengemurmel, aus dem Aaro nichts Konkretes heraushören konnte. Den bayerischen Dialekt verstand er ohnehin nicht.

Im Takt des Herzschlages rauschte das Blut in Aaros Ohren. Und diesmal war der Pulsschlag schnell.

Die Toilettentür ging auf und jemand kam herein.

Aaro ballte die Fäuste.

Jemand ließ Wasser laufen, wusch sich die Hände und griff nach der Klinke an der Toilettenkabine. Aaro saß mit zusammengebissenen Zähnen mucksmäuschenstill auf dem geschlossenen Klodeckel.

Draußen hörte man ein ungeduldiges Knurren, dann lief wieder Wasser, die Tür ging und der Mann verschwand. War das der Grauhaarige gewesen? Aaro blieb still auf seinem Platz sitzen.

Zwei lange Minuten vergingen, dann kam erneut jemand herein. Auch diesmal wurde der Wasserhahn aufgedreht. Dann näherten sich die Schritte der Kabinentür. Jemand wollte wirklich unbedingt rein.

Es wurde energisch angeklopft. Sehr energisch.

Aaro überlegte, was er tun sollte. Viele Möglichkeiten hatte er allerdings nicht, denn er hatte nicht die Absicht, die Tür zu öffnen.

Das Klopfen wiederholte sich.

»*Achtung!*«, knurrte eine tiefe Stimme. »*Zum Teufel!*«

Eine Sekunde lang hatte Aaro Angst, dann erkannte er die Stimme und die deutschen Wörter, die Niko aus finnischen Comicheften gelernt hatte, wo die Deutschen immer die Bösen waren.

Zornig entriegelte Aaro die Tür.

Niko grinste ihn an. »Der Typ ist weg.«

»Was soll der Blödsinn? Wir verlieren ihn aus den Augen, wir müssen ihm folgen …«

»Keine Panik, er ist gerade in den Zeitschriftenladen gegangen. Auto und Fahrer stehen noch immer vor der Post.«

Aaro stolperte hinter Niko aus der Herrentoilette. Durchs Fenster sahen sie, wie der Grauhaarige mit einer Zeitung unterm Arm aus dem Laden kam und behände in den Geländewagen stieg. Der jüngere Mann startete den Motor. Der Mercedes wendete um hundertachtzig Grad und fuhr mit hoher Geschwindigkeit davon, in Richtung Oberstbrunn.

»Sofort hinterher!«, rief Niko voller Eifer. Im Laufschritt eilten sie zum Lupo. Niko gefiel es offensichtlich, jemanden zu beschatten und unter diesem Vorwand schnell fahren zu dürfen. Und sei es nur mit dem kleinsten aller Volkswagen.

19

Dietrich Hermann Gottfried Gruber nahm den silbernen Brieföffner mit Elfenbeingriff zur Hand und riss den Brief aus Faleria auf.

Das Arbeitszimmer, in dem er saß, wurde von einem gewaltigen Schreibtisch dominiert. Vor dem Fenster sah man düstere Fichten, etwas weiter weg leuchteten die schneebedeckten Alpenhänge an der Grenze zu Österreich. Das Haus war 1936 fertiggestellt geworden, zu der Zeit, als Adolf Hitler auf dem Höhepunkt seiner Macht stand.

Die Umgebung war ausgesprochen ruhig, das Haus hatte sich ein Mensch bauen lassen, der seine Ruhe haben und für sich sein wollte. Es lag sechs Kilometer außerhalb von Bergstein, jener Ortschaft, wo Dietrich Gruber den Brief abgeholt hatte.

Die Schreibtischplatte war mit grünem Stoff bespannt. Sie war so groß, dass man auf dem Tisch hätte wohnen oder zumindest Billard spielen können. Dietrich Gruber war jedoch kein Freund des Billardspiels. Zwar hatte er im Prinzip durchaus etwas für Spiele übrig, aber nur dann, wenn das Gewinnen klare mathematische Problemlösungsfähigkeit auf hohem Niveau erforderte. Für ihn waren sogar die Menschen nichts anderes als Spielfiguren auf einem großen Spielbrett, die von höheren Kräften hin und her bewegt wurden.

Auch sein Vater war dieser Überzeugung gewesen. Der Brieföffner stammte aus dem Nachlass dieses genialen Mannes, wie auch die übrige Einrichtung des Arbeitszimmers: die Stehlampe mit dem Teakholzfuß und dem ledernen Schirm, der fünfeckige Pokertisch und die Ledersessel sowie das Bücherregal, das eine ganze Wand einnahm und voller alter deutscher Literatur stand.

Dietrich spähte in das Kuvert und war überrascht. Im nächsten Augenblick kippte er den Inhalt des Kuverts auf den Perserteppich: einen Stapel Werbebroschüren. Auf eine der Hochglanzbroschüren war eine Metallscheibe von einem Millimeter Dicke geklebt worden, offenbar um der Sendung mehr Gewicht zu verleihen.

Verdutzt blätterte Dietrich in den italienischen Reklameschriften. Warum schickte ihm jemand solchen Mist? Diese Frage bereitete ihm ernsthafte Sorgen. Er witterte die Bedrohung, die in diesem Brief lag. Oder war bloß irgendein Italiener so blöd gewesen und hatte ihm die Reklame, die sich im Briefkasten des Hauses in Faleria angesammelt hatte, nachgeschickt? Womöglich hatte derjenige sogar vergessen, den eigentlichen Brief beizulegen …

Auf jeden Fall galt es nun, besonders wachsam zu sein. Dietrich Grubers Gedanken kehrten zu dem Code zurück, von dem sie sich in diesen Tagen normalerweise nie lösten, außer im tiefen Schlaf. Er warf sich die Wildlederjacke über und ging die Treppe hinunter ins Wohnzimmer. An der Wand hing ein Farbfoto von einem Deutschen Schäferhund. Trudi war zehn lange Jahre seine treue Gefährtin gewesen. Nach dem Tod der Hündin im Jahr zuvor hatte er kein Tier mehr haben wollen.

Er nahm den Schlüssel aus dem Küchenschrank und verließ durch die hintere Glastür das Haus. Das Gebäude gegenüber am Hang war ein Lagerhaus, das mit seiner fensterlosen Fassade an eine kleine Festung erinnerte, denn man gelangte nur durch ein eisernes Tor in das aus Naturstein gemauerte Erdgeschoss. Der Anblick des massiven Baus löste ein schmales Lächeln bei Dietrich aus.

Er öffnete das Eisentor und klappte die Riegel zur Seite. Drinnen war es dunkel, feucht und modrig. Dietrich drehte den Lichtschalter, worauf eine verstaubte Deckenlampe anging und gedämpftes Licht verbreitete. Das gesamte Untergeschoss des Gebäudes stand voller Kleiderständer, Holzkisten, alter Möbel, Lagerregale mit Archivordnern aus Pappe. Dietrich trat vor einen Metallschrank und schloss ihn mit einem der Schlüssel an seinem großen Schlüsselbund auf.

Der Ausflug zur Siegfriedspitze war leider ein Fehlschlag gewesen. Hinter der Stahltür, die in den Felsen führte, hatte sich nichts weiter verborgen als ein Öllager – eine große Höhle, die irgendwann in den 1930er-Jahren in den Berg gehauen worden war. Dietrich hatte auf die unbewegte schwarze Fläche gestarrt und seine Enttäuschung schlucken müssen. Nichts als ein großes

Becken voller Brennöl. Also waren sie wieder gegangen und hatten dabei so gut wie möglich ihre Spuren beseitigt.

Das Rätsel, das sein Vater entwickelt hatte, war noch immer nicht gelöst.

16 186C152 423DHEG.

Dietrich wusste, dass er aus dem mythischen Namen PARZIFAL eine Art Zahlenspiel ableiten musste, das ihn zum Versteck des Goldes führen würde. Er hatte mehrmals versucht, mithilfe einer einfachen Buchstabe-Ziffer-Entsprechung Begriffe aus der germanischen Mythologie in Zahlen zu übersetzen, aber auf diesem Weg hatte sich nichts ergeben. Das Rätsel seines Vaters musste komplizierter sein.

Niko parkte den Lupo an einer Abzweigung der schmalen Gebirgsstraße, zweihundert Meter von der Villa entfernt, zu der der grauhaarige Mann abgebogen war.

Das Haus war hinter einer drei Meter hohen Fichtenhecke verborgen. Es war still hier, andere Wohnhäuser waren nicht in der Nähe. Das Auto stand weit genug weg, sodass man Niko und Aaro für gewöhnliche Alpentouristen halten konnte.

Auf dem steilen Hang, an dem die Villa lag, wuchsen dunkelgrüne Nadelbäume. Niko schloss den Wagen ab, dann schlüpften sie ins Gebüsch neben der Straße, das bis zu dem Haus und der Fichtenhecke hinaufreichte. In dessen Schutz würden sie unbemerkt in die Nähe der Villa gelangen. Die Gebirgsluft war herb, aber auch dünn, Aaro spürte das in der Lunge.

Langsam bewegten sie sich den Hang hinauf. Nach zwanzig Minuten standen sie oberhalb des Hauses im Schutz der Fichtenhecke. Von hier aus lag das Grundstück wie auf dem Präsentierteller vor ihnen. Nichts regte sich im Haus, der Mercedes-Geländewagen stand allein auf der Zufahrt.

Aaro ließ den Blick über Haus und Garten schweifen und prägte sich alles ein. Das Haus grenzte direkt an die Straße. Zwei nachträglich eingebaute Gaubenfenster zeigten zur Gartenseite, im Erdgeschoss schien sich ein großes Wohnzimmer zu befinden. Am Ende des Gartens stand ein fensterloses Gebäude am Hang, rechts zwischen diesem Gebäude und dem Haus gab es noch einen Holzschuppen.

Aaro nahm das Fernglas und setzte damit seine Beobachtungen fort. Mitten im Garten sah er eine schöne schmiedeeiserne Sonnenuhr, die mit einem Fabelwesen verziert war. Das ganze Haus samt Grundstück war seltsam still, gerade so, als hätte das alte Gebäude Niko und Aaro entdeckt, wie sie im Schutz der Fichtenäste kauerten, und sie böswillig ins Auge gefasst.

»Besonders wohl fühle ich mich hier nicht«, flüsterte Niko, als hätte er Aaros Gedanken gelesen.

»Hinter dem Dachfenster im Obergeschoss bewegt sich was«, sagte Aaro und setzte das Fernglas ab. »Es ist besser, wir warten ab, bis das Haus leer ist. Danach können wir uns etwas genauer umsehen.«

Niko sah ihn verblüfft an. »Und woher wissen wir, wann es leer ist? Ich meine, auch wenn wir den Grauschopf mit seinem Mercedes verschwinden sehen, garantiert das noch lange nicht, dass das Haus leer ist. Genauso gut können da drin drei bewaffnete Söldner rund um die Uhr Wache schieben. Oder der Muskelprotz, der den Geländewagen gefahren hat.«

»Du solltest deine Fantasie ein bisschen zügeln«, sagte Aaro. Andererseits wusste er, dass Niko recht hatte. Sie konnten nur abwarten, bis der Grauhaarige irgendwo hinfuhr. Und danach mussten sie so lange warten, bis sie davon überzeugt waren, dass sich niemand mehr im Haus aufhielt.

Aaro war klar, auf welch dünnem Eis sie sich bewegten, doch eine andere Möglichkeit hatten sie nicht. Er grub sich tiefer in die mit Nadeln bedeckte Erde unter der Fichte, um besseren Halt zu finden. »Kann sein, dass wir den ganzen Tag warten müssen, also machen wir es uns bequem.«

Aaro ärgerte sich, dass inzwischen das Gemälde aufgetaucht war. Es wäre schön gewesen, danach zu suchen. Aber der Gemäldedieb selbst war eigentlich eine noch größere Herausforderung. »Hätte der Grauhaarige nicht beschlossen, den Caravaggio schon in Rom zurückzugeben, hätten wir das Bild vermutlich in diesem Haus hier aufgestöbert«, setzte Aaro seine Überlegungen laut fort.

»Na und? Wir hätten ihn an den Vatikan zurückgeben müssen und garantiert keine Belohnung kassiert.«

»Du bist aber pessimistisch. Irgendwas hätten wir schon bekommen, sonst hätten wir es gar nicht erst hergegeben.«

»Das wäre dann ja Erpressung gewesen.«

»Nein, bloß ein kleiner Hinweis auf die Unvermeidlichkeit eines Finderlohns.« Ob die Philosophie des Aikido Niko so überehrlich gemacht hatte, fragte sich Aaro.

Niko seufzte. »Ich habe noch nie kapiert, was an alten Bildern so wertvoll ist, dass man dafür ein Vermögen bezahlt. Als sie neu waren, haben sie bestimmt nicht so viel gekostet.«

»Du hast echt keine Ahnung von der Logik des Kunstmarkts. Sieh mal, Massenprodukte sind für die Massen, aber wenn man sich von der Masse abheben will, braucht man etwas möglichst Seltenes. Und der Gipfel der Seltenheit ist natürlich etwas, von dem es nur ein einziges Exemplar gibt.«

»Weniger geht ja wohl kaum.«

»Und außerdem war dieser Caravaggio ein ganz schön abgefahrener Typ, das hab ich im Internet gecheckt.«

»Wieso?«

»Eigentlich hieß er mit ganzem Namen Michelangelo Merisi da Caravaggio, aber wie viele andere Künstler auch kennt man ihn nur mit dem Namen seines Heimatorts. Leonardo hieß auch nicht da Vinci mit Nachnamen, das war nur die Bezeichnung für die Gegend, aus der er stammte.«

»Halt mir keine Vorträge«, ächzte Niko.

»Als Filmfreak müsstest du dich eigentlich für Caravaggio interessieren. Wie er Licht und Schatten in seinen Bildern einsetzt, ist einzigartig, und viele berühmte Filmregisseure haben das nachgeahmt. Aber Caravaggio hat sich die Finger nicht nur mit Ölfarbe schmutzig gemacht, sondern auch mit Blut.«

»Mit Blut?« Jetzt spitzte Niko die Ohren.

»Caravaggio war aufbrausend, und als er bei einem Ballspiel mit seinem Gegner in Streit geriet, hat er ihn umgebracht. Er wurde zum Tode verurteilt, weshalb er verkleidet von Rom nach Malta geflohen ist.«

»Wow.«

»Als er dann ein Bild gemalt hat, auf dem David den abgeschnittenen Kopf Goliaths hält, gab er zum Zeichen der Reue dem Riesen seine eigenen Gesichtszüge. Schließlich brach Caravaggio in Richtung Rom auf, um den Papst um Gnade zu bitten, aber er starb dann unter ungeklärten Umständen. Manche sagen, er sei an Malaria gestorben, andere behaupten, man habe ihn ermordet. Damals war er noch nicht mal vierzig Jahre alt.«

»Harter Kerl, dieser Caravaggio«, sagte Niko. »Aber er hätte Karate lernen sollen, dann hätte er sich die Mörder vom Leib gehalten.«

Und schon kam Niko auf Bruce Lee zu sprechen, der ebenfalls unter dubiosen Umständen gestorben war.

20

Leutnant Marcello Bari pflegte zu sagen, die Polizia di Stato komme früher oder später jedem Verbrechen auf die Spur – sofern sie nicht von den Politikern daran gehindert wurde.

Auch jetzt hatte Bari stark das Gefühl, auf der richtigen Spur zu sein. Er klappte das letzte Personaldossier, das er vom Haushaltsbüro des Vatikans bekommen hatte, zu.

»Daraus lässt sich natürlich noch nichts schließen«, sagte er zu Kanzleichef Simonis. »Aber ich habe einen anonymen Hinweis, der vermutlich Früchte tragen wird.«

Der Kanzleichef beugte sich in seinem Chefsessel nach vorne. Es herrschte eine drückende, staubige Hitze an diesem Vormittag in Rom.

»Kommt der anonyme Hinweis aus dem Vatikan?«, fragte Anna Buretti, die Oberinspektorin aus dem Kulturministerium.

»Ja«, antwortete Bari. »Und ich gehe davon aus, dass das, was ich nun berichte, innerhalb dieser vier Wände bleibt.«

Die beiden anderen nickten. Leutnant Bari hatte bewusst eine Besprechung zu dritt anberaumt, denn über den Hinweis aus dem Vatikan hätte man nicht in Anwesenheit von Kardinal Falcone reden können.

»Schon seit Jahren gibt es Gerüchte über dubiose Bankgeschäfte des Vatikans«, fing Bari an. »Nun ist der Vatikan dem italienischen Staat in Wirtschaftsangelegenheiten ja keineswegs rechenschaftspflichtig. Aber ich habe einen Hinweis, den ich für ziemlich zuverlässig halte. Demzufolge ist der Leiter der internationalen Abteilung der vatikanischen Haushaltspräfektur, ein gewisser Sebastiano Lagos, aufgrund seiner Spielsucht hoch verschuldet. In letzter Zeit hat er sich äußerst unruhig gezeigt. Nebenbei bemerkt handelt es sich bei Lagos um einen spanischen Jesuitenpater.«

»Ein spanischer Jesuit«, schmunzelte Simonis. »Bei denen heiligt der Zweck die Mittel.«

»Nicht bei allen«, gab Bari umgehend zurück. »Aber die Spielsucht ist seit mehreren Jahren als echte Erkrankung anerkannt. Spielsüchtige verlieren häufig die Fähigkeit, den Aufwand von Zeit und Geld zu kontrollieren, den ihre Sucht verschlingt. Unser kleiner Jesuit setzt auf Pferde und besucht hin und wieder ein Casino in Monaco – natürlich inkognito.«

»Wo finden wir diesen Pater Sebastian?«, fragte Anna Buretti.

»Lagos ist krankgeschrieben, wegen Rückenschmerzen. Vermutlich treffen wir ihn zu Hause an, oder eben in Monte Carlo«, sagte Bari.

Romano Simonis stand auf und trat ans Fenster. »Wir

schnappen uns den Pater und fühlen ihm auf den Zahn«, sagte er leise. »Aber bitte eine behutsame Festnahme! Keine Carabinieri, sondern Männer in Zivil. Bari, Sie kümmern sich darum.«

Pater Sebastiano Lagos merkte, dass seine Hände wieder anfingen zu zittern. Er nahm die Reproduktion des Bildes von den Versuchungen des heiligen Antonius von der Wand und löste den Briefumschlag, der auf der Rückseite befestigt war. Er enthielt ein dickes Bündel violetter Fünfhunderteuroscheine.

Lagos zählte noch einmal das Geld und legte es sorgfältig in zwei Stößen auf den Wohnzimmertisch. Das Sonnenlicht flutete durch die Fenster der Dachgeschosswohnung im vornehmen Stadtteil Parioli.

Lagos zuckte zusammen. Er glaubte, ein seltsames Pochen jenseits der Wand gehört zu haben, und lauschte eine Weile, aber es drang nichts Außergewöhnliches mehr an sein Ohr.

Er wusste, dass er viel zu nervös war, aber daran war nichts zu ändern. Der Stapel, den er für das Begleichen der Spielschulden vorgesehen hatte, war wesentlich höher als das, was für ihn übrig blieb. Und der erste Gläubiger hatte sich bereits für diesen Abend angekündigt …

Das Telefon läutete fordernd. Pater Sebastiano meldete sich flugs, er wollte seinen Gläubigern nicht den Eindruck vermitteln, ihnen aus dem Weg zu gehen. Aber immer öfter kam ihm der Gedanke an eine Flucht in den

Sinn. Die Zinswucherer waren gnadenlos, vor allem wenn sie wussten, dass ihr Opfer ein hohes kirchliches Amt innehatte und es sich nicht leisten konnte, sein Ansehen zu verlieren.

Ein Kollege aus der Haushaltspräfektur war am Apparat, der Franziskanerbruder Pietro. Er sagte, er rufe vom Büro aus an. »Was macht Ihr Rücken, Pater?«, fragte Pietro förmlich.

Pater Sebastiano antwortete ausweichend. Er ahnte, dass im Büro etwas vorgefallen war.

Tatsächlich fuhr Pietro fort: »Es waren Kontrolleure in der Präfektur, Ermittler, die auf Wirtschaftskriminalität spezialisiert sind. Zwar hatten sie die Erlaubnis des Kardinals, aber ein wenig habe ich mich schon gewundert. Schließlich ist der Heilige Stuhl selbst für seine Finanzen verantwortlich. Aber sehen Sie zu, dass Sie bald gesund werden. Ich werde noch den Etatvorschlag der Pariser Nuntiatur bearbeiten.«

Pater Sebastiano war nahezu in Panik, als er den Hörer auflegte. War die italienische Polizei hinter ihm her? Hatte jemand etwas über die Operation durchsickern lassen? Das schien unmöglich.

Er ging in die Küche, ließ Leitungswasser in ein Glas laufen und trank mit zitternder Hand. Wo sollte das alles hinführen? Noch war der erste Gläubiger nicht gekommen, um sein Geld einzutreiben, und der größte Gläubiger würde erst am nächsten Tag erhalten, was ihm zustand.

Plötzlich drängte sich der Gedanke an eine Flucht mit

großer Selbstverständlichkeit auf. Von Rom aus gab es auch um diese Zeit noch jede Menge Flüge nach Madrid. Und von Madrid aus kam man jederzeit nach Südamerika …

Lagos erinnerte sich an das Versprechen, das er dem grauhaarigen Deutschen gegeben hatte, und schickte rasch eine SMS an die Nummer, die für diesen Zweck vorgesehen war: POLIZEI WAR IN DER FINANZPRÄFEKTUR. GRUND UNKLAR. LAGOS.

Die Nummer hatte Lagos unter dem Namen »*Tedesco*«, der Deutsche, gespeichert, denn der Mann hatte nie seinen Namen preisgegeben.

Pater Sebastiano nahm den Koffer vom Schrank und warf Kleidungsstücke hinein. Sein Priestergewand legte er ganz obenauf, das konnte ihm auf der Flucht von Nutzen sein.

Das Schrillen der Türklingel unterbrach seine Reisevorbereitungen. Er machte zwei Schritte auf den Hörer der Sprechanlage zu, beschloss dann aber, sich nicht zu melden.

Er öffnete die Balkontür, ging nach draußen und blickte auf das nicht allzu steile Dach, über das ein junger Mann mit flinken Beinen sicherlich spielend auf das Dach des Nachbarhauses gelangen würde. Allerdings waren es nur zwei Meter bis zum Dachrand, wo es tief auf die Straße hinunterging. Sebastiano beschloss, es lieber nicht zu versuchen, ihm war in der Höhe schon immer schwindlig geworden.

Stattdessen stürzte er zur Wohnungstür und riss sie

auf. Seine schweißnasse Hand rutschte von der Türklinke. Im Treppenhaus hallten Schritte wider und man hörte das Geräusch der Aufzugtür im Erdgeschoss. Niemand sagte etwas, aber der Lift setzte sich nach oben in Bewegung.

Sebastiano rannte die Treppe zum Dach hinauf und öffnete die Tür nach draußen. Ein warmer Wind blies ihm ins Gesicht. Leise schloss er die Tür hinter sich, die von außen nicht abgesperrt werden konnte.

Die Dachfläche war nur fünf mal fünf Meter groß, in der Mitte ragte ein gemauerter Schornstein auf. An allen vier Seiten schlossen sich Dachschrägen nach unten an. Pater Sebastiano machte drei unsichere Schritte und klammerte sich mit den Fingern am Blechrand des Schornsteins fest. Es knirschte tückisch.

Er kniff die Augen zusammen, öffnete sie wieder und schaute auf die Dachschräge, die zur Straße hin abfiel. Sie war mit roten Ziegeln gedeckt, einige davon waren kaputt, ein Teil hatte sich gelöst. Dieses Dach zu betreten wäre Selbstmord, dachte Sebastiano. Und Selbstmord war eine Sünde gegen Gott.

Er schloss erneut die Augen, öffnete sie wieder und in dem Moment verloren seine schweißnassen Finger den Halt an der Blecheinfassung des Schornsteins und Sebastiano merkte, wie er das Gleichgewicht verlor und stürzte …

21

»POLIZEI WAR IN DER FINANZPRÄFEKTUR. GRUND UNKLAR. LAGOS.«

Dietrich Gruber löschte die eingegangene SMS sofort. Er hatte sich in Rom eine Prepaid-Karte besorgt, aber man konnte nie vorsichtig genug sein. Er wusste, dass die Überwachungskameras an öffentlichen Plätzen durchaus auch Käufer von Prepaid-Karten aufnehmen konnten.

Die Technik war einfach zu weit entwickelt, dachte Dietrich schmunzelnd. Als sein Vater noch lebte, war das anders gewesen, da hatte man noch altmodische Tugenden wie Mut und Heldenhaftigkeit in Ehren gehalten.

»War das eine Warnung aus Italien?«, fragte Achim, der mit einem Schinkenbrot in der Hand aus der Küche kam. Achim beobachtete genau, wie es mit der Operation voranging, und das hielt Dietrich für eine gute Sache. Er wollte keinen stumpfsinnigen Handlanger, sondern einen Mann, der in akuten Krisensituationen selbstständig agieren konnte.

Dietrich nickte.

»Den verdammten Pfaffen hätten wir gleich am Anfang zum Schweigen bringen sollen«, sagte Achim.

Dietrich erwiderte nichts. Selbstständiges Denken konnte er gut ertragen, aber er ertrug es nicht, wenn seine rational getroffenen operativen Entscheidungen in die Klauen nachträglicher Besserwisserei gerieten. »Es existiert kein Bindeglied zwischen uns und Pater Sebastiano«, sagte er sanft. »Er kennt nicht einmal meinen Namen, von deinem ganz zu schweigen. Er hat keine Ahnung, wo wir uns in diesem Augenblick aufhalten. Auf jeden Fall schätze ich es sehr, dass er sich an die Vereinbarung gehalten und eine Warnung geschickt hat.«

Dietrich entfernte die in Italien gekaufte SIM-Karte aus seinem Handy und warf sie in den Kamin. Dann nahm er den Schürhaken und fachte die Glut damit an, bis die Karte von Flammen erfasst wurde und schmolz. Nichts durfte dem Zufall überlassen werden.

Anschließend ging er wieder in den ersten Stock hinauf und breitete auf dem Schreibtisch die Landkarte aus, die er aus dem Gartenhaus geholt hatte. Achim war ihm lautlos wie ein Puma nach oben gefolgt.

»Von Salzburg aus sind es siebzig Kilometer bis Bad Ischl«, erklärte Dietrich und fuhr dabei mit dem Finger über die Karte aus den 1930er-Jahren. »In einer Viertelstunde sind wir in Salzburg, in einer Stunde in der Gegend von Bad Ischl. Ich glaube, ich habe eines der fehlenden Puzzleteile gefunden.«

»Es ist also nicht die Siegfriedspitze?«, fragte Achim.

»Nein. Machen wir uns auf den Weg.«

Dietrich Gruber hatte sich genauere Karten besorgt

und den Umkreis seiner Suche erweitert. Dabei hatte er ein kleines Dorf entdeckt, das Parsenfal hieß. Das logische Kürzel des Namens konnte durchaus PRF lauten.

Per Fernsteuerung ging das Eisentor der Alpenvilla auf und der Mercedes-Geländewagen verließ das Grundstück. Sofort schloss sich das Tor wieder, worauf der Wagen auf der Straße in Richtung Österreich beschleunigte.

Aaro und Niko sahen von ihrem Versteck unter den Fichten aus zu.

»Die scheinen es eilig zu haben«, sagte Aaro. »Hast du den jungen Gorilla gesehen?«

»Ja, leider«, sagte Niko und schluckte. »Wenn das kein Berufskiller ist, wer dann ... Was sollen wir jetzt tun? Wenn deine Vermutung stimmt, dann sind die beiden Männer die Kunsträuber aus dem Vatikan. Sollten wir da nicht die Polizei verständigen?«

»Ich habe schon einmal erlebt, was die Polizei bei ihren Ermittlungen von der Hilfe Jugendlicher hält. Wir rufen erst an, wenn wir wissen, dass Grund dazu besteht.«

Aaro bewegte sich über den von Fichtennadeln übersäten Hang hinunter zu dem Maschendrahtzaun, der das Haus umgab. Niko folgte ihm in zehn Metern Abstand und schielte dabei immer wieder zur Straße. Eine gleichmäßig graue Wolkendecke lag über den Bergen. Es war windstill.

Der Zaun war nur knapp zwei Meter hoch und die

karoförmigen Maschen boten beim Klettern guten Halt, weshalb Aaro und Niko wenig später auf dem Grundstück standen, wo schon die allerersten Frühjahrsblumen blühten.

Aaro spürte das vertraute spannungsgeladene Kribbeln in den Adern. Vorsichtig ging er um die Villa herum zum hinteren Eingang und stellte fest, dass sich sowohl an der Tür als auch an den Fenstern Aufkleber befanden, die das Vorhandensein eines Hundes und einer Alarmanlage verkündeten. Sofort war Aaro noch wachsamer als zuvor, auch wenn von einem Hund nichts zu sehen und zu hören war.

Stattdessen hörte er Nikos heisere Stimme vom oberen Rand des Hanggrundstücks. Niko stand an der Tür des Nebengebäudes und schien sie öffnen zu wollen.

Aaro rannte zu ihm. »He, wir müssen zuerst entscheiden, ob wir da überhaupt reinsollen«, flüsterte er außer Atem. Die Situation entwickelte sich allmählich in eine Richtung, die Probleme mit sich bringen konnte.

»Die Tür ist schon offen.« Niko zeigte Aaro das Stück Draht, mit dem er das alte Schloss geknackt hatte.

»Eine Alarmanlage gibt es also schon mal nicht«, seufzte Aaro. »Ich wollte dir gerade sagen, dass die Villa höchstwahrscheinlich an sämtliche Sirenen der westlichen Welt angeschlossen ist. Jedenfalls kleben entsprechende Warnungen an den Fenstern.«

»Die sind wahrscheinlich bloß Bluff«, sagte Niko und trat in die feuchte Dunkelheit. Umstandslos drehte er den Lichtschalter, worauf am Ende einer uralten, noch mit Stoff ummantelten Leitung eine Glühbirne anging. Obwohl die Lampe keinen Schirm hatte, war das Licht seltsam trübe.

Aaro schob sich zwischen alten Eichenmöbeln hindurch tiefer in den Raum hinein. Im hinteren Teil stand eine komplette Esszimmereinrichtung samt Schrank mit Glastüren, die Stühle mit rotem Plüsch bezogen. In der Ecke lagen alte Leuchten, darunter auch zwei schmiedeeiserne Stehlampen. Ganz am Ende des Raums standen ein Schreibtisch und graue Kartons mit Büchern, die irgendwann offenbar in großer Eile gepackt worden waren.

Plötzlich spürte Aaro etwas Warmes an seinem Knöchel. Als hätte ein Stück Leder seinen Fuß gestreift. Eine Ratte!

Aaro erstickte den Schrei, der aus seinem Hals drängte, zu einer Art Husten. »Hier gibt's Ratten oder Mäuse. Aber Hauptsache keinen Hund.«

Er drängte sich weiter zwischen den Sachen hindurch. Wenn sie jetzt von jemandem überrascht würden, hätten sie keinerlei Fluchtmöglichkeit. In diesem Warenlager war von der berühmten deutschen Ordnung nichts zu sehen.

Aaro hustete sich den Staub aus der Lunge und nahm ein Buch aus einem eingerissenen Karton. Es war in Frakturschrift gedruckt und hieß *Die Hanse und der deutsche Ritterorden*. Der Besitzer dieser Bibliothek hatte sich für mittelalterliche Geschichte interessiert.

»Komm, wir gehen«, sagte Niko im Halbdunkel neben

der Tür. Anscheinend hatte die Vorsicht wieder Oberhand bei ihm gewonnen. Oder der gesunde Menschenverstand. »Ich habe ein Auto auf der Straße gehört.«

»Es gehört zu den charakteristischen Eigenschaften einer Straße, dass darauf Autos fahren«, meinte Aaro und hustete noch mehr Staub. Allerdings hielt auch er es für keine schlechte Idee zu verschwinden. Auf dem Weg zur Tür stieß er im Halbdunkel gegen einen Kleiderständer, an dem schwere Lodenmäntel hingen. Einer von ihnen fiel zu Boden und Aaro bückte sich, um ihn aufzuheben. Am linken Ärmel war ein breites rotes Band befestigt.

Aaro hob den Ärmel hoch, um es besser sehen zu können. Dann hatte er das Gefühl, als würde eine kalte Klaue seinen Magen packen: Das Band zeigte ein Hakenkreuz.

»Hier hängt ein Nazi-Mantel«, zischte er Niko zu.

Dieser kam näher, in der Hand die Mini-Maglite, deren Lichtkegel sich effektiv durch die staubige Dunkelheit bohrte und schließlich an dem Hakenkreuz haften blieb.

»Du hast eine Taschenlampe dabei und mir nichts davon gesagt«, beschwerte sich Aaro.

»Du hast nicht danach gefragt. Was gibt's hier denn sonst noch so?«

Im fahlen Licht der Lampe stellten sie fest, dass der Kleiderständer vollgepackt war mit Uniformen, Mänteln, schwarzen Lederjacken.

»Du weißt, was das für ein Zeichen ist, oder?«, sagte

Niko aufgeregt. Er hatte in seinem Leben schätzungsweise sechstausend Filme und Fernsehserien über den Zweiten Weltkrieg gesehen. »Das ist das Zeichen der SS«, sagte er, ohne Aaro auch nur eine Hundertstelsekunde Zeit zum Antworten zu lassen. »Himmlers Firma. Und Kaltenbrunners … ziemlich üble Bande.«

Oberhalb des Kleiderständers lagen Uniformmützen im Regal, sorgfältig in Pergament eingepackt. Die Mützen waren schwarz, jede von ihnen zeigte einen Totenkopf mit gekreuzten Knochen und darüber die SS-Buchstaben. Als Aaro sich streckte und eine Mütze in die Hand nahm, stieß er mit dem Fuß gegen einen feucht gewordenen Karton. Die Pappe riss auf und in einem Rutsch sauste der Inhalt des Kartons auf den Fußboden. Aaro machte einen Satz nach hinten. Es waren alte Zeitschriften.

Niko richtete die Lampe auf die Druckerzeugnisse. »Das ist die *Heimat*«, sagte er. »Haben die Nazis gern gelesen.«

Niko schien ganz neuen Schwung bekommen zu haben. Er drehte eine Zeitschrift um und las den kleinen, vergilbten Aufkleber mit der Adresse des Abonnenten: *Heinrich Gruber, Molkereiweg 7, München.*

»Weißt du, was ich glaube, Niko?«, fragte Aaro flüsternd.

»Ich bin kein Gedankenleser, aber ich schätze, du glaubst, dass wir hier den Nachlass irgendeines Obernazis vor uns haben. Und dieser Kerl hieß wahrscheinlich Heinrich Gruber.«

Plötzlich kam Aaro ein Gedanke, der ihn auf der Stelle erstarren ließ. »Niko ...«, flüsterte er und musste sich räuspern. »Als ich im Internet nach dem gestohlenen Bild gesucht habe, ist mir aufgefallen, dass es angeblich auch mal den Nazis gehört haben soll.«

»Den Nazis? Das ist aber ein komischer Zufall ...« Niko zuckte zusammen und lauschte kurz. Wieder fuhr ein Auto auf der Straße vorbei. »Dann lass uns abhauen«, sagte er. »Du willst bestimmt schnell ins Internet.«

»Lieber in eine richtige Bibliothek. Aber jetzt muss das Netz reichen. Stand in unserem Gasthof nicht ein Computer am Empfang?«

»Doch. Der Wirt hat die ganze Zeit darauf Patiencen gelegt.«

Sie verließen das Gebäude und überquerten den Zaun an derselben Stelle, an der sie auch herübergekommen waren. Niko wollte schon in den Wald laufen, aber Aaro hielt ihn auf: »Warte!«

»Was ist?«, wollte Niko genervt wissen, doch da rannte Aaro bereits zurück, zur Vorderseite des Hauses.

Außer Atem blieb er vor dem verzierten Briefkasten am Tor stehen und starrte auf das Namensschild. Dort stand nicht Weymann, dort stand GRUBER.

Auch der Abonnent der alten Nazizeitschrift hatte Gruber geheißen. Heinrich Gruber.

22

Pater Sebastiano Lagos klammerte sich an die Regenrinne. Nachdem er mit den Füßen voran das Ziegeldach hinuntergerutscht war, hatte sie ihn gebremst und er hatte sich kurz darauf festhalten können. Aber jetzt bog sie sich und er wusste, dass er es nicht schaffen würde, aus eigener Kraft wieder nach oben zu kommen. Die Minuten kamen ihm wie Stunden vor und seine Kräfte ließen nach.

Lagos blickte über die Schulter auf die Straße hinunter, sie war schwarz vor Menschen. Wie schnell die Leute zusammenkamen, wenn sich etwas Außergewöhnliches ereignete! Der Blick hinunter hatte ihn schwindelig werden lassen. Er hing so hoch oben, dass er fast ohnmächtig wurde.

Da tauchte der Kopf eines Mannes über dem Dachfirst auf. »*Polizia!*«, rief er laut.

Lagos erschrak. Der Polizist trug Zivil und zeigte seine Dienstmarke, als würde das in dieser Situation etwas nützen. Pater Sebastiano schloss die Augen und sein ganzes, von Spielschulden ruiniertes Leben lief in einem schnellen Wirbel vor ihm ab. Gewinnen, verlieren, Schulden, Schuldeneintreiber …

»Wir möchten Sie nach einem bestimmten Gemälde fragen«, rief der Polizist. »Kommen sie alleine wieder hoch oder wollen Sie ein Seil?«

»Werfen Sie mir … ein Seil zu …«, keuchte Lagos. Er spürte, wie seine schweißnassen Hände am scharfen Rand der Regenrinne abzurutschen drohten.

»Wir werden ein Seil besorgen«, teilte der Polizist mit und streckte die Hand nach dem drei Meter weiter unten hängenden Lagos aus. »Schaffen Sie es, ein Stück nach oben zu kommen?«

Lagos hob langsam das rechte Knie auf die Regenrinne, zog sich Zentimeter für Zentimeter nach oben und bekam schließlich auch das linke Knie auf die Rinne. Danach fing er langsam, ganz langsam an, die Dachschräge hinaufzukriechen. Mit der Fußspitze fand er Halt zwischen zwei Ziegeln, mit den Ärmeln, die er über die nassen Hände gezogen hatte, krallte er sich ans Dach. Das Seil ließ auf sich warten.

Als er einen halben Meter von der ausgestreckten Hand des Polizisten entfernt war, streckte Lagos ebenfalls eine Hand aus – mit dem Resultat, dass die andere Hand wieder den Halt verlor. Erneut rutschte Pater Sebastiano auf die Regenrinne zu. Der Warnruf des Polizisten mischte sich mit dem Aufschrei der Menschenmenge auf der Straße. Pater Sebastiano schloss die Augen und murmelte schnell ein Stabat Mater: »*Stabat Mater dolorosa, iuxta Crucem lacrimosa, dum pendebat Filius …*«

Seine Hände brannten wie Feuer, als würden sich die blutigen Wundmale hineinbohren, die Symbole des Leidens Christi. Einen Moment lang fand er Halt an der rostigen Regenrinne und blickte nach unten. Die Schaulustigen hoben die Arme wie die alten Römer, wenn sie den Kaiser grüßten. Jetzt aber hielten sie ihre Kamerahandys in die Höhe. Im selben Augenblick hörte er, wie die Regenrinne aus den Halterungen brach. Mit dem Rücken voran fiel Lagos nach unten, und während er fiel und fiel, hörte er seine eigene Stimme …

»*Quando corpus morietur, fac ut animae donetur, paradisi gloria. Amen*«, konnte er noch sagen, bevor er auf der grauen Fläche aufschlug. Die Luft wurde ihm aus der Lunge gepresst, als das Luftkissen unter dem Aufprall einen seufzenden Laut von sich gab. Er war fünfzehn Meter gefallen und auf einer mit Luft gefüllten Rettungsmatte der Feuerwehr von Parioli gelandet. Er war nicht tot, obwohl er sich fast wünschte, er wäre es.

Leutnant Marcello Bari reichte dem Pater die Hand und half ihm beim Aufstehen. Ein Raunen ging durch die Menge, als die Leute am Kragen des Mannes erkannten, dass es sich um einen katholischen Priester handelte. Die Leute glaubten, er sei mit Absicht gesprungen. Pater Sebastiano spürte, wie sich eine riesige Wolke der Scham über seinem Kopf zusammenzog, während er demütig wie ein Schaf dem Polizisten zum Auto folgte. Er hatte sich vom Hirten in ein Schaf verwandelt, nein, er kam sich vor wie ein Wolf im Schafspelz, der zum Schlachten geführt wurde.

Auf der Rückbank des Polizeiautos fing Pater Sebastiano an zu reden. Er konnte die Scham, die seine Sünden verursacht hatten, nicht mehr ertragen. Er erzählte von den Pferderennen, von den Wetten, von den Spielen im Internet und von den Zinswucherern und den Pfandleihhäusern. Er erzählte von dem antiken Kelch, den er aus dem Magazin der Vatikanischen Museen gestohlen und hinter dem Colosseum an einen amerikanischen Sammler verkauft hatte. Er redete so viel, dass er das Diktiergerät, das neben ihm aufgetaucht war, gar nicht bemerkte.

Als das Auto schon in die Tiefgarage des Palazzo Quirinale fuhr, redete Pater Sebastiano immer noch. Sicherheitshalber schrieb der Leutnant die wichtigsten Dinge in sein Notizbuch. Lagos berichtete von einem grauhaarigen Mann, den er bei einem dubiosen Galeristen getroffen hatte und der von einem dunkelhaarigen Bodyguard begleitet worden war. Der Mann hatte mit starkem Akzent Italienisch gesprochen und daraus hatte der Pater geschlossen, dass es sich um einen *tedesco*, einen Deutschen, handelte. Er wurde Heinz genannt.

Diesem Mann hatte Lagos einen genauen Grundriss der Vatikanischen Museen besorgt sowie schematische Darstellungen der Alarmanlagen. Später hatte Lagos diesen Heinz am Bahnhof La Storta im Norden Roms getroffen und als Honorar ein Paket mit einem äußerst wertvollen Rohstoff für die Parfümindustrie erhalten, den er so schnell wie möglich durch die Kontakte eben dieses Heinz zu Geld gemacht hatte. Sonst wusste er nichts über Heinz.

Leutnant Bari hatte nicht die Angewohnheit zu fluchen, schon gar nicht im Dienst. Aber jetzt sagte er knapp zu dem Carabinieri-Offizier, der die Autotür aufmachte: »*Porca madonna!* Der Pfaffe weiß nichts. Wir müssen diesen ›Heinz‹ finden!«

Das Erdgeschoss im Gasthaus Grosch sah nicht nur aus wie eine Kneipe, es war auch eine. Die überwiegend aus Männern bestehende Kundschaft leerte ihre eimergroßen Biergläser und diskutierte, nach den Gesichtern zu schließen, über ein sehr ernstes Thema – wahrscheinlich über Fußball.

Die Beleuchtung war spärlich, die Wände waren dunkel getäfelt und mit den Köpfen erlegter Rehe, mit Kuhglocken aus Kupfer und vergilbten Fotos aus alten Salzbergwerken geschmückt. Hinter dem Tresen hantierte der Wirt, ein kräftiger Mann mit rotem Gesicht und Lederweste.

In der Ecke stand ein Computer, der seine besten Tage lange hinter sich hatte. Aber er funktionierte und Aaro war im Internet gewesen. Er löschte den Verlauf und nahm die ausgedruckten Seiten an sich. Der Gasthof gestattete die kostenlose Benutzung des Internets, knöpfte einem aber zehn Cent für jede ausgedruckte Seite ab. Für Aaro ging es allerdings um derart wichtige Dinge, dass er bereit war, ein paar Euro für das Drucken zu opfern.

Er hatte bereits einen Blick ins örtliche Telefonbuch geworfen und dort den Eintrag »Gruber, Dietrich« gefunden. Die Adresse stimmte mit derjenigen der Alpenvilla überein. War der grauhaarige Mann demnach der Sohn von Heinrich Gruber?

Aaro ging mit den ausgedruckten Seiten an den Tresen, um zu bezahlen. Der Wirt schaute unwillig auf die Blätter. Druckertinte war teuer, aber die Bezahlung würde die Kosten schon decken, dachte Aaro und gab sich Mühe, den Rücken betont gerade zu halten. Er wollte nicht aussehen wie ein hilfloser Nerd.

Es war ihm unangenehm, sich zwischen den Tischen hindurch zum Ausgang zu schlängeln, weil er spürte, wie sich die Aufmerksamkeit des interessierten Publikums auf ihn richtete. Im Raum hing ein widerlich süßer Bierdunst. Jemand lachte lauthals auf eine Bemerkung hin und Aaro war sicher, dass der Scherz auf seine Kosten ging. Er sah zu, dass er hinauskam.

Im Zimmer war Niko mit den Seiten beschäftigt, die Aaro vorher schon ausgedruckt hatte. Jetzt hatte er nach Bezügen zwischen dem gestohlenen Caravaggio und Nazi-Deutschland gesucht.

»Du errätst nie, womit ich diesen Heinrich Gruber in Verbindung bringen konnte«, rief Aaro aus und schwenkte die Blätter in seiner Hand.

»Wahrscheinlich mit den Nazis …«

»Du hast es doch erraten.«

Aaro setzte sich an den Tisch, um sich die Informationen genauer anzusehen. Er hatte bei Wikipedia tatsächlich einige Sätze über Heinrich Gruber entdeckt. Der Mann hatte in Nazi-Deutschland bei der Reichsbank als Hauptkassierer gearbeitet und war unter anderem für einen riesigen Goldbestand verantwortlich gewesen. Zu dem Gold hatte es einen eigenen Link gegeben, den Aaro ausgedruckt hatte.

Er verschlang den Text geradezu. Während der gesamten Kriegszeit hatte die Naziregierung Goldvorräte in Schweizer Banken gelagert. Aber der größte Teil des Goldes, hundert Tonnen, war, als sich die Niederlage abzeichnete, mit dreizehn Eisenbahnwaggons und Lastwagen ins Bergwerk Merkers in Thüringen gebracht worden. Als die Bomber der Alliierten in den folgenden Wochen ihre Last über Berlin abwarfen, befand sich das Gold bereits in mehr als einem halben Kilometer Tiefe in Sicherheit: in den Stollen des Bergwerks.

Bald aber überquerten die amerikanischen Truppen den Rhein und Panzergeneral Patton drang mit seinen Einheiten bis nach Thüringen vor. Die Naziführung begriff, dass ihr Gold in Gefahr war, und leitete eine eilige Operation ein, um es zurück nach Berlin zu transportieren. An Ostern war jedoch der Zugverkehr blockiert und ein Transport nicht möglich, was die Naziführung zum Toben brachte. Als die Amerikaner Merkers erreichten, hatten es die Deutschen gerade geschafft, vierhundertfünfzig Säcke Bargeld in Sicherheit zu bringen.

Das Bergwerk hatte für die Alliierten keine besondere Bedeutung, und es hätte lange dauern können, bevor der in dem Salzstollen versteckte Schatz entdeckt worden wäre, wenn nicht der Zufall eingegriffen hätte. Zwei amerikanische Militärpolizisten hatten zwei Frauen angeboten, sie in ihrem Wagen mitzunehmen. Als sie am

Tor des Bergwerks vorbeikamen, stellte eine der Frauen fest: »Da sind Goldbarren drin.«

Die Amerikaner fanden in den Stollen außerdem Kostbarkeiten aus Museen: Werke von Raffael, Rembrandt, Renoir, Tizian und Dürer, außerdem ägyptische Kunstschätze.

Aaro fasste die Fakten zusammen.

»Darüber hab ich was in einem Film gesehen«, stellte Niko fest. »Warte mal, das müsste einer aus den frühen Siebzigern gewesen sein. Mit Charles Bronson und diesem Spanier mit dem breiten Kinn …«

»Heinrich Gruber«, unterbrach Aaro ihn, »steht also in Verbindung mit den gestohlenen Kunstschätzen, zu denen auch der Caravaggio gehört hat. Und jetzt war Silberlocke Dietrich Gruber am Raub des Caravaggio aus dem Vatikan beteiligt.«

»Na und?«, fragte Niko mit ärgerlich dürftiger Begeisterung. »Außerdem interessiert mich der Goldbestand, für den der alte Herr Gruber verantwortlich war, wesentlich mehr als die Kunst.«

Aaro schaute Niko forschend an. »Willst du damit sagen, dass der auch mit der Geschichte hier zu tun hat?«

»Ich will gar nichts sagen, sondern stelle nur fest, dass hier in den Alpen Gold versteckt wurde. Darüber habe ich sogar zwei Filme gesehen, der eine war mit …«

»Sei mal einen Moment still, ich muss kurz nachdenken.«

Niko verstummte gekränkt. Aaro konzentrierte sich aufs Denken. Niko hatte recht. Der größte Teil der Goldbestände war nach Thüringen gebracht worden. Aber nicht alles.

»Ich will in das Haus von diesem Gruber, am liebsten so bald wie möglich«, sagte Aaro. »Wir haben noch vierundzwanzig Stunden …«

»… von unserem Skiurlaub übrig. Hat Essi dich mal angerufen?«

»Hat 'ne SMS geschickt. Ich hab ihr geantwortet, wir wären auf der Piste. Vorhin bei dem Haus war es ja auch ziemlich steil. Bloß der Schnee hat gefehlt.«

»Dass du in das Haus willst, meinst du aber nicht im Ernst? Das ist Einbruch!«

»Wir klären hier ernste Dinge auf, Niko. Lass uns doch einfach mal nachsehen, ob die Herrschaften noch abwesend sind.«

Nikos Miene verriet keine große Begeisterung.

»Aber vorher suche ich noch einmal ein bisschen im Netz«, sagte Aaro. Er hatte keine Lust, schon wieder von den Biertrinkern angegafft zu werden, aber jetzt hieß es, Prioritäten setzen.

23

Allmählich wurde Dietrich Gruber wirklich nervös. Das Dorf Parsenfal war eine Enttäuschung gewesen. Die meisten Gebäude waren erst nach dem Krieg gebaut worden und das ebene Gelände rund um das Dorf bot keine natürlichen Versteckmöglichkeiten.

Hartnäckig versuchte Gruber weiter, den Code zu knacken. Er hatte ein Blatt Papier vor sich, auf dem ganz oben 16 186C152 423DHEG stand. Darunter hatte er zwei Interpretationen geschrieben: PRF3OYX4857 und PRF3AEBDBC4857.

Mit allen Mitteln hatte er versucht, den Schlussteil des Codes zu entschlüsseln, denn dass seine Parzifal-Deutung des Anfangs stimmte, darauf verließ er sich. Sie war logisch und glaubwürdig.

Auf seinem Schreibtisch hatte er in Leder gebundene Nachschlagewerke, Ordner und Stöße von Fotokopien aufgestapelt. Die Bücher waren großformatig und stammten zum größten Teil aus dem 19. Jahrhundert. In der Ecke stand ein Mikrofilm-Lesegerät neben einer ganzen Reihe kleiner Pappschachteln. Was diese Menge an Wissen verband, war die Tatsache, dass alles in irgendeiner Form mit der germanischen Mythologie und besonders mit Versionen der alten Sagen zu tun hatte, die von den Nazis bevorzugt worden waren.

Die Nazis hatten versucht, ihre Vorstellung vom Übermenschen mit der stürmischen Geschichte der alten Germanen zu begründen. Die Germanen waren ein kriegerisches Volk gewesen und hatten oft siegreich gekämpft, zum Beispiel gegen die Römer. Vor allem hatten sie Tapferkeit und Todesmut in Ehren gehalten, und in solchen männlichen Tugenden wollten auch die Nazis ihren Glauben verankern.

Dietrich Gruber hasste die Nazis. Hitlers Ideologie und Kriegsmaschinerie hatten nicht nur sogenannte Feinde Deutschlands, sondern auch zahllose Menschenleben im eigenen Land zerstört und darüber hinaus für viele Jahrzehnte die Zukunft des ganzen Volkes. Und dann hatte der niederträchtige Diktator auch noch Selbstmord begangen und nicht mehr zu Gesicht bekommen, welches Elend, welches Grauen und welche Kämpfe seinen Fußspuren entwuchsen.

Seinen Vater aber ehrte Dietrich über alle Maßen. Heinrich Gruber war Parteimitglied gewesen und hatte eine Zeit lang trotz des Krieges ein gutes Leben geführt, dennoch hatte er nicht an die Ideologie des Nationalsozialismus geglaubt, auch wenn er ihr seine Zeit und sein Gehirn zur Verfügung gestellt hatte. Der Vater hatte das Versteck des Schatzes arrangiert, um seiner Familie eine üppige Zukunft zu garantieren, hatte es aber nicht mehr geschafft, sein Vorhaben zu Ende zu bringen. Für Dietrich war das Versteck ein Geheimnis, das Vater und Sohn über die Stille des Grabes hinweg verband, und zugleich war es eine Art Rache an der Vergangenheit.

Die Vergangenheit, nach der Dietrich jetzt aber suchte, lag irgendwo zwischen Rom und der Nazizeit, im finsteren Mittelalter, über das nur lückenhafte Legenden existierten. In der Zeit zwischen Christi Geburt und dem Jahr 1000 war Raum für lange, barbarische Perioden, die von den Helden der Germanen und der Kelten beherrscht wurden. Die Legenden von König Arthur, Lancelot, dem Gral und dem Rheingold kannte Dietrich wie seine Westentasche.

Trotzdem schien ihm der entscheidende Hinweis auf das Versteck ständig zu entgleiten. Nach den ersten drei Buchstaben und dem Stichwort »Parzifal« kam er nicht weiter. Er bastelte noch eine Stunde mit Zahlen und Buchstaben, dann musste er einsehen, dass es hoffnungslos war.

War er doch auf der falschen Spur, wenn er davon ausging, dass es sich um einen einfachen Code handelte? In gewisser Weise wäre ein einfacher Zahlencode auch viel zu simpel, sein Vater hätte sich so etwas Einfaches nicht ausgedacht, sondern mit seiner glänzenden mathematischen Intelligenz ein wesentlich schwieriges System entwickelt. Oder bestand die große Cleverness des Vaters gerade in der Einfachheit?

Aaro saß am Computer und googelte sich durch das Thema Nationalsozialismus. Niko saß neben ihm. Er versuchte den Blick auf den Bildschirm zu versperren, denn die einheimischen Gäste der Wirtschaft blickten immer wieder unfreundlich zu ihnen herüber und kommentierten offensichtlich mit breitem bayerischem Dialekt die Anwesenheit der beiden ausländischen Jungen. Aaro kamen die rotgesichtigen Männer mit den tiefen Stimmen fast bedrohlich vor. War Bayern nicht schon immer die nazifreundlichste Region in Deutschland gewesen? Hatte Adolf Hitler nicht im Süden die meisten Anhänger gehabt?

»Komm, wir gehen«, murmelte Niko.

»Einen Moment noch. Die werden uns schon nicht fressen.«

Die Antwort schien Niko nicht zufriedenzustellen, er blickte wieder auf den rotgesichtigen Männerchor und schluckte hörbar.

Die Tatsache, dass es zu Heinrich Grubers Aufgaben gehört hatte, sich um die Goldbestände zu kümmern, ließ Aaro keine Ruhe. Das Gold war in den Alpen versteckt worden, in Grubers Heimatregion.

Je mehr Aaro über die Maßnahmen der Nazis in der Schlussphase des Krieges las, desto mehr interessierte er sich für die Gegend, in der Gruber wohnte. Ende April 1945 verschanzte sich Adolf Hitler mit seinem engsten Führungsstab in seinem Bunker in Berlin. Ein Teil seiner treuesten SS-Männer reiste in die Alpen, wo Waffen und Gold für die letzte Bastion hingeschafft wurden. Ob der Oberkassierer auch dabei gewesen war?

Aus dem Widerstand der Nazis wurde nichts, denn die Alliierten kesselten das Gebirge zur gleichen Zeit ein wie die Hauptstadt Berlin. Aber es gelang, eine bedeutsame Menge Gold, Geld, Kunst und Diamanten aus Berlin hinauszuschaffen.

»Trink, trink, Brüderlein, trink!«, stimmten die Rotnackigen plötzlich an. »Lass doch die Sorgen zu Haus.«

Alle Männer standen auf. Sie stießen mit den Bierkrügen an, dass die schäumende Flüssigkeit auf Tische und Boden spritzte. Aus dem Hinterzimmer kam ein dicker Mann in Lederhose herein, auf dessen kurzen Hals ein kahler, runder Kopf geschraubt war. Er lächelte und verneigte sich nach allen Seiten und platzierte dann seine wabbelige Fleischmasse am Kopfende eines Tisches. Flugs stellte der Wirt dem Mann einen gewaltigen Keramikkrug mit Zinndeckel hin. Die anderen nahmen unter allgemeinem Stühlerücken wieder Platz. Sie fingen an, dem Ankömmling mit gesenkter Stimme etwas zu erklären. Unter dichten Augenbrauen wurden Niko und Aaro immer feindseligere Blicke zugeworfen. Aaro dachte, dass der Kopf des dicken Mannes bestens unter eine Mütze der Waffen-SS gepasst hätte.

Dann aber richtete Aaro seine Aufmerksamkeit wieder auf den Bildschirm. Das größte Mysterium war das Verschwinden des Goldschatzes, der SS-Oberstleutnant Adolf Eichmann anvertraut gewesen war. Als die Spitze der US-Armee am 8. Mai 1945 das österreichische Altaussee erreichte, war der Nazistützpunkt auf der Blaa-Alm verlassen. Zwei Lastwagen, die Augenzeugen zufolge eine Woche zuvor mit Kostbarkeiten beladen worden waren, standen leer da. Die US-Armee hat Eichmanns Gold nie gefunden. Eichmann wurde 1962 in Israel hingerichtet, nachdem ein jüdisches Kommando ihn in Argentinien geschnappt und nach Israel gebracht hatte. Der für den Holocaust mitverantwortliche Transportoffizier nahm sein Geheimnis mit ins Grab.

»Jetzt verschwinden wir«, flüsterte Niko ungeduldig.

»Warte.«

Aaro las den Text auf dem Bildschirm wie eine spannende Geschichte: Nach der Einschätzung vieler Wissenschaftler waren das Gold und das übrige Hab und Gut in der Umgebung von Altaussee versteckt, und zwar innerhalb einer Fläche von nur neun Quadratkilometern. Die Lastwagen, die zum Stützpunkt zurückgebracht worden waren, bezeugten, dass der Schatz nicht weit weg sein konnte. Im Jahr 1982 hatte man dann in einer kleinen Alpenhütte auf der Blaa-Alm mehrere Kilo Goldmünzen entdeckt.

Und von Bergstein aus waren es bis dorthin gerade mal dreißig Kilometer.

Plötzlich wurde sich Aaro der Stille ringsum bewusst. Einer der dicken Alpenbewohner war in die Nähe des Computers gekommen und hatte offenbar die geöffnete Internetseite gesehen. Der Mann war an seinen Tisch zurückgekehrt und nun herrschte eisige Stille.

Aaros Kehle wurde trocken. »Wir gehen.«

»Du musst alle Seiten löschen«, flüsterte Niko. »Ich traue diesen Typen hier überhaupt nicht.«

Aaro löschte den Verlauf und loggte sich sorgfältig aus, obwohl die anwesenden Gäste seiner Einschätzung nach nicht einmal wussten, wie man einen Computer einschaltete. Mit den Blicken der Biertrinker im Rücken verließen die beiden Jungen den Gastraum.

»Freiwillig würde ich in diesem Kaff nicht Urlaub machen«, schnaubte Niko draußen beim Auto.

Allmählich umschloss die Dunkelheit des anbrechenden Abends die Alpenlandschaft. Trotz des recht milden Frühlingswetters lag zwischen den Felsenhängen noch eine winterliche Kühle in der Luft. Am Fuß der Berge war alles gut, solange die Sonne schien, aber gegen Abend verlor die Umgebung an Farbe und wirkte abweisend. Die Berghänge im Südwesten sorgten dafür, dass die Sonnenstrahlen schon früh das Dorf nicht mehr erreichten.

»Irgendwo habe ich gelesen, dass irgendein Alpendorf, das auf der Schattenseite liegt, oben auf den Bergen ein riesiges Spiegelsystem bauen will, das dann Licht ins Dorf reflektiert«, sagte Aaro, als sie losfuhren. »Angeblich leiden die Dorfbewohner wegen des Lichtmangels unter Depressionen und anderen psychischen Problemen.«

»Unsere Helden des Bierkrugs von eben schienen jedenfalls wirklich an etwas zu leiden, und zwar gewaltig.«

»Wenn der Lichtmangel sich so stark auf die Menschen auswirkt, müsste man über Finnland einen Riesenreflektor aufhängen.«

An einer Gärtnerei, die auch jede Menge Gartenzwerge verkaufte, bog Niko in die Hauptstraße ein und fuhr in Richtung der Alpenvilla Gruber in der Nähe der österreichischen Grenze.

»Hast du auch deinen Dietrich dabei?«, fragte Aaro.

»Ja. Aber bist du wirklich der Meinung, dass wir da reingehen sollen?«

»Je nachdem, wie die Lage ist«, gab Aaro knapp zurück. In Gedanken war er noch mit den Texten beschäftigt, die er gerade im Internet gelesen hatte. »Hier waren die Nazis in den letzten Kriegstagen«, sagte er mit einer ausholenden Handbewegung. *»Hier«*, wiederholte er noch mal besonders deutlich, da Niko nicht reagierte. »In diesen Dörfern. In diesen Bergen.«

»Aber ich verstehe immer noch nicht, was diese Nazigeschichten mit dem Kunstraub im Vatikan zu tun haben.«

»Ich habe nicht behauptet, dass sie etwas miteinander zu tun haben. Sie *könnten* aber damit in Verbindung stehen …«

Niko bremste leicht ab, als ihnen ein Fahrzeug entgegenkam.

»Ist das die Silberlocke?«, fragte Aaro leise. Ein weißer Mercedes-Geländewagen rauschte an ihnen vorbei.

»Bist du farbenblind? Der hat ein olivgrünes Modell der G-Klasse und nicht so ein M-Klasse-Spielzeug für reiche Städter. Das G-Modell stammt vom Ende der 90er-Jahre, ist also für hiesige Verhältnisse ziemlich alt. In Deutschland fährt ein Mann, der etwas auf sich hält, kein Auto, das älter ist als zwei Jahre.«

Aaro verstummte. Er wusste, dass er extrem nervös war. Die Müdigkeit und die Nervosität wirkten sich allmählich in besorgniserregender Weise auf seine Wahrnehmungsfähigkeit aus. Er nahm sich vor, sich über Nikos Gerede nicht aufzuregen, denn trotz aller Überanstrengung musste ihre Zusammenarbeit reibungslos funktionieren.

Als sie sich Grubers Haus näherten, wuchs die Anspannung weiter. Sie stellten das Auto am Waldrand ab und gingen an einem Bach entlang, bis sie die Stelle erreichten, an der sie auch das letzte Mal auf der Lauer gelegen hatten. Der moosige Boden war von einer dicken Schicht gelber Nadeln und Blätter übersät. Ihr Versteck lag fast vollkommen im Dunkeln. Der grüne Mercedes-Geländewagen stand vor dem Haus.

»Heute fahren die bestimmt nirgendwo mehr hin«, sagte Niko mit Blick auf das Haus.

»Kann gut sein, dass sie essen gehen. In Mitteleuropa gehen die Leute öfter ins Restaurant und auch viel später als in Finnland.«

Niko warf ihm einen leicht beleidigten Blick zu. »Das weiß ich auch. Außerdem war ich letztes Wochenende mit meiner Schwester essen. Kebab auf Reisbett. Meine Schwester hat Würstchen und Pommes genommen, weil sie noch so klein ist und nichts Scharfes mag. Da fällt mir ein, dass ich eine SMS nach Hause schicken müsste«, meinte Niko.

Die Minuten krochen dahin. Niko erzählte die Handlung eines Nazifilms, der in den Alpen spielte, und geriet dabei allmählich in Begeisterung.

»He, jetzt geht das Hoflicht an«, unterbrach ihn Aaro.

In der schmiedeeisernen Lampe auf der Rückseite der

Villa brannte helles Licht. Die Hintertür ging auf und der grauhaarige Mann kam mit seinem breitschultrigen Freund aus dem Haus. Der junge Typ musste ein Leibwächter sein, denn er war ständig auf der Hut, wie eine Katze, er blickte sich nach allen Seiten um, als würde er ein Attentat befürchten. Jetzt blickte er auf den Hang mit den Fichten und schien die Jungen direkt anzustarren. Aaro wurde kalt, obwohl er wusste, dass sie an dem dunklen Hang nicht gesehen werden konnten, zumal sie beide schwarze Kapuzenpullis trugen.

Die Männer gingen zur Vorderseite des Hauses, wo durch den Bewegungsmelder sofort auch eine Lampe anging. Sie stiegen in den Wagen, der jüngere setzte sich ans Steuer. Dann verschwand das Auto in Richtung Bergstein.

»Jetzt schnell«, sagte Aaro und machte sich auf den Weg den Hang hinunter. »Du hast den Dietrich doch dabei?«

Niko bejahte und keuchte ihm hinterher. Durch das seitliche Gartentor kamen sie leicht aufs Grundstück, dann verlangsamte Aaro den Schritt. Und wenn noch eine Person im Haus war? Oder gar ein Wachhund?

Er legte ein Ohr an die Hintertür. Es war nichts zu hören. Aber im ersten Stock brannte gedämpftes Licht.

»Ist da noch jemand?«, fragte Niko mit zitternder Stimme. Unsicher hielt er den gebogenen Draht in der Hand.

»Das müssen wir zuerst prüfen. Falls jemand kommt, sagen wir, wir haben uns verirrt. Zum Glück steht unser Auto einen Kilometer weit weg.«

Aaro drückte auf die Klingel, worauf ein schriller Ton

die Luft durchschnitt. Dann läutete er noch zweimal. Es rührte sich nichts. Er griff nach der Türklinke. Leicht knarrend ging die Tür nach innen auf. Sie war nicht abgeschlossen.

Wie war das möglich? Sollte das eine Falle sein?

Im Flur roch es nach wertvollen, gewachsten Möbeln, nach Leder und dem Staub auf alten Büchern und dicken Teppichen. Aaro nahm die Mini-Maglite aus der Tasche und ging ins Wohnzimmer.

»Wie dicht bist du an der Lösung dran, Boss?«, wagte Achim zu fragen, als sie kurz vor Bergstein waren.

Dietrich versetzte ihm einen kameradschaftlichen Stoß gegen die Schulter, denn man musste seine Untergebenen bei Laune halten. »Ziemlich nah dran, glaube ich. Der Schlüssel scheint reine Mathematik zu sein, man braucht nur das richtige Schema, um ihn zu finden. Das fehlt mir vorläufig noch. Sollen wir übrigens bei Grosch essen oder woanders?«

»Mir ist Grosch recht, die haben gutes Lamm dort. Aber wie du willst, Boss, bis Teisendorf ist es auch nicht weit. Dort gäbe es die guten Nürnberger Bratwürste …«

»Stimmt. Außer dass ich mein Portemonnaie auf der Kommode im Flur vergessen habe«, sagte Dietrich, während er nach seiner Brusttasche griff.

Achim hielt vor dem Gasthaus Grosch an. »Ich kann es holen.«

»Ich bestelle inzwischen das Essen. Für dich also Lamm?«

»Mit Spinat. Kein Sauerkraut.«

Achim fuhr zurück und Dietrich betrat das Lokal, setzte sich an einen Tisch und bestellte das Essen. Wieder vertiefte er sich in die Lösung des Codes, wobei er Zahlen auf die Papierserviette schrieb. Nach einer Weile setzte sich ein Mann zu ihm und erzählte von ausländischen Jungen, die im Lokal gewesen waren.

Achim trat aufs Gas und bog in die Oberstbrunner Straße ein in Richtung Villa. Für seine Bereitschaft zurückzufahren gab es noch einen zweiten Grund: Ihm war, als hätte er vergessen, die Haustür abzuschließen.

Das wäre eine nicht zu entschuldigende Nachlässigkeit. Falls es stimmte, würde er es für sich behalten. Dietrich Gruber verlangte Präzision und ständige Wachsamkeit. Achim wusste, dass er sich keine Fehler leisten konnte.

24

Aaro schlich im halbdunklen Haus die Treppe hinauf. Niko sah sich unten im Wohnzimmer um und flüsterte, in seiner Taschenlampe gingen die Batterien zur Neige.

Aaro leuchtete mit seiner Maglite ins große Arbeitszimmer, an dessen Wänden die Bücherregale bis zur Decke reichten. Mitten im Raum stand ein Schreibtisch aus dunklem Holz, dahinter sah man zwei alte Kontorstühle, ebenfalls aus Holz. Der Tisch war übersät mit vergilbten Blättern und alten Büchern, die sich zum größten Teil mit den Rittern der Tafelrunde, mit dem Gral, mit Siegfried, Beowulf und anderen alten germanischen Helden befassten.

Er nahm eines der dicken Bücher in die Hand und leuchtete auf den Umschlag. Als Erstes fiel der Lichtkegel auf ein Hakenkreuz, dann auf den Buchtitel: KNIFFLIGE MATHEMATISCHE AUFGABEN FÜR DIE HITLERJUGEND. Aaro schlug das Buch auf. Vorne stand der Name des Verfassers: Heinrich Gruber.

Aaro fuhr zusammen. Inzwischen war Niko nach oben gekommen und Aaro zeigte ihm die Widmung, die ins Buch geschrieben worden war: *Für Dietrich, Berlin, 24/12/1944. Vater.*

»Er hat das Buch seinem Sohn gewidmet«, flüsterte Aaro. »Silberlocke ist der Sohn von diesem Nazi-Heinrich.«

Aaro holte tief Luft. Was für Probleme wurden am Schreibtisch von Dietrich Gruber gelöst? Aus Versehen stieß er gegen einen Stapel Zeitschriften, die auf dem Boden lagen. Sie hatten mit Wissenschaft und mit Schach zu tun. Und auf allen Adressaufklebern stand derselbe Name: Dietrich Gruber.

»Ich werfe noch einen Blick in die anderen Zimmer«, sagte Niko blass. »Und dann hauen wir ab … dieses Haus strapaziert meine Nerven.«

Mit gesteigertem Interesse richtete Aaro die Lampe auf eines der Bücherregale. In einem Fach lag ein zusammengerolltes DIN-A3-Blatt auf den Büchern, das er vorsichtig herauszog und aufrollte. Es war ein Kunstdruck von Caravaggios Bild von der Grablegung. Genau von dem Gemälde, das aus dem Vatikan gestohlen worden war.

Durch diesen Fund war Aaro schlagartig hellwach. Die Zufälle häuften sich hier ganz gewaltig. Er rannte aus dem Zimmer und wollte gerade Niko rufen, als er unten knarrend die Haustür aufgehen hörte.

Blitzartig duckte sich Aaro und kroch unter den Schreibtisch. Das Versteck war schlecht, aber auf die Schnelle fand er kein anderes.

Er hörte schnelle Schritte auf der Treppe, es wurde Licht gemacht, jemand eilte hin und her, dann ging das Licht wieder aus und die Haustür fiel zu. Schließlich drehte sich der Schlüssel im Schloss. Aaro erkannte Nikos vorsichtige Schritte auf der Treppe und kroch unter dem Schreibtisch hervor.

»Jemand war hier und hat etwas geholt«, flüsterte Niko. »Zum Glück hatte ich die Tür von innen verriegelt, dadurch hatte ich gerade noch Zeit genug, um mich zu verstecken.«

Nikos Lampe flackerte, die Batterien waren fast am Ende. Mit zitternden Händen schaltete Aaro seine Taschenlampe wieder an, leuchtete über den Papierstapel auf dem Schreibtisch und sagte: »Pass du draußen auf. Auch wenn ich nicht glaube, dass sie so schnell wiederkommen. Ich muss mich hier unbedingt weiter umsehen, wenn wir schon mal da sind«

Niko ging die Treppe runter. Aaro hörte, wie sein Freund die Hintertür öffnete und nach draußen schlüpfte, ohne die Tür ganz zu schließen. Aus dem Wald drang der Ruf einer Eule herein.

Achim Woinowitsch war nur hundert Meter weit gefahren, dann bog er in einen Waldweg ein. Mit der Kurzwahltaste wählte er Dietrichs Nummer und der Boss meldete sich sofort.

»Hallo, Boss. Wir haben Besuch im Haus«, sagte er schnell. Er wollte nicht verraten, dass er vergessen hatte, die Haustür abzuschließen, darum sagte er nur: »Die Tür muss mit einem Dietrich geöffnet worden sein. Ich bitte um Anweisungen.«

Am anderen Ende der Leitung war es eine Sekunde

lang still. »Das Beste wird sein, schnell zu handeln«, sagte Grubers Stimme metallisch aus dem Hörer. »Bring die Lage unter Kontrolle, ohne die nötigen Mittel zu scheuen. Ich komme mit dem Taxi.«

Achim sprang aus dem Wagen, schloss ab und ging langsam im Schatten der Hecken zum Haus zurück. Dabei zog er seine Sig-Sauer-Pistole aus dem Schulterhalfter und entsicherte sie. Das Magazin war wie immer voll.

DRITTER TEIL

25

Aaro hatte auf dem ganz oben liegenden Blatt Papier eine seltsame Folge von Zahlen und Buchstaben entdeckt: PRF3OYX4857. Spielte hier jemand ein primitives Zahlenspiel? Ein Erwachsener vertrieb sich doch mit so etwas nicht die Zeit.

Außer wenn die Geheimschrift etwas mit einem echten Geheimnis zu tun hatte.

Sein Blick fiel auf ein Stück Stoff, auf dem in Schwarz ebenfalls eine Zahlen-Buchstaben-Kombination stand: 16 186C152 423DHEG. Was hatte das alles mit dem Raub des Caravaggio zu tun? Worum ging es hier? Das Gemälde war inzwischen zurückgegeben worden, aber noch immer wusste niemand, wie viel Lösegeld dafür bezahlt worden war.

Aaro nahm das Stück Stoff in die Hand. Das Material fühlte sich nicht nach einem Kleiderstoff oder einem Möbelbezug oder so etwas an. Trotzdem kam ihm das Gewebe irgendwie bekannt vor.

Plötzlich nahm er den Geruch von Firnis wahr und in dem Moment wusste er, was für ein Stoff das war. Einer, auf dem man normalerweise Bilder malte. Seine Mutter hatte sich einmal für Ölmalerei begeistert und Stoffe mit heller Gesso-Grundierung bestrichen, auf die sie dann gemalt hatte. Der Gedanke an seine Mutter löste bei Aaro prompt Gewissensbisse aus. Er schüttelte den Kopf, als würde er seine Mutter dadurch schneller wieder vergessen – er wollte sich gar nicht erst vorstellen, was sie über seinen Ausflug sagen würde.

Gleich darauf kehrte sein Blick zurück auf die DIN-A3-Kopie, die zusammengerollt im Regal steckte. Er nahm sie wieder heraus und rollte sie auf. Am unteren Rand des Caravaggio-Bildes war mit Kugelschreiber ein Viereck eingezeichnet, auf dem derselbe Code stand wie auf dem Stoffviereck: 16 186C152 423DHEG.

Hatte der sich auf dem Gemälde gefunden? Aaro spürte, wie die Fantasie mit ihm durchgehen wollte. Er hatte sich schon immer für Geheimcodes interessiert. Die Kombination von Buchstaben und Zahlen könnte theoretisch mit dem Geheimschriftsystem zusammenhängen, das den Namen Julius Cäsars trug. Es beruhte auf dem Verschieben der Buchstaben um einige Stellen in die eine oder andere Richtung, worauf sich die Botschaft in ein unverständliches Kauderwelsch verwandelte. Der Empfänger musste den Schlüssel kennen, um die Nachricht entziffern zu können. Zum Beispiel bedeutete C3, dass der Text mit um drei Stellen nach vorne verschobenen Buchstaben geschrieben worden war. Der Empfänger musste anstelle des C dann das A des normalen Alphabets einsetzen. Mitunter tätowierten die Römer ihre geheimen Botschaften einem Sklaven in die Kopfhaut, ließen seine Haare wachsen und schickten ihn dann auf die Reise. Am Ziel wartete ein Barbier, der die Botschaft dann mit natürlichen Mitteln freilegte. Im alten Rom musste noch nicht alles so schnell gehen wie heute, wo man immer gleich eine Mail oder eine SMS schickte …

Im Erdgeschoss fiel eine Tür zu. Oder wurde sie zugeschlagen? Sollte Niko nicht draußen Wache halten? Aaro hatte kein Auto kommen gehört, nur das Rufen der Eule aus dem Wald.

Jetzt aber kamen elastische Schritte die Treppe herauf. Und das waren nicht Nikos Schritte.

Aaros Herz fing an zu pochen. Kein Laut war zu hören, kein Licht ging an, nur die Treppe aus Eichenholz knarrte. Aaro spürte, wie sich ihm die Nackenhaare aufrichteten.

Er ließ sich zu Boden sinken und verkroch sich wieder in seinem Versteck unter dem Schreibtisch. Auf einmal ging der Kristalllüster im Arbeitszimmer an und jemand betrat den Raum. Aaro sah nur die schwarzen Schuhe.

Der Mann ging zum Fenster, blieb aber plötzlich stehen.

Aaro spürte seinen Herzschlag in den Ohren.

Der Mann näherte sich dem Schreibtisch. Hatte er Aaro gesehen?

Aaro ballte die Fäuste so heftig, dass es wehtat.

Der Ankömmling ging in die Hocke: Es war ein Mann in schwarzer Lederjacke, der seine schwarze Pistole direkt auf Aaro richtete. Er sagte etwas in kaltem Befehlston auf Deutsch.

Aaro stand vorsichtig auf und hob die Hände.

Der Mann kam noch etwas näher und schnauzte ihn wieder auf Deutsch an. Es klang wie das blutrünstige Knurren eines Schäferhundes.

»*Do you speak English?*«, fragte Aaro so höflich, wie er nur konnte, und wiederholte das Ganze auf Deutsch: »Sprechen Sie Englisch?«

»Was hast du hier verloren, Bürschchen?«, erwiderte der Mann in plumpem Englisch. »Weißt du, was in diesem Haus mit Einbrechern gemacht wird? Wo ist dein Freund?«

»Ich habe keinen Freund«, hauchte Aaro.

Der Mann sah ihn eisig an und warf Nikos selbst gemachten Dietrich auf den Schreibtisch.

In dem Moment hörte man auf der Straße das Geräusch eines Dieselmotors. Das Auto hielt vor dem Haus an, eine Tür ging auf und wurde zugeschlagen.

Niko schaute entsetzt zur Villa rüber. Er war hinter die große Hundehütte gesprungen, als der Mann mit der Waffe in der Hand aufs Grundstück geschlichen kam. Niko hatte gesehen, wie er durch die Hintertür geschlüpft war, und noch bevor Niko eine SMS an Aaro abschicken konnte, war im Arbeitszimmer oben das Licht angegangen.

Aaro saß in der Klemme und das war womöglich Nikos Schuld. Aber was hätte er gegen den bewaffneten Mann unternehmen können? Sie waren ein zu großes Risiko eingegangen und das hatten sie nun davon.

Niko überlegte fieberhaft, was er tun sollte. Der Mann wusste nichts von seiner Anwesenheit, weshalb er versuchen könnte, ihn zu überraschen. Aber wo stand der Mercedes-Geländewagen und wo war der grauhaarige Deutsche? Niko öffnete das Holztor und schlüpfte in den Verschlag für die Mülltonnen neben der Haustür. Im selben Moment hörte er ein Geräusch vor dem Haus – der Motor eines Fahrzeugs, eine zuschlagende Tür. Schnelle Schritte knirschten auf dem Kies. Niko sah, wie der grauhaarige, sehnige Deutsche mit einem großen Revolver in der Faust geradewegs in die Villa ging. Jetzt war alles im Eimer. Zwei bewaffnete Männer bei Aaro im Haus!

Niko bemühte sich, seine Lähmung zu bezwingen, und tastete nach dem Handy. Was war die Nummer der Polizei in Bayern? Konnten die Englisch? Niko konnte es selbst nicht besonders gut. Mit zitternden Händen wählte er die Nummer von Aaros Vater Timo Nortamo.

Es läutete zwölf Mal, dann hörte man die Ansage der Mailbox.

Aaro saß im Ledersessel vorm Kamin in Dietrich Grubers Arbeitszimmer. Es brannte kein Feuer, aber Aaro fand es trotzdem erstickend heiß im Zimmer, sein Atem ging immer schneller. Der Ledersessel knarrte unangenehm bei jeder nervösen Bewegung.

Der grauhaarige Gruber ging auf dem dunkelroten Orientteppich hin und her. Der Gorilla, der Achim genannt wurde, stand mit verschränkten Armen an der

Treppe, der Lauf der schwarzen Pistole in seiner rechten Hand wies zur Decke. Bis jetzt hatte das Verhör nicht mehr ans Tageslicht gebracht als Aaros persönliche Daten.

Dietrich Gruber wiederholte seine Frage: »Also. Warum bist du in mein Haus eingedrungen? Was hast du gesucht? Du siehst weder aus wie ein Einbrecher noch wie ein Drogenabhängiger.«

Aaro schwieg. Er hatte befürchtet, der Mann würde ihn wiedererkennen, aber das war anscheinend nicht der Fall. Er blickte zu Boden und merkte, wie seine Füße auf dem Parkett ungewollt zu zittern begannen. Gruber wirkte nervös, so als hätte er keine Zeit für dieses Verhör und schon gar keine Lust darauf. Trotzdem war es besser, dass Gruber die Fragen stellte und nicht der Muskelprotz in der Lederjacke, der direkt aus der schmutzigen Abteilung der Sankt Petersburger Mafia zu stammen schien und vor der Treppe posierte wie ein James Bond für Arme.

»Du bist ein kleiner finnischer Junge«, sagte Gruber. »Ich will wissen, was so ein kleiner finnischer Junge in meinem Arbeitszimmer sucht. Ich bin mit einer wichtigen Arbeit beschäftigt, und die Tatsache, dass du hier auftauchst, weckt in mir einen sehr, sehr schlimmen Verdacht.«

Der Deutsche betonte auf unangenehme Weise jedes einzelne Wort. Aaro schluckte.

In dem Moment hörte man draußen eine Mülltonne umfallen. Der Muskelprotz war blitzschnell die Treppe hinuntergehuscht, Aaro hörte, wie die Hintertür aufgerissen wurde und gegen die Hauswand schepperte. Dann folgte weiteres Gepolter.

Wenig später kam der Mann zurück. Er atmete heftig, sah seinem Chef in die Augen und teilte mit: »Jemand hatte sich hinter den Mülltonnen versteckt. Ist im Wald verschwunden. Ich wollte nicht schießen, weil auf der Straße Verkehr war.«

»Du verdammter Idiot!«, brüllte Gruber. »Ich habe Besseres zu tun, als mich mit kleinen Halunken herumzuschlagen! Und du, Aaro Nortamo, rufst jetzt deinen Freund an. Er hat fünf Minuten Zeit, schön brav wieder zurückzukommen, falls er dich noch einmal lebendig sehen will.«

Aaro schluckte noch schwerer als zuvor. »Mein Freund hat kein Telefon dabei«, versuchte er zu erklären, aber Gruber schnitt ihm das Wort ab.

»Blödsinn! Zeig mir einen finnischen Jungen, der kein Handy hat, dann zeige ich dir einen Esel ohne Ohren. Du rufst ihn jetzt sofort an!«

Gruber deutete auf das funkelnagelneue Nokia in Aaros Gürteletui. »Und sprich Englisch, damit ich verstehe, was du sagst!«

26

Die Sonne war erstaunlich schnell hinter den Berggipfeln verschwunden. Von Osten her blies ein kalter Wind durch das Tal und erinnerte daran, dass es bis zum Sommer in den Alpen noch lange hin war. Niko spürte, wie ihm der kalte Schweiß das Rückgrat hinunterlief. Entsetzt war er den Hang hinaufgerannt und hatte ständig damit gerechnet, eine Kugel in den Rücken zu bekommen. Plötzlich meldete sich sein Handy.

Er blieb stehen und meldete sich keuchend.

Aaro war dran. Er befahl ihm auf Englisch, sofort zum Haus zurückzukommen. Ansonsten würde etwas Schreckliches passieren. Auch dann, wenn er die Polizei oder sonst wen anriefe.

Offenbar wurde Aaro gezwungen, Englisch zu sprechen. Niko verstand die Sprache nicht besonders gut, aber »*now*« war doch ziemlich eindeutig, auch wenn es in Nikos Ohren klang wie das Miauen einer Katze.

Aus Aaros heiserer, zitternder Stimme konnte man schließen, dass es der Deutsche ernst meinte. Und er, Niko, sollte jetzt mit Aaro den Kopf in die Schlinge stecken …

Niko versprach zu kommen und unterbrach die Verbindung. Was sollte er tun? Die Polizei anzurufen traute er sich nicht, das wäre Aaros Todesurteil. Und sein eigenes ebenfalls. Dem Killer mit dem leicht beweglichen Zeigefinger am Abzug würde er nicht entkommen. Ein Schuss genügte, um einem das Leben zu nehmen, und danach konnte man den leblosen Körper in irgendeine Felsspalte fallen lassen, wo er verrotten oder in den gierigen Mäulern der Wildschweine enden würde. Es schüttelte Niko am ganzen Leib bei dieser Vorstellung. Er wollte nicht an übereifrige Stoßzähne und Wildschweinrüssel denken, die sich in seinen Kadaver wühlten. In amerikanischen Horrorfilmen konnte einen so etwas schon mitreißen, aber im echten Leben fühlte es sich ziemlich übel an.

Niko beschloss, ein Risiko einzugehen und die Nummer von Essi zu wählen, die er von Aaro bekommen hatte. Auch dieser Anruf ging an die Mailbox, aber diesmal hinterließ Niko eine Nachricht.

»Hier ist Niko, der Freund von Aaro. Wir haben hier ein paar Probleme. Also, äh … wenn wir uns bis morgen früh nicht melden, musst du mit der Polizei hierher nach Oberstbrunn kommen. Das ist ein kleines Dorf östlich von Bergstein, irgendwo in der Nähe der österreichischen Grenze. Das Haus steht knapp einen Kilometer außerhalb des Dorfes. Einsames Haus, Alpenvilla, ziemlich düster. Bitte tu, was ich gesagt habe, es ist wichtig. Kein Scherz. 'tschuldigung.«

Das letzte Wort schluchzte Niko nur noch. Er löschte die Anrufe aus der Liste der gewählten Nummern und ging los. Er marschierte den Hang hinunter auf die Alpenvilla zu und kam sich dabei vor wie ein zum Tode Verurteilter auf dem Weg zum Galgen.

Achim Woinowitsch blickte auf seine täuschend echte Rolex-Kopie, die er einem senegalesischen Straßenhändler in der Nähe des Petersdoms abgekauft hatte. Es waren mittlerweile Minuten vergangen, ohne dass sich auf dem Grundstück etwas geregt hätte. Achim kratzte sich mit dem Lauf seiner Pistole an der Wange, wo es ihn juckte. Er stand hinter der halb geöffneten Tür im Erdgeschoss und zählte die Sekunden.

Schließlich hörte man am Hang einzelne Steine ins Rollen kommen und dann die Geräusche von stolpernden Schritten. Kurz darauf erschien ein junger Mann in schwarzem Kapuzenpulli und Jeans im Lichtkreis der Hoflampe.

Achim richtete die Pistole auf den Jungen. »Die Hände ausgestreckt zur Seite und schön gerade auf die Tür hier zukommen! Und dann die Treppe rauf.«

Der Junge gehorchte demütig, viel zu demütig. Er heulte fast.

Aaro blickte auf Niko, der mit steifen Schritten den Raum betrat, kalkweiß im Gesicht. Er gab sich alle Mühe, gegen die Lähmung anzukämpfen, die ihn umklammerte, aber es fiel ihm schwer. Aaro richtete seine Aufmerksamkeit wieder auf Gruber, der am Schreibtisch saß und arbeitete. Seitdem er das Fünf-Minuten-Ultimatum gestellt hatte, saß der Mann am Tisch und konzentrierte sich auf seine Bücher und Unterlagen, als hätte er mit einem Problem zu kämpfen, demgegenüber alle anderen Ereignisse zweitrangig oder gar unerwünschte Störfaktoren waren.

Gruber war sicher schon über sechzig, schätzte Aaro, aber körperlich eindeutig gut in Form. Seine Hände waren schmal, die hohe Stirn hatte Falten und die flinken Augen verrieten Intelligenz. Er war ein ganz anderer Typ als der breitschultrige Hormonhengst, der mit der Pistole herumfuchtelte und in der Gegend herumstand wie ein Filmheld. Der ältere Mann hatte etwas Hartes, nicht unbedingt Kriminelles, aber irgendwie Unerklärliches an sich. Wäre dieser Mann wirklich fähig, ihn und Niko wie Insekten zu beseitigen, wenn sie ihn in seinem Vorhaben behinderten?

Dietrich Gruber ließ sich kein bisschen anmerken, dass er Nikos und Achims Eintreten wahrgenommen hatte. Der Gorilla war das Verhalten seines Chefs offenbar gewöhnt, er bedeutete Niko, sich auf einen Stuhl zu setzen, und blieb selbst wachsam stehen. Dabei achtete er darauf, dass weder die Pistole noch die Rolex verborgen blieb.

Aaro hatte Niko noch nie so geschockt gesehen. Der Freund schwitzte, in seinen Haaren hingen Fichtennadeln und er schien jeden Moment in Ohnmacht zu fallen. Seine Angst steckte Aaro an, dessen Blick über die Bücher auf dem Schreibtisch sprang: Bücher über mathematische Probleme, alte Mythologie … Was für einem Phänomen war der Mann auf der Spur? Was war das für ein Code auf dem Stück Stoff? Und warum war er so kindisch leicht?

»Bring sie in den Keller. Du weißt, was du zu tun hast«, sagte Gruber zu Achim, der Niko prompt ein Zeichen mit der Pistole gab. Sofort stand Niko auf und ging zur Treppe.

Aaro war kurz davor, total in Panik zu geraten. Sein Gehirn lief auf Hochtouren und wirbelte wirre Erinnerungen aus einem Buch auf, das er gelesen hatte. Darin ging es um den letzten russischen Zaren, um Nikolai II., der mitsamt seiner Familie im Keller eines Hauses in Jekaterinburg ermordet worden war. Vor Aaros innerem Auge tauchten die Gewehre des Erschießungskommandos auf, die ihr Feuer auf die entsetzte Zarenfamilie richteten. Hatte die Zarentochter Anastasia überlebt? Dieses Mysterium war Legende geworden, aber nach Aaro und Niko würde die Weltgeschichte nicht fragen. Aaro stand auf, folgte aber nicht Niko, sondern trat an Grubers Schreibtisch. Er beschloss, sich an das einzige Thema zu klammern, auf das der Deutsche vielleicht anspringen würde – und bei dem sich Aaro seiner eigenen Meinung nach einigermaßen gut auskannte.

Er räusperte sich. »Ich weiß, wie man Zahlen- und Buchstabencodes knacken kann«, sagte er so überzeugend wie möglich.

»Garantiert«, gab Gruber zurück, ohne ihn auch nur anzusehen. »In deinem Alter weiß man immer alles besser als die anderen.«

Aaro blieb stehen. »Ich meine es ernst. Wenn man

einen Code entschlüsseln will, braucht man einfach brutal viel Rechenkapazität. Und die kriegt man heutzutage übers Internet, indem man Computer miteinander vernetzt. Dadurch entsteht ein riesiges Netz von elektronischen Gehirnen, die innerhalb einer Sekunde ausrechnen, wofür ein menschliches Gehirn Jahre bräuchte. Kennen Sie die Seite *mathcodebreakers.com*?«

Gruber schaute ihn unsicher an. »*Dott komm?* Wovon redest du?«

Aaro merkte, dass ihn der Strohhalm, an den er sich klammerte, wenigstens für eine Weile über Wasser hielt. »Sie wissen doch, was das Internet ist?«, fragte er vorsichtig, wobei er versuchte, jeden Hauch von Besserwisserei zu vermeiden.

»Komm zur Sache!«, fauchte der Deutsche. »Hältst du mich für einen Idioten?«

»Entschuldigung. Vielleicht wäre es am besten, wenn ich Ihnen zeige, wie … Sie haben doch einen Computer mit Internetanschluss?«

»Natürlich«, schnaubte Gruber, allerdings etwas ausweichend, und stand auf. »Aber diese Dinge löst man nicht mit Maschinenkraft und elektronischen Gehirnen, dafür braucht man scharfe menschliche Intelligenz, die kreativ verschiedene Elemente kombiniert. Ohne den Menschen weiß der Computer gar nichts.«

»Stimmt, Computer selbst wissen nichts, aber es lohnt sich, sie als Hilfsmittel zu benutzen.« Aaro bemühte sich um einen möglichst versöhnlichen Ton. Das erste Ziel hatte er erreicht – Gruber war anscheinend bereit, alles zu versuchen, um sein Problem zu lösen. Und das bedeutete mehr Zeit für Niko und Aaro. Allerdings wusste Aaro, dass er sich auf sehr dünnem Eis befand. Sobald der Deutsche merkte, dass er ihm nicht helfen konnte, war das Spiel aus.

Er folgte Gruber ins Nebenzimmer. Die Antiquitätenhändler würden bis aufs Blut darum kämpfen, im Todesfall diesen Nachlass an sich zu bringen, dachte Aaro: dunkle, antike Stühle, die Sitzflächen aus weinrotem Samt, Tapeten mit goldenen und braunen Ornamenten, schwere, moosgrüne Vorhänge, Lampenständer aus mattem Nussbaumholz und abgetretene Orientteppiche. Der Mann, der ihn gefangen hielt, war nicht knapp bei Kasse, aber Aaro hatte das Gefühl, dass er leidenschaftlich nach noch mehr Reichtümern suchte.

In der Ecke, auf einem alten Eichentisch mit grüner Stoffauflage, stand ein iMac von Apple. Es war ein älteres Modell, sah aber fast unbenutzt aus. Gruber schien nicht ganz auf der Höhe zu sein, was die IT-Front anbelangte.

»Gut«, sagte Aaro mit fester Stimme, als er vor den Apple trat. »Dann bringen wir die Mühle mal zum Laufen. Haben Sie einen DSL-Anschluss?«

»Eine Firma hat das Gerät angeschlossen, ich interessiere mich nicht für solche Abkürzungen.«

Aaro kannte das. Er hatte einigen älteren Verwandten in Computerangelegenheiten geholfen und war dabei auf die gleiche Einstellung gestoßen: eine Mischung aus Stolz, Verwirrung und Unsicherheit.

Mit pochendem Herzen schaltete er den Computer ein, blickte unter den Tisch und sah dort zu seiner Erleichterung ein Ethernet-Modem. »Wie es aussieht, haben Sie ein Breitbandmodem.«

Er warf einen Blick zur Tür, wo Niko und der unangenehme Mann mit der Pistole standen. Es gab keinen Zweifel daran, dass der Gorilla fähig wäre, die Waffe zu benutzen. Er schien sich eine kleine Schießerei sogar zu wünschen, um ein bisschen Druck abzulassen.

Der Computer fuhr innerhalb weniger Sekunden hoch. Nie zuvor war Aaro das Bild des angebissenen Apfels auf dem Monitor vertrauter und willkommener gewesen. Jetzt wäre auch wirklich nicht der richtige Moment, mit dem ewig abstürzenden Windows zu kämpfen.

»Wird's bald?«, drängte der Deutsche mit barscher Stimme, die Aaros Finger auf der Tastatur in Schwung brachte.

27

Dietrich Gruber sah zu, wie die Finger des Jungen über die Tastatur flitzten; fast wie die Finger seiner Mutter Gertrud auf dem Klavier, wenn sie Schuberts *Erlkönig* spielte, die Vertonung von Goethes düsterem Gedicht. Der plötzliche Gedanke an seine Mutter löste Rührung in ihm aus. Er tastete nach den ersten Zeilen des Gedichts, das er als Kind auswendig gelernt hatte: *Wer reitet so spät durch Nacht und Wind? Es ist der Vater mit seinem Kind!* Die folgenden Verse führten die Ballade zur den hinterhältigen Lockungen des Erlkönigs und schließlich zum Tod des fieberkranken Kindes.

Dietrich verdrängte die wirr umherschießenden Gedanken und wandte sich wieder dem eigentlichen Thema zu. Er hatte sich selbst schon überlegt, ob sich im Internet Hilfe bei der Entschlüsselung des Codes finden ließe, aber nicht gewusst, wen er danach hätte fragen können, ohne sich zu verraten. Außerdem waren Goethe, Wagner und Wittgenstein ohne Computer ausgekommen, ganz zu schweigen von den großen deutschen Mathematikern.

»Was tut der da?«, fragte Achim von der Tür aus.

»Stör uns nicht«, fuhr Dietrich ihn an. Aus dem Augenwinkel sah er Achims angespannte Miene, aber er hatte jetzt keine Zeit, seinen Gehilfen zu besänftigen. Der Junge hatte vielleicht recht – für das Öffnen des Codes brauchte man genügend Kapazität: Kraft, mit der man die Zahlen aufbrechen konnte. Schließlich war das Enigma-Geheimschriftgerät, das im Krieg benutzt worden war, eine geniale Maschine gewesen.

»Geben Sie mir den Code, dann fangen wir an«, sagte der Junge.

Dietrich hielt ihm das Blatt hin, auf das er die Kombination geschrieben hatte: 16 186C152 423DHEG.

»Möglicherweise ist es ein Problem, dass die Sprache des Codes Deutsch ist«, sagte der Junge. »Weil die Seite hier nur Englisch kann. Aber vielleicht steckt hinter dem Code nichts Sprachsensibles, sondern ein Name oder so.«

»Ich vermute, es wird eine Ortsbezeichnung sein«, sagte Dietrich. Er hielt es für das Beste, ein bisschen von der Wahrheit zu lüften, denn er merkte: Dumm war der Bengel nicht – worauf er seltsam stolz zu sein schien. Er tippte den Code in ein Feld und klickte auf den Pfeil daneben.

Die Sekunden verstrichen. Aaros Herz hämmerte. Er betete innerlich, das Programm möge irgendein vernünftiges Ergebnis bringen.

Dann blinkte der Bildschirm und es erstarrte folgender Text: ADWRPTASTBB.

Totales Kauderwelsch. Eine Flut der Enttäuschung fuhr über Aaro hinweg. »Macht nichts«, sagte er schnell. »So ist das am Anfang immer … Wenn es schneller ginge, wäre es ja gar kein richtiger Code. Da braucht man schon ein bisschen Geduld.«

Mit klopfendem Herzen konzentrierte er sich und wischte sich die Handflächen an den Hosenbeinen trocken. Er merkte, wie der Deutsche ungeduldig von einem Fuß auf den anderen trat. Der Typ mit der Knarre hatte Niko inzwischen aufgefordert, sich auf das moosgrüne Rokokosofa zu setzen, und beschäftigte sich nun damit, die Nägel seiner linken Hand zu untersuchen und daran zu kauen. Bei einem Seitenblick war Aaro aufgefallen, dass die Pistole eine Sig Sauer war; in Brüssel hatte Jaakko so eine als Airsoft-Modell. Die Pistole des Gorillas war aber nicht aus Plastik, sondern aus echtem Metall mit besten Tötungseigenschaften. Man sah, was für ein Gewicht sie hatte.

Aaro notierte sich die erste Interpretation, die der Rechner geliefert hatte, denn die brauchte man vielleicht noch einmal. Dann machte er weiter, indem er mit dem Cursor auf die Menüleiste ging.

»Warte«, sagte der Mann. »Geh vom Computer weg, ich hole meine Unterlagen hierher.«

Aaro folgte dem Mann ins Nebenzimmer, wo Gruber diverses Material zusammensuchte: einen Stapel Bücher, Karten, Fotokopien. Damit kehrten sie an den Computer zurück.

Aaro setzte die Arbeit fort. Als er merkte, dass sich der Deutsche in die Lektüre seiner Unterlagen vertiefte, drehte Aaro die Tischlampe etwas, als wäre so das Licht besser, und gleich darauf verstellte er auch den Bildschirm. Er war nun etwas von dem Deutschen abgewandt.

Dann öffnete er die Google-Gmail-Seite und ging zu seinem E-Mail-Briefkasten. Ohne langsamer zu tippen als zuvor, schrieb er eiskalt eine Mail an sich selbst, in der er mit wenigen Sätzen berichtete, was passiert war und wo er sich befand.

Danach schrieb er eine zweite Mail an seinen Vater: *»Ich rufe spätestens morgen früh um 9 Uhr an. Wenn nicht, guck in meinen Gmail-Briefkasten! Benutzer: aaro.nortamo, Passwort: der Name von Eeros Hund. Wenn ich merke, dass du an meine E-Mails gehst, obwohl es nicht nötig ist, fahre ich in den nächsten Sommerferien mit Niko im Auto nach Gibraltar …«*

Aaro achtete bewusst auf einen lässigen Ton. Außer dass die Drohung mit einer langen Tour in Nikos Auto kein Witz war, denn Aaros Eltern hatten Niko schon mehrmals zu heftig aufs Gaspedal treten sehen.

Aaro merkte, dass Gruber ein dickes, in Leder gebundenes Buch zur Seite legte, weshalb er sich schnell wieder auf die Code-Seite klickte.

»Kommst du voran?«, fragte Gruber ungeduldig.

»Die ganze Zeit«, erwiderte Aaro ruhig und konzentriert. »Schritt für Schritt«, fügte er aber sicherheitshalber hinzu.

Die Wahrheit war magerer: Der Code wollte sich einfach nicht knacken lassen. Aaro versuchte es hartnäckig immer wieder. Er hatte ja auch gar keine andere Möglichkeit. Er las sogar den Text mit der Anleitung durch, wozu er sich normalerweise in Computerangelegenheiten nicht die Mühe machte. Sobald der Deutsche die Aufmerksamkeit wieder auf sein Buch richtete, klickte Aaro die Gmail-Seite an und schickte seine Mails ab. Sein Vater las um diese Zeit keine Mails mehr, er würde die Nachricht erst am nächsten Morgen empfangen.

Etwas erleichtert schloss Aaro das Mailprogramm. Es war jetzt ein bisschen wahrscheinlicher, dass der Deutsche erwischt wurde, aber die Situation von Aaro und Niko war dadurch kein bisschen besser geworden.

»Ich dachte mir schon, dass das nichts bringt«, sagte Gruber plötzlich und schlug eines der in Leder gebundenen Bücher so heftig zu, dass Aaro für einen Moment glaubte, jemand habe geschossen. Die Staubwolke, die das Buch ausgespuckt hatte, schwebte über der Computertastatur.

»Was bringt nichts?«, fragte Aaro schnell. Der Knall hatte sein Herz rasen lassen und der Tonfall des Deutschen war auch nicht gerade dazu geeignet, ihn zu beruhigen.

»Die Computerspielerei!«, rief der Mann. »Das wird nichts, diese Apparate sind zu nichts zu gebrauchen!« Seine Stimme klang verzweifelt hoch, fast bemitleidenswert. Er stand auf und sein stämmiger Befehlsempfänger am anderen Ende des Raums tat es ihm sofort gleich.

Aaro streckte den Rücken gerade und warf einen panischen Blick auf Niko, der kreidebleich auf dem Sofa saß. Von ihm war keine Hilfe zu erwarten, auch von niemandem sonst; Aaro konnte sich nur selbst helfen.

Erneut klickte er die Bedienungsanleitung an. »Moment mal«, sagte er laut, fast rufend, und pumpte möglichst viel Zuversicht in seinen Tonfall. »Jetzt sieht es schon besser aus. Ich weiß nicht, was hinter Ihrem Code steckt, aber bald hab ich ihn geknackt!«

Gruber machte ein Gesicht, als wollte er ihm wenigstens glauben. Er schwenkte die Hand in einem resignierten Bogen und zischte: »Dann mach hin! Du hast zehn Minuten, danach ist es mit dem Spielen vorbei!«

Aaro schaute konzentriert auf den Bildschirm und ließ langsam Luft ab. In der Anleitung wurde beschrieben, wie man die Kapazität des Programms steigern konnte, indem man die Zahlen als fertige Serien eingab. Was für Serien? Er tippte die Zahlen mit jeweils zwei Buchstaben am Stück ein und ließ die Mühle mahlen.

In der Zwischenzeit schaute er, was Gruber trieb. Der Mann hatte eine große topografische Karte vor sich ausgebreitet. Das vergilbte Papier und die mit Textiltape verstärkten Falzstellen verrieten ihr Alter, aber erst das schwarze Hakenkreuz in der rechten oberen Ecke veranlasste Aaro, genauer hinzusehen. Deutlich waren die fadendünnen, scharf geschwungenen Höhenlinien der Alpenregion zu erkennen.

Auf dem Bildschirm erschien die Buchstabenfolge GFWHHGRTS.

Er bekam aus dem Code nichts heraus. Die Lage war hoffnungslos – und das würde bald auch der Grauhaarige merken. Aaro räusperte sich leicht und fragte: »Was ist das da unten eigentlich für ein Code?«

»Das ist eine meiner Interpretationen. Meine Lieblingsinterpretation. PRF verweist auf das Wort Parzifal, da bin ich mir sicher. Aber was verstehst du schon von diesen Dingen. Gibst du auf? Ich habe doch gleich gesagt …«

»Nein, es sieht sehr vielversprechend aus. Ich mache weiter.«

Der Deutsche sah ihn ungläubig an, vertiefte sich dann aber wieder in die Landkarte. Er schien sich insbesondere die Grenzregion zwischen Deutschland und Österreich genau anzuschauen.

Plötzlich blieb Aaros Blick auf der Karte hängen. Sie lag schräg vor ihm. Er blickte noch einmal auf Grubers Code-Interpretation und dann wieder auf die Karte. Und erneut auf den Code. PRF3OYX4857.

Sein Blick sprang zwischen Code und Karte hin und her. »Sehen Sie sich mal die Grenze zwischen Deutschland und Österreich in diesem Abschnitt hier an«, sagte Aaro und zeigte mit dem Finger auf die Stelle.

»Was ist damit?«, fragte Gruber ungeduldig.

»Was sehen Sie da?«

»Willst du mich veralbern?«

Aaro schob den rechten Rand nach oben und den linken nach unten, sodass die Karte schief vor Gruber lag.

»Schauen Sie hier … Die Grenze verläuft fast schnurgerade, bis sie rechts eine halbkreisförmige Ausbuchtung bildet. Die schließt das … Moment, was steht hier … Berchtesgadener Land ein. Woran erinnert Sie die Grenzlinie?«

Gruber schaute auf die Karte. Über sein Gesicht zog ein Ausdruck von Überraschung und Unsicherheit. »Sie erinnert an den Buchstaben P …«

»Gut. Dann gehen wir jetzt in den Halbkreis des Buchstabens hinein. Schauen Sie mal auf den Fluss, der Eggle heißt und hier in den Wengsee mündet. Und auf den kleinen Fluss namens Aich, der rechts an den See anschließt. Schauen sie nicht auf die Einzelheiten, sondern auf die grobe Form: ein fast gerader Fluss, oben der Halbkreis des Sees und schräg rechts unten der kleinere Fluss.«

In Grubers Augen lag ein ganz neuer Blick – eine leicht ungläubige Begeisterung. »Du hast recht. Das sieht wie der Buchstabe R aus.«

»Dann gehen wir jetzt in das R hinein, in den Halbkreis. Schauen Sie die Straße dort … ein gerades Stück, dann eine kleine Nebenstraße nach rechts, fast im rechten Winkel. Nach Knittelhofen. Und wenig später eine zweite Straße in dieselbe Richtung, nach Gerstflach. Die Straßen bilden zusammen eindeutig …«

»… ein F«, hauchte Gruber.

»Genau. PRF. Dann kommt die Zahl 3. Allerdings finde ich bei dem F auf der Karte nichts, was wie eine 3 aussieht«, sagte Aaro enttäuscht.

»Aber ich finde etwas«, flüsterte Gruber mit roten Wangen. Er drehte das Blatt mit dem Code langsam und feierlich um neunzig Grad. »Der Doppelgipfel des Waldkofen. Relativ niedrig und nicht steil. Wie eine 3, die auf dem Bauch liegt.«

»Aha«, freute sich Aaro und schaute auf die eingezeichneten Berge. »Zwei Gipfel nebeneinander, unterhalb des einen ein kleiner Alpensee, eindeutig ein O. PRF3O …«

»Gehen wir«, sagte Gruber und sprang ungeduldig auf. Im Nu hatte er die Karte vom Tisch genommen.

»Und die Fortsetzung?«, fragte Aaro. »YX4857 …«

»Nein«, unterbrach ihn der Deutsche heiser. »Die ist nicht mehr wichtig. Wir sind auf der richtigen Spur.«

Auf einmal war der Tonfall des Mannes völlig anders, sachlich und erleichtert. Er lächelte beinahe.

Wir sind auf der richtigen Spur, hatte er gesagt. Aaro bekam einen Schreck. Er begriff, dass er einem Verbrecher geholfen hatte. Fragte sich nur, wobei. War es verkehrt, einem Kriminellen zu helfen, um sein Leben zu retten? Wenn es um das eigene Leben ging, waren doch wohl alle Mittel erlaubt? Aber Aaro war sich gar nicht mehr sicher, ob sein und Nikos Leben noch in Gefahr waren. Der Mann strahlte etwas sehr Widersprüchliches aus: einerseits kompromisslose Härte, andererseits erinnerte seine leidenschaftliche Suche auch an einen durchgeknallten Wissenschaftler …

Gruber nahm außer der Karte das Blatt mit der Zahlen-Buchstaben-Kombination an sich.

»Entschuldigung«, sagte Aaro vorsichtig und räusperte sich. »Was ist das für ein Code?«

Der Deutsche stopfte die Unterlagen in eine Plastiktüte. »Das ist ein verfluchter Code. Jedenfalls für meinen Vater. Er hat ihn geschaffen und dann die Folgen erleiden müssen ...« Er hielt in seiner Bewegung inne und sah Aaro in die Augen. »Und für dich gilt das Gleiche. Es ist ein verfluchter Code.«

Dietrich Grubers schiefes Grinsen sorgte für Gänsehaut auf Aaros Armen.

Der Deutsche sah zu seinem Handlanger hinüber. »Achim, bring die Jungen in den Keller. Wir sind auf die richtige Spur gestoßen.«

Aaro spürte den Geschmack von Metall im Mund. Er hatte auf Zeit gespielt, aber jetzt war sie abgelaufen. Er musste noch mehr Zeit schinden, um jeden Preis.

Der Mann, der Achim genannt wurde, schwenkte die Waffe in Richtung Aaro, der sich schon immer gefragt hatte, warum sich zum Tode Verurteilte ihrem Schicksal beugten. Was hatten sie denn zu verlieren, wenn der Tod sowieso nur ein paar Schritte entfernt war? Warum wollten sie nicht wie Löwen sterben, kämpfend bis zum Schluss? Dafür würde ein kleines Zeichen von Widerstand schon genügen, würdevoller Stolz.

Aaro blieb hartnäckig vor dem Computer sitzen und sah den Deutschen an, der eine große Taschenlampe aus dem Regal nahm und in die Plastiktüte schob.

»Wenn uns etwas zustößt, wird man Sie garantiert erwischen«, sagte Aaro, ohne das Zittern in seiner Stimme vermeiden zu können.

Dietrich Gruber machte sich nicht einmal die Mühe aufzublicken. »Ach ja«, schnaubte er. »Und warum? Los jetzt, beweg dich!«

»Weil ich diese Mail hier abgeschickt habe.« Aaro

öffnete das Gmail-Programm und darin den Ordner »Gesendete Nachrichten«.

Der Deutsche trat irritiert neben ihn und beugte sich über den Bildschirm. Aaro öffnete die Mail, die er abgeschickt hatte, und übersetzte den Inhalt ins Englische. Es stand alles darin, einschließlich des Standorts der Villa.

»Wenn uns etwas passiert«, sagte Aaro, jetzt schon mit etwas mehr Sicherheit in der Stimme, »liest mein Vater diese Mail. Und dann haben Sie ausgespielt.«

Auf Grubers Gesicht machte sich ungläubige Bestürzung breit. Er versuchte die Härte und Arroganz von vorhin in seinen Blick zu legen, aber sie waren verloren. »Du versuchst mich zu täuschen … Du hast das gar nicht abgeschickt.«

Aaro deutete mit dem Finger auf die Stelle mit der Sendezeit. »Vor sechs Minuten ist sie rausgegangen. Und kommt nie mehr zurück.«

Er konnte seinen Triumph nicht mehr verbergen. Erst jetzt wurde ihm klar, dass er plötzlich die Oberhand über Dietrich Gruber gewonnen hatte.

28

Dietrich Gruber ballte die Fäuste. Die ungeheure Erleichterung, die er gefühlt hatte, als der Code geknackt war, hatte sich in Zorn verwandelt. Der kleine Bengel erpresste ihn, der finnische Lümmel drängte ihn an die Wand! Er warf tödliche Blicke auf Aaro, hielt seine kochende Wut aber im Zaum. Bald würde sie ohnehin aus ihm herausbrechen.

Gruber zwang sich, ruhig zu bleiben. Er musste einen Ausweg finden. Zahlen kannten keine Gefühle, die Mathematik war unparteiisch und kalt. Er musste genauso sein, neutral wie eine kühle Ziffer, und seine menschlichen Seiten vergessen.

Achim sah Dietrich verwirrt an. »Der Junge blufft, er versucht uns auszutricksen …«

»Halt den Mund!«, fuhr Dietrich ihn an. »Ich muss mich konzentrieren.«

Plötzlich ging ihm Achim gewaltig auf die Nerven. Der Kerl hatte keinen scharfen Verstand, im Gegensatz zu ihm, Dietrich Gruber – und wie es aussah, leider auch im Gegensatz zu dem finnischen Lümmel. Zum ersten Mal fragte sich Dietrich, ob er anstelle eines Muskelprotzes nicht besser einen technisch begabten Denker hätte zum Getreuen machen sollen, einen, der seine eigene Intelligenz ergänzt hätte. Die Rechnung Achim plus begriffliches Denken ergab eine glatte Null.

Aber wo war seine eigene Intelligenz jetzt?, fragte sich Dietrich. Je mehr er nachdachte, umso heikler stellte sich die Lage dar. Auf keinen Fall konnte er die Jungen zum Schweigen bringen. Aber er konnte sie auch nicht ziehen lassen, damit sie der ganzen Welt alles erzählten, womöglich sogar das Geheimnis des Codes!

Nein, diese Gleichung ging nicht auf.

Dietrich setzte sich in einen Sessel. Und fast unmerklich schlich sich eine Lösung in sein Bewusstsein. Die Jungen mussten freigelassen werden, sonst käme die Polizei und alles würde auffliegen. Wie konnte er dafür sorgen, dass die Jungen nichts von dem erzählten, was sie wussten?

Alles in allem gab es genau eine einzige Möglichkeit. Die Entscheidung war also nicht schwer – auch wenn sie nicht angenehm war.

29

Eine knappe Stunde später fiel der bläuliche LED-Lichtkegel aus Grubers Stirnlampe auf die Landkarte, die er auf dem Schoß hatte. Er saß auf dem Beifahrersitz. Achim fuhr im zweiten Gang die kurvenreiche Straße nach Knittelhofen hinauf.

Aaro und Niko hockten auf der Rückbank. Seit einer halben Stunde war im Wagen kein Wort gefallen. Längst hatten sie den Wengsee passiert und die alte Brücke über die Aich überquert. Rechts und links lag die karge Landschaft der nächtlichen Alpen. Direkt vor ihnen erhob sich der Doppelgipfel des Waldkofen.

Allmählich machte sich Aaro ernsthaft Sorgen. Der Deutsche sagte noch immer kein Wort, starrte nur auf die Berghänge, die immer schroffer wurden. Die Stille war so drückend, dass sie jeden Moment explodieren konnte. Hinter den Wolkenfetzen, die der Wind über den Himmel trieb, blitzte der Mond auf. Ab und zu blickte der Deutsche auf die Landkarte und sagte etwas zu seinem Gehilfen am Steuer.

»Ich weiß nicht, ob Sie sich über Ihre Lage im Klaren sind«, sagte Aaro zu Gruber. »Wenn ich morgen nicht meinen Vater anrufe, liest er meine Mail und Sie …«

»Ich bin kein Idiot. Beruhige dich!«

Aaro hörte Gruber etwas auf Deutsch murmeln, was sich anhörte, als würde er ein Gedicht aufsagen. War der Mann verrückt geworden? Das würde gerade noch fehlen.

»Sei ruhig, bleibe ruhig, mein Kind, in dürren Blättern säuselt der Wind …« Dietrich sagte sich ein Stück aus Goethes *Erlkönig* vor. Als er so alt war wie der finnische Junge, hatte er das ganze Gedicht auswendig gekonnt. Was er jetzt vor sich hin murmelte, war die Antwort des Vaters auf die fiebrigen Rufe des Sohnes, als dieser die Lockung des Erlkönigs hört.

Auch Dietrich hörte solche Lockrufe, Einflüsterungen, die ihn aus der schwierigen Situation befreien würden.

Der kleine Finne war anstrengend und konnte einen zur Raserei treiben, aber er hatte etwas an sich, was auch Dietrich in dem Alter gehabt hatte: Grips und Zähigkeit. Aber Dietrichs mathematische Fähigkeiten hatten nicht ausgereicht, um in die Fußspuren seines Vaters zu treten. Er hatte sich mit dem Beruf des Bankangestellten begnügen müssen. Diese Arbeit hatte ihm jedoch von Anfang an nicht geschmeckt, weshalb er ein paar geschickte, einträgliche Unterschlagungen vornahm. Die hatten ihm so viel Geld eingebracht, dass er sich jetzt auf das große Rätsel, das ihm als Erbe zugefallen war, konzentrieren konnte.

Dietrich hatte nicht geheiratet und er hatte keine

Kinder. Mit einem Blick auf den blassen, ängstlich wirkenden Jungen fragte er sich, ob er überhaupt fähig gewesen wäre, Kinder großzuziehen.

Wieder drängten Goethes Verse auf seine Lippen und er sah sich selbst als Jüngling in der Schule in Flügenbach, zurückhaltend und selbstbewusst zugleich.

Aaro merkte, dass Gruber ihn lange ansah und sein seltsames Gemurmel fortsetzte, was Aaro nicht gerade beruhigte. Der Deutsche, der da halblaut Gedichte aufsagte, kam ihm immer verrückter vor, so wie einer, bei dem man für nichts garantieren konnte. Schließlich konnte sich Aaro nicht mehr beherrschen und er rief: »Halten Sie an! Sie können nicht …«

»Sei still«, fuhr ihm der Deutsche eher müde als bedrohlich über den Mund. »Wir kennen beide die Lage. Ich kann euch nicht alles ausplaudern lassen.«

Die kalte Faust der Angst umschloss Aaros Magen. Seine schlimmste Vermutung wurde also wahr. Er versuchte, ruhig zu atmen und klar zu denken. Er blickte auf Niko, dessen Miene sein eigenes Entsetzen widerspiegelte.

»Ich kann euch nicht alles ausplaudern lassen«, wiederholte Gruber. »Und das ist der Schlüssel zur Lösung, zur sauberen, ordentlichen Lösung. Zu einer Lösung, von der wir alle profitieren.«

Der Deutsche drehte sich zu ihm um. Das LED-Licht an seiner Stirn leuchtete wie die Lampe eines Bergmanns. Seine Gesichtsmuskeln waren jetzt entspannt, in den Augen blitzte etwas auf, was Aaro als einen Hauch von Menschlichkeit zu interpretieren versuchte.

»Ihr bekommt einen Teil des Fundes«, sagte Gruber und presste die Lippen zu einem schmalen Strich zusammen.

Es wurde still im Wagen.

»Wie bitte?«

»Ihr bekommt einen Teil des Fundes, der sich an dem Ort befindet, zu dem der Code uns führt. Falls er dort ist. Das wird sich bald herausstellen.«

Aaro musste angesichts dieses wahnsinnigen Vorschlags schlucken. »Ist das Ihr Ernst?«, fragte er, obwohl ihn die Vorstellung zweifellos auch faszinierte – vor allem, wenn er und Niko dadurch am Leben bleiben konnten. »Wir sollen Ihre Komplizen werden?«

»Was heißt hier Komplizen?«, schnaubte Gruber.

»War der Diebstahl des Gemäldes aus den Vatikanischen Museen denn kein Verbrechen?«

»Sie haben es ja zurückbekommen, unbeschädigt«, erklärte Gruber stur.

»Nachdem sie Lösegeld dafür bezahlt haben, hieß es in der Zeitung. War es kein Verbrechen, das anzunehmen?«

»Doch. Das war ein Verbrechen. Aber *ich* habe es nicht begangen. Ich habe nicht einen Cent davon behalten. Das Einzige, was ich aus dem Vatikan bekommen habe, waren die Zahlen und Buchstaben, die in der Leinwand versteckt waren.«

»Wer hat denn davon profitiert?«

Der Deutsche räusperte sich. »Habgierige Leute. Dummköpfe. Einer von ihnen ist bereits geschnappt worden. Das hat man der Öffentlichkeit bloß noch nicht mitgeteilt.«

»Bei aller Habgier und Dummheit sind sie doch Verbrecher.«

Nun wirkte der Deutsche wieder unsicher und nervös. »Also gut. Auch die übrigen Erpresser verdienen ihre Strafe. Wir erstatten anonym Anzeige bei der italienischen Polizei. Danach ist alles bereinigt. Hier ist kein Verbrechen geschehen und es wird auch zu keinem kommen. Der Fund, der am Ende der Code-Kette steht, geht niemanden etwas an. Der Staat, dem er gehört hat, das ›Großdeutsche Reich‹, existiert nicht mehr. Der Schatz gehört seinem Finder.«

»Historische Schätze gehören der Museumsbehörde, die …«

»Historisch?«, schnaubte Gruber mit einer Mischung aus Wut und Gereiztheit. »Ein gut sechzig Jahre alter Fund besitzt keinen musealen Wert. So kommen wir nicht weiter, du bist viel zu kindisch und vorlaut, um den wahren Sachverhalt zu verstehen. Ich bin kein Krimineller, ich suche nur die Lösung für eine schwierige Intelligenzaufgabe, die mein Vater hinterlassen hat. Falls wir dadurch zu etwas Wohlstand kommen, schadet das niemandem.«

Aaro hätte schwören können, dass Grubers Augen feucht glänzten, als er von seinem Vater sprach, aber das musste eine optische Täuschung gewesen sein.

Das Auto passierte einen kleinen, runden Bergsee. Das O des Codes … Oder nicht? Der Mond spiegelte sich im pechschwarzen Wasser. Die Straße stieg steil an und bald lag der See weit unter ihnen. Achim schaltete einen Gang herunter, worauf der Motor laut aufheulte. Aaro merkte, dass Niko sich heimlich am Türgriff zu schaffen machte. Er selbst hatte schon zu Beginn der Fahrt gemerkt, dass die Kindersicherung aktiviert war und die hinteren Türen von innen nicht geöffnet werden konnten. Auch die hinteren Fenster konnte nur der Fahrer herunterlassen.

Aaro dachte über das Angebot des Deutschen nach und stellte fest, dass er wesentlich mehr daran interessiert war, als der Mann vermutlich glaubte. Vor allem aber war Aaro mehr daran interessiert, als *er selbst* es sich vorgestellt hatte. Neugier war bekanntlich ein Laster, aber sie war auch notwendig, so wie er es Jaakko erklärt hatte. Und jetzt musste sich Aaro eingestehen, dass er unendlich neugierig darauf war zu sehen, worum es ging. Aber hatten sie denn eine andere Möglichkeit, als das Angebot des Deutschen zu akzeptieren? Würden sie sich nicht in Lebensgefahr begeben, wenn sie sich querstellten? Man würde sie auslöschen und der Deutsche und sein Gehilfe würden mit falschen Pässen nach Südamerika fliegen, um dort ein süßes Leben zu führen.

»Und was ist das für ein Schatz, der da versteckt ist?«, fragte Aaro, wobei er versuchte, möglichst gleichgültig zu klingen.

»Das brauchst du noch nicht zu wissen. Du und dein Freund, ihr bekommt ein Prozent des Werts, wenn ihr mich bis ans Ende eures Lebens vergesst. Und wenn ihr irgendwann mit irgendjemandem über mich redet, wird die Zeit bis zum Ende eures Lebens sehr kurz sein.«

Als Gruber diese Drohung sanft aussprach, drehte sich der Gorilla nach hinten um, als wolle er die Worte seines Chefs bekräftigen.

Aaro hätte im Prinzip nicht einmal über das Angebot des Verbrechers nachgedacht, denn es war die reinste Beleidigung. Aber er befand sich in einer Zwangslage. Grubers Angebot war für den Mann selbst eindeutig die beste Lösung, wenn nicht der einzige Weg, aus der heiklen Situation herauszukommen. Vielleicht wollte er sich wirklich nicht die Finger schmutzig machen, jedenfalls nicht mit Blut.

Aaro schaute auf Niko, der den Eindruck machte, als bekäme er vom Verlauf der Ereignisse nichts mit. Sein Englisch war nie besonders gewesen, am besten kannte er das Grundvokabular der Hollywood-Filme.

»*Ein einziges Prozent* dafür, dass ich den entscheidenden Code geknackt habe?«, fragte Aaro. »Den Code, der zu dem Schatz führt.«

Der Deutsche schnaubte und war nahe daran, endgültig die Fassung zu verlieren, beherrschte sich aber. »Du hast ihn auf der Basis meiner Interpretation geknackt. Ich hatte zuvor schon lange und intensiv an der Lösung der Code-Kette gearbeitet. Vergiss nicht, dass auch ein Prozent in diesem Fall eine ganze Menge sein kann.«

Die Straße endete an einer Bergwiese, aber sie fuhren im Geländegang weiter. Der Mond schien immer heller zu werden am dunkelvioletten Himmel. Kein einziges Licht, das auf ein Haus hindeutete, war in der Dunkelheit zu erkennen.

Aaro räusperte sich. »Was heißt eine Menge?«

Gruber antwortete nicht. Das Auto schwankte heftig bei der Fahrt über den Wiesenweg. Gräser kratzten am Unterboden. Aaro biss kurz die Zähne zusammen. Gruber war doch ziemlich in die Klemme geraten, man durfte ihn nicht so leicht herauskommen lassen. »Fünf Prozent«, sagte er. »Alles weitere Feilschen ist Zeitverschwendung.«

Voller Wut schlug sich der Deutsche auf den Oberschenkel, dass es knallte, aber seine Grimasse verzog sich zu einem gezwungenen Lächeln. »Also gut«, sagte er. »Fünf Prozent. Und ihr haltet den Mund. Wir werden uns etwas ausdenken, das erklärt, wo ihr das Geld herhabt. Zum Beispiel von einem Lottogewinn.«

»Oder vom Wetten«, fügte Aaro hinzu.

Das Auto hielt vor einem Berghang an. Dieser war so steil, dass man nicht mal zu Fuß weitergekommen wäre. Der Fahrer schaltete den Motor aus und sofort herrschte vollkommene Stille. Der Deutsche zog ein Blatt Papier aus der Innentasche seiner Jacke, schrieb etwas darauf und sagte dabei: »Wenn ihr etwas ausplaudert, werde ich dieses Papier der Polizei übergeben …«

Nachdem er einige Sätze geschrieben hatte, gab der Deutsche Aaro das Blatt. »Unterschreiben. Dein Freund auch.«

Aaro las den Text durch.

»*GEWINNBETEILIGUNGSVEREINBARUNG. Die Unterzeichneten vereinbaren Folgendes: Wir sind an der Entdeckung eines Fundes beteiligt gewesen, von dessen Wert wir beide insgesamt einen Anteil von 5 % erhalten …*«

Es folgte typisch deutsches Wortgeklingel im Beamtenjargon, aber der Kern der Sache war klar. Mit seiner Unterschrift würde Aaro zugeben, mit dem Deutschen kooperiert zu haben. Er reichte Niko das Blatt Papier.

»Fünf Prozent von welcher Summe?«, fragte Niko auf Finnisch, aber Dietrich fuhr sofort dazwischen: »Nur Englisch, wenn ich bitten darf! Oder Deutsch, falls ihr dazu fähig seid.«

»Mein Freund fragt, von welcher Summe die fünf Prozent berechnet werden, und das möchte ich auch gerne wissen.«

»Ich ebenfalls«, schmunzelte der Deutsche beinahe entspannt, bis er wieder schnauzte: »Woher soll ich das wissen? Es handelt sich um ein Goldversteck, aber ich kenne den Umfang nicht. Stellt nicht so blöde Fragen, bald werden wir es sehen … hoffentlich. Unterschreibt jetzt!«

Aaro holte tief Luft. Ein Goldversteck der Nazis.

Seine Aufmerksamkeit kehrte zu dem Vertrag zurück. Ein unter Zwang unterschriebenes Schriftstück würde bei der Polizei oder vor Gericht doch nichts gelten? Der

Deutsche konnte nicht so dumm sein, auf so ein Stück Papier zu setzen. Oder etwa doch?

Aaro unterschrieb, Niko ebenfalls. Ihre Handschrift war ziemlich zittrig vor Anspannung. Der Deutsche lächelte fast unmerklich, steckte das zusammengefaltete Blatt ein und stieg aus dem Wagen.

30

Zweihundert Meter von der Stelle entfernt, an der sie angehalten hatten, ragte hinter einer ansteigenden Almwiese eine fast senkrechte Felswand auf. Aaro wartete, bis sich seine Augen an die Dunkelheit gewöhnt hatten, dann sah er sich um. Gruber und Achim gingen voran und redeten gedämpft miteinander. Sie schienen nicht zu befürchten, dass Aaro und Niko fliehen könnten. Aber eine Flucht war auch nicht das, was Aaro als Erstes im Sinn hatte. Fünf Prozent vom Goldfund – dieses Angebot kam ihm von Minute zu Minute interessanter vor.

Als Gruber mit der Karte in der Hand stehen blieb, holten die Jungen ihn ein. »Der Buchstabe Y«, sagte Gruber äußerst zufrieden, ja beinahe heiter.

Und tatsächlich. Aaro blickte auf den rauschenden Bach, der vor ihnen den Hang herabfloss und im Mondlicht weiß schäumte – und dann in einen etwas größeren, aus der anderen Richtung kommenden Bach mündete. Dadurch entstand unübersehbar die Form eines Y. Nach dem Zusammenfluss strömte das Wasser in einen runden Alpensee, der wahrscheinlich sehr tief war. Aaro war mehrmals am Genfer See gewesen und sein Vater hatte ihm erzählt, die sechzig Kilometer lange und fünfzehn Kilometer breite Pfütze würde aufgrund ihrer enormen Tiefe mehr Wasser enthalten als sämtliche Seen Finnlands zusammen.

Gruber ging auf die beiden Bäche zu, dicht gefolgt von Achim. Aaro und Niko schlossen sich in andächtiger Stille an. Plötzlich blieb er wieder stehen und nahm die Lampe zur Hand.

Aaro und Niko brauchten eine Weile, bis sie erfassten, was der Deutsche gesehen hatte. Neben dem rechten Bachbett, am Fuß einer Felswand, befand sich eine Öffnung. Ein schwarzes Loch, eine dunkle Höhle.

Aaro schluckte gespannt. Der Lichtkegel von Grubers Lampe hüpfte bereits über den felsigen, nur kümmerlich bewachsenen Hang vor ihnen.

Gruber ging deutlich langsamer und achtete genau darauf, wo er hintrat, als hätte er Angst vor einer Falle. Instinktiv drosselte auch Aaro das Tempo.

Vor der Höhlenöffnung blieben sie stehen. Die regelmäßige Form verriet, dass sie von Menschen gemacht worden war. Während des Krieges kam es in den Alpen zu den unterschiedlichsten Baumaßnahmen. Aaro hatte in der Schweiz gesehen, wie ein Teil dieser alten Stollen noch immer genutzt wurde. Die Scharniere riesiger Metalltüren konnten überraschend gut geölt sein und manchmal ragten frisch mit grauer Farbe gestrichene Belüftungsrohre aus dem Boden. Darunter verbargen sich Bunker.

Aber die Stelle, an der sie sich jetzt befanden, war

etwas anderes. Aaro betrat hinter Gruber und dessen Handlanger die Höhle. Auf dem ebenen Kiesboden waren die Reste einer Feuerstelle, platt getretene Saftpackungen und Bierdosen und weiterer Müll zu erkennen. Jemand hatte sein Zeichen an die Wand gesprüht. Nirgendwo sah man Öffnungen, die tiefer in den Berg hineinführten, von Türen ganz zu schweigen. Falls hier einmal etwas gewesen war, dann hatte es schon vor zig Jahren jemand gefunden.

Enttäuscht blickte Aaro auf Gruber. Dieser wirkte überhaupt nicht unzufrieden, im Gegenteil. Der Lichtkegel seiner Lampe wanderte systematisch über die unebenen Wände der Höhle. Er suchte nach einem X, dem nächsten Buchstaben im Code. Aber es war nichts zu sehen, was in die Richtung deutete.

»Ich bin in vielen solcher Höhlen gewesen«, sagte Gruber. »In einem Teil davon war der Eingang oder besser gesagt der Mechanismus für dessen Öffnung geschickt getarnt.«

»Aber so eine Höhle wie diese ist doch bestimmt schon oft untersucht worden, und zwar so gründlich, dass etwas entdeckt worden wäre«, sagte Aaro, intuitiv mit gedämpfter Stimme.

»Die Orte, die auf den Karten der Nazis verzeichnet sind oder an denen man ein Versteck vermutete, hat man untersucht. Aber normale Höhlen wie diese gibt es in den Alpen zu Tausenden, die kann niemand systematisch abklappern.«

Der Lichtkegel wanderte über Wände und Boden, aber

es fiel nichts Besonderes ins Auge, schon gar nichts, was mit der Form des Buchstaben X zu tun hatte. Ein I war allerdings zu sehen: eine schräge, dunkle Linie auf der hinteren Wand, wie durch Rauch oder Kohle entstanden. Es gab noch mehr davon, aber die eine Linie war stärker als die anderen.

»Das könnte der Querstrich von einem X sein«, sagte Aaro zu Gruber.

»Das habe ich gemerkt«, gab Gruber kurz zurück. »Aber ist dir das hier aufgefallen?«

Gruber stand vor einer Vertiefung, die sich ungefähr in Kopfhöhe neben dem Höhleneingang befand. Der schmale, nur wenige Zentimeter breite Spalt sah in Aaros Augen nicht sonderlich beachtenswert aus, aber im selben Moment, in dem Gruber aus der Höhle trat, ging Aaro ein Licht auf.

»Von wo scheint die Sonne …«

»Das versuche ich gerade herauszufinden«, unterbrach ihn Gruber. Er sah auf seine Armbanduhr, die einen Kompass zu enthalten schien. »Du hast es also kapiert«, murmelte er. In seiner Stimme lag ein Hauch von Anerkennung. »Also gut, meine Lampe ist jetzt die Sonne«, sagte er, hielt die Maglite über seinen Kopf und leuchtete damit durch den Spalt. »Wie sieht's aus?«

»Ein Lichtstreifen auf der hinteren Wand …« Aaro verfolgte den Lichtstreif, während Gruber die Lampe von links nacht rechts bewegte, um die Sonne zu imitieren.

»Langsamer!«, rief Aaro. Der schmale, gedehnte

Lichtkegel näherte sich der schwarzen Linie, bis sie sich schnitten.

»Stopp!«, rief Aaro aufgeregt. »Hier ist eindeutig ein X!«

»Markiert die Stelle, wo sich die Linien schneiden!«, befahl Gruber.

»Es ist ziemlich weit oben …«

»Tut, was ich euch sage.«

Aaro wollte schon Achim zu sich winken, aber der sah so beängstigend barsch aus, dass er lieber Niko anwies: »Stell dich dahin, ich steige auf deine Schultern.«

Niko gehorchte und Aaro kletterte an ihm hinauf. Er starrte auf den Schnittpunkt von Lichtstreif und schwarzem Strich, konnte aber nichts Auffälliges erkennen. In einigen Pyramiden gab es auch solche Lichtschluchten, manche ließen nur zu bestimmten Stunden eines bestimmten Tages einen Lichtstrahl ein.

»Woher sollen wir wissen, aus welcher Höhe die Sonne im richtigen Winkel scheint?«, wollte Aaro von Gruber wissen.

»Das merkst du selbst, wenn ich die Lampe senkrecht bewege …«

Der Lichtstreif verschwand, bis er einige Sekunden später wieder auftauchte. Nur aus dem richtigen Winkel fiel das Licht durch den Spalt auf die gegenüberliegende Wand.

»Markier jetzt den Schnittpunkt!«, befahl Gruber mit zunehmender Ungeduld.

Aaro musste seinen Grips ziemlich anstrengen, bis

ihm einfiel, dass er noch ein Kaugummi in der Tasche hatte. Er zerkaute das gute Stück, bis es weich genug war, und drückte es dann auf den Schnittpunkt der beiden X-Linien.

»Fertig«, rief er. Niko ging in die Knie und ließ ihn herunter.

Gruber kam mit der Lampe in der Hand in die Höhle und suchte mit dem Lichtkegel nach dem Kaugummipunkt. Er betrachtete ihn eine Weile, dann sagte er zu Achim: »Wir suchen uns einen Stock und probieren, fest auf die Stelle dort zu schlagen.«

Das Problem bestand darin, dass weit und breit kein passendes Stück Holz zu finden war. Der Plan musste geändert werden. Achim nahm einen schweren Stein und warf ihn mit aller Kraft in Richtung Kaugummi. Der Wurf ging fast einen Meter vorbei.

Der nächste Wurf traf, aber es schien nichts zu passieren.

Allerdings war das eine überstürzte Schlussfolgerung, denn nach einer Sekunde Stille löste sich an der getroffenen Stelle eine Steinplatte von der Größe eines Telefonbuchs und krachte auf den Höhlenboden.

»Zurück!«, rief Gruber.

Aaro starrte im Zurückweichen auf die Wand, hinter der nun ein tiefes Grummeln zu hören war. Eine zweite Steinplatte fiel neben der ersten zu Boden, dann eine dritte und eine vierte. Immer schneller prasselte die gesamte Oberfläche der Wand herunter.

Dann wurde es still in der Höhle. Der Strahl der Taschenlampe beleuchtete aufwirbelnden Staub. Und dahinter eine rostige, braune Metallfläche.

Eine Tür.

Aaro seufzte tief. Gruber trat ungeduldig näher. Die Tür hatte ein Kombinationsschloss, wie ein alter Tresor, und daneben war ein Blechschild mit deutscher Beschriftung angebracht.

»Was steht da drauf?«, fragte Aaro.

Gruber richtete das Licht auf das Schild und las laut vor: »Achtung. Wird diese Tür mit der falschen Zahlenkombination geöffnet, schließt sich der Zugang für immer.«

»Wie für immer?«, fragte Aaro leise.

»Ich kann dir versichern, dass es besser ist, die Behauptungen der Nazis einigermaßen ernst zu nehmen. Aber diese Warnung betrifft uns nicht. Wir haben vier eindeutige Zahlen am Ende des Codes.«

Aaro war sich da nicht so sicher.

Gruber nahm das Blatt Papier und las die Ziffern noch einmal laut vor: »Vier, acht, fünf, sieben.«

Er griff nach dem Drehknopf des Zahlenschlosses und drehte ihn auf der angerosteten Skala auf die Vier. »Trauen wir uns?«, fragte er, die Hand auf dem Knopf.

Aaro hielt es für das Beste zu schweigen, denn er war sicher, dass Gruber sowieso weitermachen würde.

Der Deutsche drückte auf den Knopf. Man hörte etwas einrasten. Dann drehte er wieder und suchte die Acht auf der Skala. Wieder machte es *klick*.

Die Fünf. *Klick*.

Die Sieben. *Klick*.

Und dann ein dumpfes, metallisches *Klonk*.

Gruber packte den Griff und wollte ihn drehen.

Er rührte sich kein bisschen.

»Hilf mir!«, zischte er Achim zu.

Die Männer drehten zusammen und mit schwerem Knirschen bewegte sich der Griff. Dann zogen sie gemeinsam mit aller Kraft. Mit rostigem Knarren ging die Tür auf. Und was für eine Tür das war: mindestens drei Meter hoch und zwei Meter breit, dazu annähernd einen halben Meter dick.

Ohne ein Wort zu sagen, traten Gruber und Achim ein, der Tunnel zog sie in sich wie ein Magnet. Aaro und Niko folgten. Achim blickte ein paarmal hinter sich und schwenkte die Hand mit der Pistole, aber von besonders strenger Bewachung konnte nun nicht mehr die Rede sein.

Sie kamen an eine große Doppeltür, die aber nicht sonderlich massiv aussah. Mit einem Stein zerschlug Gruber das durchgerostete Vorhängeschloss. Achim zog die Riegel auf, dann kreischten die alten Scharniere, als eine Türhälfte sich öffnete. Grubers Kehle entwich ein erstickter Seufzer. Hinter der Tür war es muffig und staubig.

Der Deutsche und Achim schalteten ihre Stirnlampen an. Gruber gab Aaro und Niko mit einer Geste zu verstehen, dass sie ihm folgen sollten, dann trat er in den Raum, der nach Stein, Staub und Metall roch. Unmittelbar hinter der Tür stieg ein Gang an, der weiter oben in staubiger Finsternis zu enden schien.

Die Männer waren zu aufgeregt, um den Jungen noch weitere Aufmerksamkeit zu schenken. Aaro erkannte für einen flüchtigen Moment, dass er und Niko jetzt die Gelegenheit hatten, in der Dunkelheit zu verschwinden. Aber eine undefinierbare Kraft zog Aaro in den düsteren Gang. Und gleich darauf hörte er hinter sich das nervöse Atmen von Niko.

Der Schlund hinter der offenen Holztür schluckte die vier Eindringlinge. Der Gang war so breit und hoch, dass er mit einem Lkw befahrbar gewesen wäre.

Aaro hörte Sand unter seinen Schuhen knirschen, außerdem schien ein Gleis in den Berg hineinzuführen. Er fragte sich, ob er das Richtige machte oder ob er gerade dabei war, auf die Seite der Finsternis zu wechseln. Wenn aber das Gold niemandem gehörte und wenn niemand wusste, dass es existierte, war es dann falsch, die Gelegenheit zu ergreifen? Wie konnte man etwas stehlen, das niemandem gehörte?

Sie erreichten eine weitere riesige Eisentür, die knirschend aufging, wobei Rost auf den Boden rieselte. Grubers große Maglite warf einen hellen Lichtschein in den Raum. Auch hier tanzten die Staubteilchen in der Luft. Der muffige Geruch schlug Aaro auf den Magen, weshalb er die ersten Schritte widerwillig machte. Niko hatte nun auch seine Lampe eingeschaltet. Aaro hörte ein verblüfftes Aufseufzen und sah, wie Nikos Kinnlade herunterklappte, so weit, dass gleich darauf ein Husten folgte, weil ihm Staub in die Atemröhre drang.

Nur einen Moment später starrte auch Aaro auf die

Reihe der Standarten, deren blutrote Farbe durch die dicke Staubschicht schimmerte. Mitten auf jeder Fahne befand sich ein weißer Kreis, der ein schwarzes Hakenkreuz umschloss.

Aaro konnte den Blick nicht von den blutroten Fahnen wenden, die bei den gewaltigen Versammlungen der Nazis getragen worden waren. Auf den Spitzen der Standarten breiteten Adler die Schwingen aus und starrten grausam herab, als warteten sie darauf, dass sie durch eine Berührung zum Leben erweckt wurden. Niko trat näher und schüttelte den Staub von einer Fahne, die dabei scheppernd umfiel. Gruber drehte sich abrupt um und richtete das Licht auf Nikos Gesicht, das sofort rot anlief. Er stellte die Standarte wieder an ihren Platz, wobei er das Husten unterdrückte, das der Staub auslöste.

Gruber blieb vor einer großen Truhe stehen. Aaro erkannte unter der Staubschicht die Gestalt eines schwarzen Adlers. Der Deutsche griff nach dem Stemmeisen, das an der Truhe lehnte, und entfernte damit die Metallhalterungen vom Holz. Das war nicht sonderlich schwer, denn das morsche Holz splitterte schon bei dem geringsten Druck. »Was glaubt ihr, was da drin ist?«, fragte Gruber.

»Die Bundeslade!«, rief Niko begeistert aus und ließ sofort einen kleinen stöhnenden Laut folgen, weil Aaro ihm einen Tritt gegen das Knie verpasste.

Der Deutsche schmunzelte leicht verächtlich und nahm den Deckel von der Truhe.

Aaro ging näher heran. »Waffen?«, stammelte er und

blickte kurz auf Niko, der sich mit schmerzverzerrtem Gesicht das Knie rieb.

»Perfekt gefettet, voll gebrauchsfähig«, sagte Gruber und berührte das kalte, glänzende Metall einer alten Maschinenpistole.

Dann gingen die vier an aufeinandergestapelten Kisten vorbei weiter. Die Lagerhalle wurde größer, die Schatten der Eindringlinge nahmen die Ausmaße von Riesen an. Gruber und Achim gingen voran.

Aaro und Niko sahen sich an. Sie wussten beide, dass dies vielleicht die letzte Gelegenheit zur Flucht sein würde. Aber jetzt brachte sie nichts mehr dazu umzukehren. Ihnen gehörten fünf Prozent von all dem, was sich in den Tiefen der Höhle befand, und Aaro hatte unbedingt vor, seine Ansprüche durchzusetzen. Er zerbrach sich gar nicht erst den Kopf darüber, was er tun würde, falls Gruber ihren Vertrag plötzlich für nichtig erklären würde. Irgendwie hatte Aaro aber das Gefühl, dem Deutschen trauen zu können.

Nach einem flachen Anstieg erreichten sie ein morsches Tor aus Eichenholz, das mit Riegeln und Beschlägen verstärkt war. Auf das Tor war ein Pappschild genagelt worden, auf dem kurz und bündig ZUTRITT STRENG VERBOTEN stand. Ein Schlüsselloch gab es nicht, die Tür hatte nur eine Klinke.

In fast schon religiöser Verzückung griff Gruber nach der Klinke und öffnete die Tür. Aaro spürte, wie ihm schwindlig wurde, wie ihm die Luft auszugehen drohte, er ging kurz in die Hocke und stand dann langsam wieder auf. Niko packte ihn am Arm und zog ihn weiter.

Hinter der Tür war die Luft noch schwerer als im vorderen Teil der Höhle. Aaro roch Rost, Metall und Brennöl. Trockener Kies knirschte unter seinen Schuhsohlen. Die Lichtstrahlen aus Grubers und Achims bläulichen LED-Lampen schwirrten hin und her. Dann nahm Gruber wieder die große Maglite und ließ ihren massiven Lichtkegel über die Höhlenwände wandern.

Sie befanden sich in einem Raum, der in den Fels gehauen worden war und etwa fünfzehn Meter lang, zehn Meter breit und vier Meter hoch war. Genau in der Mitte standen zwei schwarze Lastwagen der Marke Opel Blitz, Vorkriegsmodelle, die jemand vor langer Zeit dort hingefahren hatte. Auf den Ladeflächen aus Holz lagen flache Kisten. Beide Fahrzeuge waren von einer feinen silbergrauen Staubschicht überzogen. Die Luft in diesem Teil der Höhle war trocken, nirgendwo sah man Rost.

Nikos Lippen entwich ein Pfiff der Bewunderung. Er schien auszurechnen, was diese antiken Laster wert waren. Aaro wiederum merkte, wie sich sein Mund zu einem Lächeln verzog, denn wenn die Holzkisten so flach waren, hieß das, dass sie eine unwahrscheinlich schwere Last enthielten, vor allem weil es nicht allzu viele Kisten waren. Und einer der schwersten Stoffe der Welt war Gold, Objekt der Eitelkeit und der Habgier des Menschen – und jetzt schien es auch seinen Kopf durcheinanderzubringen.

Gruber sprang behände auf die Ladefläche des einen Fahrzeugs, Achim auf die andere. Gold, dachte Aaro. Gold war wirklich schwer, sein spezifisches Gewicht betrug 19,3 Kilo, erinnerte er sich. Er hätte nie gedacht, dass diese Information aus dem Physikunterricht ihm einmal im wirklichen Leben nützlich sein könnte. Die Menge Gold, die in eine Literpackung Milch passte, wog mehr als elf Kilo. Und es war formbares Metall: Ein Gramm Gold konnte man zu einem Draht von über zwei Kilometern ziehen. Es war der Rohstoff, dessen Preis bei einer Wirtschaftskrise immer am höchsten stieg. Es war das Element, auf dessen Wert man vertraute.

»Hier sind sechs Kisten drauf, jede hat fünfzehn Kilo, macht zusammen neunzig Kilo«, sagte Gruber mit vor Aufregung bebender Stimme.

Achim rief von der Pritsche des anderen Lasters: »Hier steht eine Kiste mit zehn Kilo. In den anderen fünf liegen Mappen und Altpapier.«

»Komm her, mein Junge«, rief Gruber und meinte Aaro. Nach wie vor schien der Deutsche am liebsten mit Aaro zu reden. An Niko richtete er so gut wie kein Wort und auch mit seinem Leibwächter sprach er nur das Nötigste. Aaro konnte nicht anders: Er fühlte sich ein bisschen geschmeichelt.

Er sprang auf die Ladefläche und sah in Grubers triumphierende Augen. Der Mann hatte mit seinem Jagdmesser den Deckel von einer Kiste entfernt und hielt nun einen Goldbarren in der Hand.

Aaro schluckte. Sein Blick fiel auf die Prägung des

Barrens: ein Hakenkreuz. In dem Moment schoss Aaro ein Gedanke in den Kopf, der allem den Boden entzog. Er konnte das Gold auf keinen Fall annehmen. »Was für Gold ist das?«, fragte er. »Wo haben die Nazis das geraubt? Ich will nichts zu tun haben mit …«

»Beruhige dich. Das hier ist offizielles Gold aus dem Bestand der Deutschen Reichsbank und schon vor dem Krieg angeschafft worden.« Gruber sprach ganz sachlich, wie zu seinesgleichen. Aaro wusste nicht, ob er deswegen stolz sein oder sich schämen sollte.

»Also sozusagen ›sauberes‹ Gold«, fügte Gruber hinzu und legte den Barren in die Kiste zurück. »Mein Vater Heinrich war bei der Reichsbank angestellt«, sagte er sentimental. »Das hier ist niemandem geraubt worden und es gehört auch niemandem. Es gehörte dem Deutschen Reich, das im Nebel der Geschichte versunken ist. Und zwar verdientermaßen.«

Aaro leckte sich die trockenen Lippen und versuchte den Blick von dem matt glänzenden Metall zu wenden. Über dem Hakenkreuz der Nazis waren das Adlerwappen und die Inschrift REICHSBANK 1936 in jeden Barren geprägt. »Wie viel ist ein Barren … denn wert?«

»Der Weltmarktpreis beträgt zurzeit ungefähr siebenhundert Dollar pro Unze. Eine Unze entspricht in etwa einunddreißig Gramm. Aber es heißt, der Goldpreis würde noch auf mehrere Tausend Dollar pro Unze steigen … Wir sollten jetzt aber keine Zeit vergeuden und die Ladung nach draußen schaffen.«

Aaro führt im Kopf eine schnelle Rechnung durch. Ein

Kilo Gold war also ungefähr 22 500 Dollar wert. Und fünf Prozent von hundert Kilo waren fünf Kilo. Damit würde Nikos und sein Anteil etwa 112 000 Dollar betragen ... In Euro wären das immer noch mehr als 75 000!

Wie berauscht betrachteten alle das Gold. Dann sagte Gruber leise, mit glänzenden Augen: »Es gibt bleibende Werte auf der Welt und einer davon ist Edelmetall. Dieser Schatz hier erinnert mich an das Rheingold, das Siegfried den Niebelungenzwergen raubte ... Siegfried hatte einen Mantel, der ihn unsichtbar machte, und er war unverwundbar, weil er im Blut des Drachen gebadet hatte. Nach schlimmen Kämpfen gelang es Hagen dennoch, Siegfried zu töten. Der Schatz versank im Rhein, wo er nie gehoben werden konnte.«

Ziemlich Harry-Potter-mäßig, schoss Aaro durch den Kopf, aber das sagte er lieber nicht. »Das klingt ein bisschen nach dem Raub des Sampo im finnischen Nationalepos«, bemerkte er stattdessen. »Das Sampo war eine Geldmühle, die am Ende in den Fluten versank. Und die Unverwundbarkeit durch Drachenblut erinnert an die Unverwundbarkeit des Achilles, als er ins unsterblich machende Wasser des Styx getaucht wurde. Nur die berühmte Ferse, an der er während der Taufe gehalten wurde, blieb verwundbar.«

Gruber warf ihm einen Blick zu. Aaro glaubte darin einen Funken von Wertschätzung zu erkennen. Dann aber richtete der Deutsche den Blick wieder auf das Gold. »Vergessen wir die alten Geschichten. Das hier ist gewöhnliches, in Form von Steuern und Geschäftsgewinn entstandenes Vermögen der Reichsbank, umgetauscht in Gold«, sagte Gruber und ächzte, als er einen weiteren Barren aus der Kiste nahm. »Das geht eindeutig aus den Unterlagen meines Vaters hervor.«

Gruber nahm weitere Barren aus der Holzkiste. Aaro fiel ein, dass es wesentlich praktischer wäre, mit dem Geländewagen in die Höhle zu fahren. Das Auto könnte gerade so durch die Tür passen, wenn man den morschen Rahmen entfernte.

Der Deutsche hielt inne und sagte geistesabwesend: »Schon die Ägypter schlugen vor viertausend Jahren Münzen aus Gold. In alten Zeiten wurde es in Ungarn, Spanien, Irland, dann in Amerika abgebaut … Gold ist ewig. Denk nur an die goldene Totenmaske des Agamemnon, die die Gesichtszüge des antiken Helden bewahrt, obwohl das Fleisch verwest ist und die Knochen zu Staub zerfallen sind.«

Gruber schien davon auszugehen, dass Aaro wusste, wer Agamemnon war, was Aaro schmeichelte. Und tatsächlich hatte er über diese Geschichte schon mal etwas gelesen.

»Auch wenn wir eigentlich nicht wissen, wer der wirkliche Träger jener Totenmaske war. Viele haben in ihm aber den legendären Agamemnon sehen wollen«, fuhr Gruber fort. »Das sagt einiges über uns Menschen. Wir verlangen nach Helden, vergessen aber leicht, dass wir selbst welche werden können.«

Aaro stellte erstaunt fest, dass unter Grubers harter Schale ein echter Romantiker steckte. Plötzlich fuhr der

Deutsche aus seinen Gedanken auf und hievte ungeduldig den nächsten Barren aus der Kiste.

»Tempo! Ich will den Schatz nicht hier zurücklassen.« Alle Schwärmerei war einem kalten Unterton gewichen. »Weißt du, wie viele Leute im Lauf der Jahrzehnte hinter diesem Gold her gewesen sind? Achim, wir gehen.«

Gruber schloss den Deckel der Kiste und sagte noch einmal: »Achim …«

Er sah sich um und ließ den Kegel seiner Lampe durch den Raum hüpfen. Plötzlich richtete er sich auf. Er wirkte sehr ernst. »Achim, wo bist du?«

Sein Handlanger war nirgendwo zu sehen.

»Was ist?«, fragte Aaro, nun selbst besorgt.

Er sprang von der Ladefläche des Lkw. Die steinernen Säulen, die die Decke stützten, warfen gespenstische Schatten an die Wände. Wo war Niko? Gerade noch hatte er auf dem Trittbrett des einen Lasters gestanden und bewundernd ins Fahrerhaus geschaut. Aaro fragte sich, wie lange er zusammen mit Gruber vom Zauber des Goldes gebannt auf der Ladefläche gesessen hatte. Und wo steckte Achim, der die Pistole mit dem langen Lauf bei sich trug?

»Niko!«, schrie Aaro, aber seine Stimme hallte von den Wänden und der Decke wider, ohne eine Antwort zu erhalten.

»Achim! Wo bist du?«, brüllte Gruber, nun bereits äußerst angespannt.

Keine Antwort.

31

Aaro ging um den Laster herum. In der zwei Meter breiten Lücke zwischen Fahrzeug und Wand wäre er fast über Niko gestolpert, der dort auf dem Bauch lag. Sein Freund sah aus, als würde er schlafen. Panisch drehte Aaro ihn auf die Seite, bemerkte erleichtert, dass Niko atmete, und schaute sich um. Es war niemand zu sehen. Niko wies auch keine Spuren von Gewalt auf.

Etwas ging hier vor. Niko hatte nicht die Angewohnheit, plötzlich einzuschlafen, auch wenn er ein außergewöhnlicher Morgen- und Abendmuffel war. Aaro betastete Hals und Nacken seines Freundes, dann glitten seine Finger über die Stelle, wo der Nacken in den Schultermuskel überging. Da war etwas Hartes.

Aaro zog sein Schlüsselbund aus der Tasche und knipste die LED-Lampe an. In Nikos Nacken steckte eine Metallnadel, kaum größer als der Dorn einer Rose, aber mit einem winzigen Plastikschweif versehen.

Aaro erschrak.

Genau so ein Ding hatte er vor einem Jahr auf einer Waffenausstellung von Europol gesehen, zu der ihn sein Vater mitgenommen hatte. Es stammte aus einem Betäubungsapparat, mit dem man kleine Nadeln auf den

Gegner schoss, die lähmende Elektroschocks abgaben. Sie sollten eigentlich nur kurz lähmen und der Polizei Zeit zum Handeln geben. Aber Niko hatte komplett das Bewusstsein verloren. Aaro fuhr mit dem Finger über Nikos Hinterkopf. Genau – dort war eine große Beule zu spüren. Aber zum Glück kein Blut. Plötzlich gab Niko einen Ton von sich und versuchte, den Kopf zu drehen. Er kam zu Bewusstsein. Karate nützte also offenbar nichts, wenn man die Wachsamkeit vergaß.

Auf der anderen Seite des Lastwagens knirschte der Kies. Aaro hörte, wie Gruber nach Achim rief. Immer deutlicher war Besorgnis und sogar Angst aus der Stimme des Mannes herauszuhören. Das war neu bei dem Deutschen.

Aaro spähte hinter dem Tank hervor und sah zwei Beine. Das musste Achim sein. Aaro erkannte die schwarzen Jeans und die hellen Schuhe. Achim stand unbeweglich auf der Stelle, er schien auf etwas zu warten. Gruber rief von der Pritsche des Lastwagens nach ihm, aber Achim antwortete nicht. Was hatte das zu bedeuten?

Vom Gang her näherten sich die schnellen Schritte von zwei Personen. Gruber fluchte. Aaro spähte hinter einem Rad des Lkw hervor. In der Tür standen zwei dunkelhaarige, italienisch aussehende Männer. Achim lief zu ihnen.

Dann fiel ein Schuss, prallte von einer der Wände ab, sirrte wie ein wütendes Insekt und ließ Steinbröckchen von einem Pfeiler rieseln. Die drei Männer verschwanden hinter der Türöffnung. Aaro hörte Gruber ein weiteres Mal auf der Ladefläche schimpfen.

»Achim … Lorenzo und Giuliano! Verdammt! Was für Verräter!«

Aaro versuchte zu begreifen, was hier vorging, während er dem langsam zu sich kommenden Niko half, sich aufzusetzen.

»Kommt raus, ihr Ratten!«, brüllte Gruber und feuerte noch einen Schuss ab. »Hier ist Gift für euch!« Der dumpfe Knall hallte durch das Gewölbe und die Kugel schlug irgendwo in der Dunkelheit ein, ohne ihr Ziel zu treffen. Falls es überhaupt eines gegeben hatte. Aaro wunderte sich, wieso Waffen in Wirklichkeit nicht genauso Feuer spuckten wie in Actionfilmen. Der Lauf der Pistole zuckte nur durch die Kraft des Rückstoßes und eine kleine Rauchsäule begleitete die Kugel. Nur das wütende, schnappende Geräusch einer echten Kugel war wesentlich bedrohlicher und tödlicher, als es die prallen Toneffekte aus Hollywood vermittelten. Aaro duckte sich tiefer, um nicht von einem Querschläger getroffen zu werden.

Eine fremde Stimme rief mit italienischem Akzent: »He, Gruber, du glaubst, du bist schlauer als Achim, aber weißt du was? Er ist schlauer als du.« Der Mann blieb hinter der Biegung des Ganges verborgen. »Deine Idee, uns bei der Polizei anzuzeigen, gefällt uns gar nicht. Du hast dein Versprechen gebrochen. Wirf den Revolver weg und komm mit erhobenen Händen runter!«

Der Deutsche antwortete mit zwei Schüssen, die quälend lange mit dumpfem Widerhall und scharfen Pfiffen zwischen den Wänden hin und her sprangen. Aaro hörte, wie Gruber seinen Revolver nachlud. Die alten Hülsen fielen neben Niko zu Boden und verbreiteten das scharfe Aroma einer wirklich brenzligen Situation.

Die anderen erwiderten das Feuer aus der Deckung einer Säule heraus. Die Schüsse hallten ohrenbetäubend von den Wänden der Felsenhalle wider und die Querschläger verursachten kleine Funken, die sich in den Goldbarren spiegelten.

Gruber feuerte pausenlos mit seinem massiven Revolver und duckte sich zwischendurch, um sich vor den Querschlägern seiner eigenen Schüsse zu schützen. Ein wahrer Hülsenhagel regnete auf die Jungen herab. Allmählich wurde die Lage fatal.

Achim versuchte, auf das Licht zu zielen, das auf der Ladefläche des Lkw umhertanzte, auf Grubers Stirnlampe, aber der alte Mann war ständig in Bewegung. Der Wechsel ins Lager der Italiener war wohlüberlegt gewesen – zwar schmerzhaft, da er Gruber eigentlich nicht hintergehen wollte, aber unvermeidlich, weil er mit Lorenzo und Giuliano die Möglichkeit hatte, wesentlich besser an der Aktion zu verdienen. Gruber war sein Mentor gewesen. Indem er ihn jetzt bezwang, zeigte er da nicht, dass er über seinen Lehrer und Wohltäter hinausgewachsen war? Ihm daher sogar zur Ehre gereichte? Achim musste lachen. Normalerweise war Gruber derjenige, der solches Zeug von sich gab.

Außerdem hatte der Alte eindeutig nicht mehr alles im Griff. Die Tatsache, dass er die finnischen Rotznasen an der Beute beteiligen wollte, hatte das Fass zum Überlaufen gebracht. Achim hatte aus dem Kunstraub nicht einen Cent gewonnen und jetzt sollte er das Gold mit neugierigen Schlaumeiern teilen! Die Entscheidung zum Seitenwechsel hatte er zwar schon wesentlich früher getroffen, die Ereignisse dieses Tages hatten sie aber besiegelt. Es versetzte ihm einen Stich, dass Gruber den Jungen für voll nahm und ihn für einen holzköpfigen Muskelprotz hielt, ungefährlich und berechenbar …

Aaros Gehirn surrte auf Hochtouren. Wie konnten sie nach draußen kommen? Wie viele Männer warteten vor der Eichentür? Entsetzt sah er Niko an, der zum Glück bei Bewusstsein, aber immer noch total gelähmt war.

Plötzlich trat eine Feuerpause ein und die Tür flog krachend zu. Grabesstille breitete sich im Felsensaal aus. Sie waren eingesperrt, es gab keinen zweiten Ausgang, nur die Felswände, die zum Teil mit Backstein ausgemauert waren. Die Beklemmung nahm zu, Aaro sehnte sich immer stärker nach frischer, kühlender Alpenluft.

Er schaute nach oben, sah an der Decke aber nichts als einen schmalen Belüftungskanal von einem halben Meter Durchmesser. Nur ein Zirkusakrobat käme auf diesem Weg ins Freie, außerdem wusste man nicht, worauf man oben stoßen würde. Wohl kaum auf ein Loch, durch das ein Mensch passte.

Aaro hörte Gruber auf dem Lkw im Befehlston nach

ihm rufen, aber er wagte nicht, sich zu bewegen, denn er konnte die Tür nicht richtig sehen. Der Lkw stand mit dem Heck zur hinteren Wand. In seinem Schutz stieg Gruber von der Ladefläche.

Wenig später stand er neben Aaro und Niko. Er atmete schwer und hielt eine Smith & Wesson Police Special in der Hand. Aaro nahm den stechenden Schweißgeruch des Deutschen wahr, der auf den zu Bewusstsein gekommenen Niko schaute, dessen Nacken betastete und dann mit einer schnellen Bewegung die Betäubungsnadel herausriss. Niko stöhnte auf.

»Ein Elektropfeil, wie ihn die Polizei benutzt. Der ist jetzt nicht mehr gefährlich«, sagte Gruber. Seine Stimme klang ruhig, sein Blick ging zur Tür. Dort war niemand zu sehen.

»Wer sind die Leute?«, fragte Aaro außer Atem und mit leicht zitternder Stimme. Durch den Lärm der Schüsse waren seine Ohren zugegangen, er riss weit den Mund auf und schluckte mehrmals, um sie wieder aufzubekommen.

»Kleine italienische Gauner. Sie haben das Bild im Vatikan gestohlen. Achim hat anscheinend die Seite gewechselt … Wir müssen hier raus, aber das könnte recht schwierig werden. Ein Jammer, dass die Fahrzeuge nicht mit Waffen beladen sind. Was ist auf der Pritsche des zweiten Lkw?«

»Achim hat gesagt, außer einer Kiste Gold nur irgendwelcher Papierkram.«

»Wir müssten mit den Kerlen verhandeln«, sagte

Gruber. »Aber ich fürchte, das wird uns nicht gelingen. Mit miesen kleinen Gaunern kann man nämlich nicht vernünftig reden.«

»Immerhin haben wir zwei Autos«, sagte Niko matt.

Sein Kommentar sorgte für kurze Stille.

»Meinst du, die springen an?«, fragte Aaro vorsichtig.

Niko warf ihm einen verächtlichen Blick zu. »Na, das glaub ich kaum, bei sechzig Jahre alten Batterien. Aber der Boden hier ist abschüssig, und zwar zum Eingangstunnel hin. Die Laster haben Backsteine unter den Rädern, damit sie nicht wegrollen. Auch wenn die Motoren nicht anspringen, kann man die Fahrzeuge aus der Höhle rollen lassen, wenn nötig.«

Aaro und Gruber blickten zur Tür. Niko hatte recht, der Boden fiel leicht in Richtung Tür ab und von dort führte das Gefälle weiter in den Gang, bis hinunter zur Eingangstür. Die Leute, die den Schatz versteckt hatten, hatten sich alles genau überlegt. Gold war ein schweres Metall, wenn man es mit bloßer Muskelkraft ins Freie tragen wollte, würde das eine kleine Ewigkeit dauern. Aaro schaute auf seinen Freund und war seltsam stolz auf ihn. Gleichzeitig schämte er sich für alle früheren abfälligen Gedanken.

»Und die Reifen? Da ist doch bestimmt keine Luft mehr drauf?«, fragte Aaro und kassierte dafür einen verächtlichen Blick von Niko. Wie es aussah, war er jetzt derjenige, der sich zur Überheblichkeit hinreißen ließ.

»Die sind aus synthetischem Vollgummi. Im Krieg hat Deutschland kein Kautschuk mehr aus Asien bekommen, weshalb Gummi künstlich hergestellt wurde, unter anderem aus Öl. Die Laster hier sind wahrscheinlich eher für den kurzen Erdtransport gebaut worden als für lange Fahrten über die Landstraße.«

Aaro übersetzte Gruber, was Niko gesagt hatte, und der Deutsche nickte zustimmend. »Hol die Barren von dem Auto drüben und bring sie hierher«, sagte er zu Aaro. »Ich passe auf, dass nicht geschossen wird.«

Aaro drehte sich zu dem Lkw um, der hinter ihnen stand. Neben der Fahrertür führte eine dünne Leiter auf die Pritsche. Aaro kletterte die Leiter hinauf, so schnell er konnte. Er hatte panische Angst, dass jeden Moment Schüsse fielen. Wie oft war er beim Spielen mit der PlayStation vor Kugeln geflohen und wie viel schlimmer fühlte sich das jetzt an … Auf der Ladefläche warf er sich auf den Bauch. Er hörte nichts. Schwer keuchend hob er den Kopf und stellte fest, dass er sich von der Tür aus gesehen im toten Winkel befand.

Das Gold war in einer Kiste verstaut, vier Barren zu zweieinhalb Kilo, alle mit dem Adlerwappen versehen. Aaro stemmte die Barren über den Rand der Ladefläche und bedauerte wieder einmal, dass er es versäumt hatte, sich ein paar Muskeln anzutrainieren. Der Schweiß lief ihm in Strömen übers Gesicht und seine Hände zitterten unkontrolliert, als er den letzten Barren über Bord warf. Aaro hasste Schweiß, er hielt ihn für so etwas wie das Gegenteil vom Denken. Dennoch war auch ihm schon aufgefallen, dass ihm die besten Gedanken kamen, nachdem er sich körperlich bewegt hatte.

Seine Hände zitterten noch immer von der Anstrengung, als er die anderen Kisten unter die Lupe nahm. Sie enthielten hauptsächlich graue Mappen voller vergilbter, mit Schreibmaschine beschriebener Blätter. Der Inhalt einer Kiste weckte Aaros Aufmerksamkeit: zwei in Leder gebundene Alben mit Briefmarken. Der ehemalige Philatelist in ihm war sogleich hellwach, aber jetzt war keine Zeit, um Marken zu studieren. Konnte das am Ende gar die Sammlung von Adolf Hitler sein oder ein Teil davon? Sie enthielt eine äußerst umfassende Kollektion von Marken des britischen Imperiums. Aaro warf die Alben direkt auf die Ladefläche des anderen Lkws und stieg dann von der Pritsche.

»Wir müssen uns unbemerkt in Bewegung setzen, ohne Lärm zu machen. Hoffentlich reicht das Gewicht des Wagens aus, um genügend zu beschleunigen«, flüsterte Gruber.

»Darf ich fahren?«, erkundigte sich Niko in plötzlich verblüffend deutlichem Englisch.

Gruber nickte. »Der gefährlichste Platz ist der am Steuer. Aber einer muss dort sitzen.«

Niko sah aus, als hätte er seinen Vorschlag am liebsten rückgängig gemacht, aber sein Mut hielt, auch wenn er eindeutig zwischen Stolz und Angst zu kämpfen hatte. Sie luden die Goldbarren, die Aaro auf den Boden geworfen hatte, ins Führerhaus des Lasters und kletterten hinein. Drinnen roch es nach Ledersitzen und altem Öl. An der Tür regte sich weiterhin nichts.

Niko stieg zunächst nicht ein, sondern kickte die Backsteine unter den Vorderreifen weg und sprang erst dann auf den Fahrersitz. Die Wagentür schlug zu und im selben Moment setzte sich der Lastwagen knirschend in Bewegung. Jetzt gab es kein Zurück mehr.

»Pass auf, die Lenkung ist wahrscheinlich sehr steif«, sagte Gruber und duckte sich noch ein Stück tiefer.

Das Auto kam langsam, sehr langsam ins Rollen. Niko steuerte auf die Tür zu. Vorhin war sie mit einem Knall zugeschlagen, aber nicht ins Schloss gefallen und darum wieder aufgegangen. Es war aber keineswegs sicher, dass der Laster hindurchpasste.

Langsam, aber sicher nahmen sie Fahrt auf. Die Vollgummiräder gaben schmatzende Geräusche auf dem Steinboden von sich, das ganze Gefährt schwankte. Niko richtete den Blick gerade nach vorne und Aaro klammerte sich am Sitz fest. Gruber wollte etwas sagen, wurde aber unterbrochen, als er den Mund aufmachte: Von der Tür wurde der erste Schuss abgefeuert.

Sie duckten sich. Die Geschwindigkeit nahm zu. Gruber feuerte in die Richtung, aus der der Schuss gekommen war. Unmittelbar vor der Tür legte Niko den zweiten Gang ein und ließ die Kupplung kommen. Die Zündung mühte sich, dann hörte man ein dumpfes Klacken, ein Knurren und nach kurzem Husten sprang der Motor an. Niko trat aufs Gas und brüllte: »Deutsche Wertarbeit!«

Mit vollem Tempo brauste der Laster los, sein Motorengeräusch übertönte den Lärm der Schüsse. Aaro sah, wie auf einer Seite der morsche Türrahmen zersplitterte.

Ein Mann schien vor dem Laster davonzurennen, so schnell er konnte, ein anderer drückte sich an die Tunnelwand, um nicht von den Hartgummireifen zermalmt zu werden.

Niko trat aufs Gas und ließ den Motor aufheulen. Der Tunnel füllte sich mit blauem Abgas, das auch ins enge Führerhaus eindrang. Aaro hörte den Deutschen neben sich wie wild lachen. War er nun endgültig verrückt geworden?

»Damit haben sie nicht gerechnet, die kleinen Gauner!«, rief Gruber über den Motorenlärm hinweg.

Innerhalb weniger Sekunden waren sie die Rampe zum äußeren Tor hinuntergefahren.

»Tritt auf die Bremse!«, schrie Aaro, aber Niko gab weiter Gas und stimmte in Grubers wahnsinniges Gelächter ein. Allein Aaro verstummte und drückte sich immer tiefer in den Sitz, während sie auf das geschlossene Tor zurasten.

Als die wuchtige Stoßstange des Lasters das rostige Tor traf, brach es auseinander. Das Kreischen und Knirschen des Metalls klang in Aaros Ohren nach, als sich vor ihnen der Höhlenraum weitete. Die Räder zitterten auf der Fahrt über die Steinplatten.

Nur wenig später stießen sie in die schwarze Nacht hinaus. Durch das halb geöffnete Seitenfenster blies der Alpenwind und vertrieb die Abgase aus dem Führerhaus. Weiter ging die donnernde Fahrt, der Laster knarrte und quietschte auf der holprigen, abschüssigen Wiese. Dreißig, vierzig Meter entfernt kam ein Abgrund. Davor bog der Wiesenweg nach links ab. Niko trat auf die Bremse, aber es war keine Wirkung zu spüren.

»He, ich trete das Bremspedal bis zum Anschlag durch, aber nichts tut sich. Das lange Stehen scheint sich bemerkbar zu machen …«

Das Tempo wurde beängstigend hoch. Im Mondlicht kam der Abgrund immer näher. Niko schaltete in den ersten Gang runter und der Motor heulte auf.

»Du musst mit dem Motor bremsen!«, rief Gruber und zum ersten Mal klang Panik bei ihm durch.

»Das tue ich die ganze Zeit«, antwortete Niko ruhig und drehte mit aller Kraft am Lenkrad. Das Fahrzeug neigte sich gewaltig in die Kurve und raste nun auf Grubers Geländewagen zu. Das Tempo nahm ein wenig ab, aber trotzdem wurde der Abstand zum Mercedes im Nu kleiner.

»Bremsen!«, schrie Gruber, obwohl allen klar war, dass die Bremsen nicht funktionierten.

Aaro umklammerte den Rand des Sitzes, denn der Zusammenprall mit dem Geländewagen war unvermeidbar. Platz zum Ausweichen gab es nicht. Niko tat trotzdem alles, um den Laster auf die links ansteigende Böschung zu lenken. Das gelang ihm und das Tempo nahm schlagartig ab. Trotzdem stieß der Laster mit der Stoßstange gegen den Geländewagen. Man hörte ein scharfes, metallisches Krachen, alle drei Insassen wurden nach vorne geschleudert, dann blieb das Fahrzeug abrupt stehen.

Es wurde kein Wort gesprochen, alle sprangen sofort aus dem Wagen.

»Mit dem kann man noch fahren«, sagte Niko, nachdem er den Kühlergrill des Geländewagens begutachtet hatte.

Gruber hatte bereits die Tür aufgemacht und sich ans Steuer gesetzt. Er drehte den Zündschlüssel und der Motor sprang anstandslos an. »Ladet die Barren um, aber schnell!«, rief er und sprang mit dem Revolver in der Hand aus dem Wagen. »Ich passe auf, dass wir nicht überrascht werden.«

Er rannte in Richtung Höhle zurück, sein Revolver blitzte im Mondlicht auf.

Das bittere Aroma der Abgase brannte an Aaros Gaumen, doch zum Glück füllte der nächtliche Alpenwind die Lungen mit klarer Luft. Er atmete tief und fühlte sich fast wie ein Held, obwohl die Gefahr noch längst nicht vorbei war.

»Tempo!«, trieb Niko ihn an. Er war bereits auf die Ladefläche geklettert. Wie es aussah, war er durch die Situation schlimm überdreht, aber Aaro lief schließlich auch nicht gerade auf Untertouren.

Beim Umladen der Goldbarren hörten sie in der Nähe der Höhle einen Schuss. Beide hielten inne.

Nur ein einziger Schuss.

»Das war Grubers Revolver«, sagte Niko. »Bestimmt ein Warnschuss, damit die Typen keine Dummheiten machen.«

So schnell sie konnten, stapelten sie die Barren, mit brennenden Muskeln und strömendem Schweiß, und zwischendurch blickten sie immer wieder nervös in Richtung Höhle.

Endlich kam Gruber angerannt und erst da begriff Aaro, dass er mit Niko etwas von dem Gold hätte beiseiteschaffen können. Oder doch nicht, denn der Deutsche hatte die Barren ja gezählt. Und überhaupt – wenn sich jemand auf Aaro verließ, wollte er dieses Vertrauen auch nicht enttäuschen. Oder war das Vertrauen eines Menschen, der sich in kriminelle Machenschaften verstrickt hatte, irgendwie weniger wert? Nein, das kam Aaro nicht logisch vor.

»Fahren wir, bevor sie merken, dass ich nicht mehr am Höhleneingang bin«, kommandierte Gruber.

Die Italiener waren sich ihres Sieges anscheinend sicher gewesen, denn sie hatten ihren Wagen neben dem Mercedes geparkt. Niko ging vor einem der Vorderräder in die Hocke und sagte zu Aaro: »Hilf mir. Wir lassen die Luft raus. Das wird sie zu einer Wanderung zwingen.«

Aaro schraubte an einem Hinterrad die Ventilkappe ab und drückte auf den Dorn. Die Luft zischte aus dem Reifen. Gruber kümmerte sich um den zweiten Vorderreifen, den Blick immer auf die Höhle gerichtet, die Waffe in der Hand.

Anschließend sprangen sie in den Geländewagen, den Gruber in mehr als zügigem Tempo steuerte, obwohl ein Vorderlicht nicht brannte und der Kotflügel böse eingedrückt war.

»Hoffentlich fängt der Kühler nicht an zu lecken«, sagte Niko auf Finnisch. »Dann ist die Fahrt nämlich zu Ende.«

Gruber hatte entweder nicht gemerkt, dass Finnisch

gesprochen wurde, oder aber er hatte keine Lust mehr, sich darüber aufzuregen. Stattdessen konzentrierte er sich aufs Fahren und fasste kurz die Lage zusammen. Achim und die Italiener hatten nicht mit einer Flucht per Lastwagen gerechnet. Sie hatten versucht, ihnen aus der Höhle zu folgen, worauf Gruber einen Warnschuss abgab. Jetzt wussten sie, dass sie nicht einfach aus der Höhle stürmen konnten. Und mit ihrem Wagen würden sie erst wieder fahren können, nachdem sie die Reifen aufgepumpt hätten.

Aaro atmete tief auf, als Gruber auf die asphaltierte Bergstraße einbog und aufs Gas trat. Draußen huschte die nächtliche Alpenlandschaft vorbei, und je dichter die Besiedlung wurde, umso mehr Lichter brannten, die von menschlichem Leben kündeten.

32

Aaro und Niko saßen in antiken Ledersesseln in Dietrich Grubers Arbeitszimmer. Ihre Kleider hatten gelitten und ihre Hände waren schmutzig. Staunend betrachteten sie die beiden Goldbarren, die auf dem Perserteppich lagen.

Aaro schlug das Herz bis zum Hals. Vor ihm lagen fünf Kilo Gold im Gesamtwert von über hunderttausend Euro.

Gruber stand hinter dem Schreibtisch und packte Unterlagen in seine schweinslederne Aktentasche. Aaro konnte erkennen, dass der Deutsche auch einen argentinischen Pass einsteckte.

»Ich möchte mich bei euch bedanken, Jungs«, sagte Gruber. »Fünf Kilo sind meiner Meinung nach ein gutes Honorar für eure Arbeit. Zugleich bitte ich um Verzeihung dafür, dass ihr in Lebensgefahr geraten seid, aber ich konnte nicht ahnen, dass sich Achim heimlich mit den Italienern verbündet hatte. Trotzdem müssen wir uns jetzt beeilen, wir dürfen uns auf unserem geringen Vorsprung nicht ausruhen.«

Bereits vor der Grenze hatte Gruber telefonisch der österreichischen Polizei einen anonymen Hinweis gegeben. Er hatte angegeben, dass sich im Stollen eines alten Bergwerks oder in unmittelbarer Nähe Männer mit illegalen Waffen aufhielten.

»Und jetzt bist du dran, Aaro«, sagte Gruber und Aaro meinte wieder den metallischen Unterton aus der Stimme herauszuhören. »Du wirst so schnell wie möglich die Botschaft im Internet vernichten, die Angaben zu meiner Person enthält.«

Damit hatte Aaro gerechnet. Aber was garantierte, dass der Deutsche ihnen den Goldanteil überließ, der ihnen zustand, wenn sie nichts mehr gegen ihn in der Hand hatten?

»Alles klar, unsere Abmachung gilt«, sagte Aaro. »Aber das heißt auch, dass mein Freund jetzt mit dem Gold in der Tasche dieses Haus verlässt. Fünfzehn Minuten später lösche ich die E-Mail und folge ihm mit dem Taxi, das so lange unten wartet.«

Dietrich Gruber musterte Aaro eine Weile. Sein Mund verschmälerte sich zu einem Strich und Aaro meinte aufsteigenden Unmut in den Augen des Mannes erkennen zu können. Dann aber brach der Deutsche in befreiendes Lachen aus: »Großartig, mein Junge! Genau so hätte ich auch gehandelt. Mir gefällt diese Cleverness und Vorsicht. Sehr gut. So machen wir es. Dein Freund darf gehen und ich rufe dir ein Taxi aus Oberstbrunn. Ich gehe davon aus, dass du die Nachricht erst löschen wirst, wenn das Taxi unten vorfährt?«

»Ganz genau«, sagte Aaro und zwinkerte.

33

Niko wartete vor Groschs Gasthof im Auto auf Aaro. Das Lokal war längst geschlossen und das Taxi, das Aaro gebracht hatte, fuhr schnell davon. Die Dorfstraße war menschenleer, die Straßenlampen warfen gelbe Flecken auf die Häuser.

Die beiden Jungen waren müde, aber zwischen ihnen vibrierte aufgeladene Energie, die aus Aaros schwerem Rucksack auszustrahlen schien. Dennoch wollte keiner ein Wort dazu sagen.

Schließlich machte Aaro den Mund auf. »Was machen wir mit den zwei Klumpen?«

»Wir können den einen verstecken und den anderen mitnehmen. Das wäre sicherer«, sagte er nach einer Weile selbst, als hätte er erst jetzt angefangen, darüber nachzudenken.

»Den einen sollen wir also durch die Sicherheitskontrolle mit ins Flugzeug nehmen?«, gab Niko zu bedenken. »Anders geht es ja wohl kaum. Aber es ist ja nicht illegal, Gold zu transportieren.«

»Und wo soll der andere Barren hin?«

»Wir könnten ihn hier irgendwo verstecken. Irgendwo im Wald, wo wir ihn holen, wenn … wenn …«

Aaro sah Niko an und kapierte, dass sie unterschiedliche Gedanken im Kopf hatten. Etwas ungläubig sagte er: »Meinst du dann, wenn das Geld vom ersten Barren verpulvert ist?«

»Genau«, hauchte Niko.

»Du hast die falsche Einstellung. Das Geld muss mehr Geld bringen, sonst sind wir bald wieder genauso pleite wie jetzt. Im Netz bin ich kürzlich auf eine Wettfirma gestoßen, die interessante ...«

»Du spinnst. Wir setzen keinen einzigen Euro auf eine Wette ...«

»War nur Spaß«, sagte Aaro lieber schnell, obwohl sein Vorschlag keineswegs rein scherzhaft gemeint gewesen war. »Hast du dir schon ein Versteck für den einen Barren überlegt?«, fragte er, um das Thema zu wechseln.

»Wie wär's mit dem Fichtenwald bei dem Gebirgsbach, wo die Straße zu Grubers Haus abgeht. Es sah nicht so aus, als würden sich dort oft Leute aufhalten.«

»Und du meinst, wir sollen da jetzt hinfahren?«, versicherte sich Aaro.

»Jetzt wäre es jedenfalls dunkel und ruhig genug.«

»Und wer nimmt den anderen Barren mit?«, fragte Aaro, obwohl die Antwort seiner Meinung nach schon feststand.

»Von mir aus kannst du ihn behalten, weil du ja auch den Code geknackt hast«, brummte Niko.

»Na ja, ohne deinen Einsatz mit dem Laster wäre es auch nicht gegangen«, meinte Aaro wohlwollend und überlegte schon fieberhaft, wo er zu Hause den Barren verstecken konnte.

Mit ihrem gemieteten Lupo fuhren sie zu der Stelle, die Niko vorgeschlagen hatte. Zunächst fanden sie kein geeignetes Versteck, aber schließlich schoben sie den Goldbarren unter das Wurzelgeflecht einer vor ewigen Zeiten umgestürzten Fichte. Sie verkeilten die Öffnung fest mit einem Stück Ast und schichteten Moos darüber. Zum Schluss zeichneten sie eine Karte von der Stelle. Als Orientierungspunkte nahmen sie den Bach, den Hang und andere unveränderliche Landschaftsbestandteile.

Obwohl dieser Tag und diese Nacht zu den anstrengendsten in Aaros Leben zählten, fand er in den drei Stunden, die ihnen bis zum Tagesanbruch noch blieben, keinen richtigen Schlaf. Zusätzliche Sorgen bereitete ihm der bevorstehende Anruf bei seinem Vater, den er unbedingt erreichen musste, bevor dieser am Morgen seine E-Mails las.

Schon vor sieben fuhr Aaro aus dem Halbschlaf hoch und wählte auf der Stelle die Nummer seines Vaters. Timo Nortamo meldete sich verschlafen in Brüssel: »Seit wann bist du morgens so früh munter?«

»Seit heute. Ich wollte dir nur sagen: Falls du komische Mails in deinem Briefkasten finden solltest, dann lösch sie einfach. Bei mir ist alles in Ordnung.«

Timo Nortamos Stimme wurde sofort schärfer: »War denn irgendwas nicht in Ordnung?«

»Doch, absolut. Es hat nur mal kurz so ausgesehen, als

würde das Geld nicht reichen, aber es hat dann doch gereicht. Wir haben ein bisschen über unsere Verhältnisse gelebt und dann beschlossen, die restliche Zeit nur Knäckebrot zu essen.«

»Knäckebrot? In Bayern? Ihr habt doch wohl keine Bekanntschaft mit dem flüssigen bayerischen Brot geschlossen?«

»Nein, die hiesigen Biertrinkerkreise haben keinen besonders interessanten Eindruck auf uns gemacht. Wir sehen uns heute Abend. Die Maschine landet um 21.05 Uhr.«

Aaro beendete das Gespräch und im selben Moment klingelte sein Handy. Es war Essi, die bei aller Verschlafenheit äußerst besorgt klang. »Was hat diese Nachricht von Niko zu bedeuten? Ich habe gerade erst die Mailbox abgehört. Was ist da los? Was habt ihr angestellt?«

Außer echter Sorge klang das schlechte Gewissen in Essis Stimme durch, denn sie hatte sich nicht gerade intensiv um ihre Schützlinge gekümmert. Aaro hörte im Hintergrund, wie Paolo im Bad einen italienischen Schlager sang.

Noch einmal präsentierte Aaro die Geschichte mit dem knapp werdenden Geld. Damit konnte er Essi einigermaßen beruhigen. Sie bat ihn aber, drei Stunden vor dem Abflug am Flughafen zu sein, damit sie noch zusammen essen konnten, und Aaro blieb nichts anderes übrig, als zuzustimmen. Er musste Essi schließlich eine Chance geben, wenigstens kurz das Kindermädchen zu spielen.

Sie brachten ihren Mietwagen zurück und stiegen in den Bus nach München. Aaro umklammerte den schweren Rucksack auf seinem Schoß und auch Niko behielt ihn fest im Auge. Irgendwann jedoch kippte Nikos Kopf zur Seite, weil er eingeschlafen war. Hin und wieder murmelte er etwas im Schlaf vor sich hin. Aaro meinte, die Worte »BMW« und »Audi« herauszuhören.

Kurz vorm Flughafen musste der Busfahrer an einer Ampel scharf bremsen und Niko schlug mit dem Kopf gegen den Vordersitz. Er wachte auf und rieb sich die Nase. Aaro überfiel ihn sofort mit dem Thema, das ihn während der gesamten Fahrt beschäftigt hatte. »Ich bin mir noch immer nicht hundertprozentig sicher, ob es richtig gewesen ist, das ... das Metallstück anzunehmen«, flüsterte er und tätschelte dabei seinen Rucksack. Er hatte den Goldbarren in seine schmutzige Wäsche gewickelt.

Niko sah ihn an, als hätte er ein Stück Draht verschluckt. »Was laberst du da? Wir haben eine Abmachung mit Herrn Gruber und ein Mann muss sein Wort halten, Aaro. Das Gold gehört niemandem, denn die nazi-deutsche Reichsbank gibt es nicht mehr. Und das heutige Deutschland ist ja wohl nicht der Erbe der Nazis. Wenn wir es mal bereuen sollten, können wir den Barren ja trotzdem der Deutschen Bundesbank schicken. Oder meinetwegen den anderen, den wir im Wald versteckt haben.«

Aaro schwieg. Er war der gleichen Meinung. Außerdem war die Zusammenarbeit mit Gruber der einzige Weg, das eigene Leben zu retten. Der Deutsche hatte sein Wort gehalten und nun wollte Aaro das ebenfalls tun.

Am Flughafen trafen sie Essi und Paolo. Nach der langen Abschiedszeremonie des jungen Paars lud Essi sie zu Wiener Schnitzel mit Bratkartoffeln ein, vermutlich um ihr schlechtes Gewissen zu beruhigen. Aaro behielt beim Essen den Rucksack zwischen den Beinen, nicht einen Moment lang ließ er ihn los.

Normalerweise fühlte er sich nach einer großen Fleischportion schläfrig, aber diesmal hätte er gar nicht munterer sein können, als er mit Essi und Niko zum Check-in-Schalter ging. Niko schien ständig nach allen Seiten Ausschau zu halten und dabei kräftig zu schwitzen.

Aaro hielt seinen Rucksack in der Hand, als Essi der Frau am Schalter die Tickets und Pässe gab.

»Geben Sie Gepäck auf?«

»Nein, wir haben nur Handgepäck«, sagte Essi, die ein Bordcase dabeihatte.

»Stellen Sie Ihren Koffer bitte auf die Waage«, sagte die Frau.

Er wog sechs Kilo.

Dann war Aaro an der Reihe. Er stellte seinen Rucksack auf die Waage und gab sich Mühe, sich möglichst normal zu verhalten.

7,1 Kilo, zeigte die Waage an. Knapp unter den erlaubten acht Kilo. Schnell nahm Aaro seinen Rucksack wieder an sich.

»So klein und doch so schwer«, sagte Essi. »Schleppst du Gold mit dir herum?«

Aaro lachte. »Genau. Zwei Kilo Gold, eingewickelt in schmutzige Wäsche.«

Niko lachte übertrieben laut und ziemlich unecht hinter ihm.

Ohne Probleme kamen sie durch die Sicherheitskontrolle in die Abflughalle, wo sie sich von Niko trennen mussten, der zu seiner Maschine nach Finnland musste.

»Wir sehen uns in Porvoo«, sagte Aaro. »Wie es aussieht, werden wir angenehme Sommerferien haben.«

»Solange du gut auf deine schmutzige Wäsche aufpasst«, sagte Niko und zwinkerte.

Aaro versicherte sich noch, dass Niko auch das richtige Gate fand, dann ging er zu seinem eigenen Flugsteig. Das Seitenleitwerk einer draußen vorbeirollenden Maschine reflektierte die Sonne, als Aaro sich mit dem Rucksack im Arm zu den anderen Passagieren setzte. Essi machte noch ein paar Einkäufe im Duty-free-Shop.

Allein der Gedanke an die nächsten Sommerferien machte Aaro ganz kribbelig. Vor ihm lag der beste Sommer aller Zeiten, so viel stand fest …